Ingrid Geiger

Der Zankapfel

Ingrid Geiger

Der Zankapfel

ROMAN

Silberburg-Verlag

Ingrid Geiger, geboren 1952 in Reutlingen. Ihre Jugend- und Studienzeit verbrachte sie in Köln. Nach ihrer Heirat kehrte sie nach Baden-Württemberg zurück. Sie lebt heute in einer ländlichen Gemeinde am Fuß der Schwäbischen Alb. Ab 1988 veröffentlichte sie zunächst Kinderbücher, dann Gedichte in schwäbischer Mundart und mehrere heitere Familienromane.

1. Auflage 2016

Umschlaggestaltung: Christoph Wöhler, Tübingen.
Coverfoto: © karandaev – iStockphoto.
Druck: Gulde-Druck, Tübingen.
Printed in Germany.

ISBN 978-3-8425-1462-1

Lebensklugheit bedeutet:
Alle Dinge möglichst wichtig,
aber keines völlig ernst zu nehmen.
Arthur Schnitzler

Angelika schlägt zu

Liebe Susanne,

es freut mich, dass ihr euch in eurem neuen Zuhause schon gut eingelebt habt. Du schwärmst von dem Meerblick, den ihr vom Balkon habt, und ich schaue aus meinem Fenster auf einen grauen Himmel und kahle Bäume. Ich gestehe, dass sich ein wenig Neid in meiner Brust regt. Aber nur ein wenig, denn Du weißt, dass ich mein Zuhause zwar ganz gern einmal für einen Urlaub verlasse. Aber schon nach zwei Wochen plagt mich das Heimweh. Ganz nach Teneriffa überzusiedeln, um dort mit Manfred unsere Tage als Rentner zu verbringen, das könnte ich mir nicht vorstellen.

Ach, ich vermisse euch! Der Blick auf euer leeres Haus stimmt mich jedes Mal melancholisch. Auch gestern stand ich so am Fenster, als ich plötzlich eine Bewegung und einen Schatten hinter eurem Küchenfenster sah. Schließlich hatte ich Dir versprochen, ein Auge auf das Haus zu haben, solange es noch nicht verkauft ist. Ein Dieb müsste zwar dumm sein, wenn er ausgerechnet in ein unbewohntes Haus einsteigen würde, noch dazu am helllichten Tag, aber es wäre nicht das erste Mal. Auch wenn euer Haus bis auf die Einbauschränke und die Küche leer ist, kann man einen Einbrecher doch nicht einfach so gewähren lassen. Also machte ich mich, ohne zu zögern, auf den Weg.

Vielleicht fragst Du Dich jetzt, warum ich nicht die Polizei gerufen habe oder meinen ganz persönlichen Ex-Polizisten? Nun, an beides habe ich in meiner Aufregung nicht gedacht. Ich hatte nur einen Gedanken: hinübergehen und dem Burschen das Handwerk legen.

Mit meiner Bratpfanne in der Hand – ich war gerade dabei gewesen, sie abzutrocknen – schließe ich leise eure Haustür auf und schleiche mich in die Küche. Da steht tatsächlich jemand mit dem Rücken zu mir vor der Spüle. Ich registriere gerade noch, dass die Person eine Frau ist, da hole ich auch schon aus und schlage sie auf den Hinterkopf. Ohne einen Laut von sich zu geben, sinkt sie zusammen.

Und jetzt? Ich bin dummerweise nicht so gut vorbereitet wie die Helden in den Fernsehfilmen. Ich habe weder eine Schnur zum Fesseln dabei noch ein Handy, um jemanden zur Hilfe zu holen. Ich werde die Frau doch nicht etwa totgeschlagen haben, denke ich erschrocken. Da kommt sie langsam zu sich, setzt sich stöhnend auf und fasst an ihren Hinterkopf, wo meine Pfanne sie getroffen hat. Zum Glück habe ich nicht allzu fest zugeschlagen, und Gott sei Dank habe ich nicht gerade die gusseiserne Pfanne in der Hand gehabt, als ich den Eindringling durchs Fenster entdeckte. Sonst wäre die Sache womöglich böse ausgegangen.

Ich fasse meine Pfanne fester und hebe sie zur Verteidigung schlagbereit auf Kopfhöhe.

»Legen Sie bloß das Ding weg«, sagt die Frau. »Wer sind Sie überhaupt? Der Makler hat gesagt, das Haus sei leer.«

Der Makler? Die Frau klärt die Sache auf und mir wird mit jedem Wort ungemütlicher zumute. Sie ist am Kauf des Hauses interessiert und hatte heute einen Termin zwecks Hausbesichtigung. Aber dann hat der Makler einen Anruf bekommen. Bei seiner Frau hatten die Wehen eingesetzt. Deshalb hat er meinem Opfer euren Hausschlüssel ausgehändigt, mit der Bitte, sich das Haus schon einmal alleine anzuschauen.

Ich versuche, der Frau zu erklären, warum ich sie niedergeschlagen habe. Das ist ein wenig schwierig, denn jeder normale Mensch wird mir die Frage stellen, warum ich sie nicht zuerst einmal angesprochen habe. Es ist mitten am Tag und sie sieht schließlich nicht so aus, als würde sie gleich um sich schießen. Aber kann man das wissen? Manfred, der ja immerhin bei der Polizei war, sagt immer, man könne nicht jedem Gauner ansehen, dass er einer sei, viele sähen sehr seriös und vertrauenerweckend aus. Gut, vermutlich eher die Betrüger und Heiratsschwindler als die Einbrecher, aber wie gesagt: Kann man's wissen?

Schließlich regt sich wieder mein praktischer Verstand. Nachdem ich mich tausendmal entschuldigt habe, helfe ich der Dame, denn so sieht sie bei objektiver Betrachtung aus, beim Aufstehen und bitte sie, mich nach Hause zu begleiten. Dort will ich sie zur Weckung ihrer Lebensgeister mit einem Kaffee, einer Schmerztablette und einem Kühlkissen für ihren Kopf versorgen. Das mit dem Kühlkissen gestaltet sich leider etwas schwierig, da ich es letzten Freitag aus meiner Kühltruhe genommen habe, als der »Eismann« neue Ware brachte und wieder einmal zu wenig Platz in meinem Gefrierschrank war. Aber eine Frau weiß sich schließlich zu helfen.

So sitzt Frau Weber – wir haben uns inzwischen wie zivilisierte Menschen miteinander bekannt gemacht – in meiner Küche, vor sich eine Tasse Kaffee und auf dem Kopf einen Beutel mit Tiefkühlerbsen, als Manfred mit Marie zur Tür hereinkommt. Damit Frau Weber, die aus München stammt, keinen falschen Eindruck von uns Schwaben bekommt, habe ich ihr erklärt, dass es natürlich auch bei uns im Ländle richtige Kühlkissen gibt. Frau Weber meinte, das hätte sie sich schon gedacht.

Nun kommt wie gesagt Manfred in die Küche und bricht bei Frau Webers Anblick dummerweise in spontanes Lachen aus. Ich gebe zu, dass Frau Weber wirklich lustig aussah mit ihrem Erbsenbeutel auf dem Kopf, aber nach dem, was sie gerade erlebt hat, war es natürlich nicht besonders nett, dafür auch noch ausgelacht zu werden.

»Was wird denn hier veranstaltet? Übt ihr schon für Fasching oder ist das die neue Hutmode fürs kommende Frühjahr? Lass mich raten, morgen gibt's Erbseneintopf.«

»Dann hol lieber eine Tüte mit Himbeeren, Oma«, meldet sich jetzt Marie zu Wort. »Dann gibt's morgen Himbeerkuchen. Das mag ich viel lieber.«

Frau Weber schaut von einem zum anderen und ich fürchte, sie hat das Gefühl, in einem Irrenhaus gelandet zu sein, was ich ihr nicht verdenken kann.

Trotzdem wurde es dann noch sehr nett mit uns vieren, was nicht zuletzt an Maries Charme lag, und auch Manfred bemühte sich erfolgreich, den seinen spielen zu lassen.

Jetzt bin ich gespannt, ob Frau Weber trotz des etwas unüblichen Willkommens unsere neue Nachbarin wird. Wenn Dich diese Mail erreicht, wirst Du es vielleicht schon wissen.

Ich hoffe sehr, dass ich euch mit meiner Bratpfanne nicht die potenzielle Käuferin vergrault habe. Schließlich möchte ich nicht daran schuld sein, falls es mit dem Verkauf nicht klappen sollte.

In diesem Sinn – herzliche Grüße aus dem Ländle
Deine Angelika

Golfplatz gegen Streuobstwiese

Liebe Susanne,

mir fällt ein Stein vom Herzen, dass Frau Weber sich trotz meines recht unfreundlichen Empfangs entschlossen hat, euer Haus zu kaufen. Sie will nach ihrer Scheidung in die Nähe ihrer Eltern ziehen, die in Göppingen leben. Das kann ich verstehen. Warum sie allerdings als alleinstehende Frau gleich ein Haus kauft, ist mir schleierhaft. Aber das geht mich schließlich nichts an.

Ob wir gut miteinander auskommen werden? Ich hoffe es, auch wenn unsere erste Begegnung nicht besonders vielversprechend verlief. Der Satz »Für den ersten Eindruck gibt es keine zweite Chance« ist in diesem Fall hoffentlich nicht zutreffend. Nun, ein solches Nachbarschaftsverhältnis, wie wir es miteinander hatten, darf ich sicher nicht erwarten. Unser erster Kontakt war in jedem Fall freundlicher. Erinnerst Du Dich? Wir vier stapften gemeinsam über das Schlammfeld, auf dem einmal unsere Häuser stehen sollten, und kamen miteinander ins Gespräch. Ihr wart mir auf Anhieb sympathisch. Während unsere Männer über Heizungsanlagen fachsimpelten, überlegten wir, wie weit es zum nächsten Supermarkt und zum Kindergarten war. Später tauschten wir Ableger und Ratschläge über Gartenpflege und Schneckenvernichtung über den Gartenzaun aus und feierten Feste miteinander. Über dreißig Jahre haben wir nebeneinander gewohnt – und dann lasst ihr uns schnöde im Stich! Bevor ich sentimental werde, will ich Dir die neuesten Nachrichten aus Neubach erzählen. Hier hat sich nämlich seit meiner letzten Mail einiges getan.

Am Mittwochabend klingelte mein Telefon. Es war Hanna, und wie immer kam sie gleich zur Sache.

»Hältst du mir morgen Abend einen Platz frei?«

Hatte ich was verpasst? War ich mit Hanna verabredet, ins Kino oder zum Italiener? Ich konnte mich wirklich nicht erinnern. Das beunruhigte mich. Wenn Manfred sagt: »Das hab ich dir doch gesagt«, dann nehme ich das nicht so ernst. Ich gehe davon aus, dass er einfach vergessen hat, es mir zu sagen, und sich jetzt herausreden will. Aber bei Hanna ist das etwas anderes. Musste ich mir Sorgen machen?

»Bist du noch dran?«, fragte Hanna.

»Ja, klar. Waren wir denn verabredet?«

»Nein, bisher nicht.«

Das beruhigte mich.

»Aber morgen ist doch die Gemeinderatssitzung.«

»Ja und?«

Was hatte ich auf der Gemeinderatssitzung zu suchen? Suchte Hanna ein Opfer, das ihr Gesellschaft leistete? Ich kann mir kaum etwas Langweiligeres vorstellen als eine Gemeinderatssitzung. Hanna muss schließlich von Berufs wegen hingehen. Du weißt ja, dass sie es übernommen hat, von den Sitzungen fürs Gemeindeblatt und bei einem wichtigen Thema auch für die Tageszeitung zu berichten. So hat es angefangen, und inzwischen schreibt sie auch andere Artikel, über Vereinsfeiern, Jubelpaare und hin und wieder über kulturelle Veranstaltungen. Nicht die E-Ereignisse, wie Hanna sich ausdrückt, also zum Beispiel klassische Konzerte, das überlässt sie den Profis, sondern von den U-Veranstaltungen, also der leichten Unterhaltung. Neulich war sie ganz aus dem Häuschen. Sie war bei einem Kabarettabend mit Christoph Sonntag im Uditorium in Uhingen gewesen und hatte ihn nach der Veranstaltung sogar noch interviewen dürfen. Doch zurück zu unserem Telefonat.

»Was soll ich denn auf der Gemeinderatssitzung? Dir Gesellschaft leisten? Du hast dir den Job selbst ausgesucht!«

»Sag bloß, du hast noch nichts davon gehört? Hat eure Anja denn noch keinen Wind davon gekriegt?«

Jetzt machte Hanna mich wirklich neugierig. Es stimmt schon, dass Anjas Blumengeschäft ein Umschlagplatz für Dorfklatsch und Gerüchte aller Art ist. Aber mir war in den vergangenen Tagen nichts Besonderes zu Ohren gekommen. Das letzte Amtsblättle lag zufällig neben dem Telefon und ich begann zu blättern, um zu sehen, was für die nächste Sitzung angekündigt war.

Ich las:

Tagesordnung – Öffentliche Sitzung
TOP 1: Begrüßung und Bekanntgabe der Beschlüsse aus der letzten Gemeinderatssitzung
TOP 2: Astrid-Lindgren-Schule: Renovierung der Klassenzimmer – Baubeschluss
TOP 3: Nahverkehrsplan des Landkreises Göppingen – Stellungnahme der Gemeinde
TOP 4: Information über das geplante Waldrefugium
TOP 5: Verschiedenes

Ich konnte nichts Spannendes entdecken, das mich dazu veranlasst hätte, die morgige Gemeinderatssitzung aufzusuchen.

»Morgen geht's doch um den geplanten Golfplatz«, klärte Hanna mich auf.

Jemand war daran interessiert, auf Neubacher Grund einen Golfplatz zu errichten! Ich konnte es kaum glauben.

»Und warum ist das nicht im Blättle angekündigt?«, wollte ich wissen.

»Das kommt unter dem Punkt ›Verschiedenes‹. Vermutlich hat unser Schultes Angst, dass der Sitzungssaal sonst nicht für alle Interessierten ausreicht. Er will wohl erst die Stimmung im Gemeinderat abchecken. Also, dann sehen wir uns morgen, okay?«

Als ich ankam, war der Saal tatsächlich schon bis auf die vorletzte Reihe gefüllt und es war erst zwanzig vor acht. Das schien zu bestätigen, was Hanna gehört hatte. Und es zeigte, dass sie nicht die Einzige war, die von der Sache wusste.

Hanna, zu deren Tugenden nicht die Pünktlichkeit zählt, kam nur knapp vor unserem Bürgermeister hereingeschlüpft und konnte froh sein, dass ich ihr einen Platz freigehalten hatte, denn inzwischen waren noch Stühle aus anderen Räumen hereingetragen worden und auch die waren schon besetzt.

Unser Bürgermeister, Jörg Schöllkopf, ist ein sympathischer, tüchtiger junger Mann. Du hast seine Wahl ja noch mitbekommen. Es zeigt sich inzwischen, dass die Gemeinde wohl den Richtigen gewählt hat. Er hat seinen Beruf von der Pike auf gelernt und kann gut mit Menschen umgehen. Anja und er sind in eine Klasse gegangen und er war damals oft bei uns zuhause. Er hat Anja bei Mathe geholfen und sie ihm bei Englisch. Nun, in seinem Beruf ist es vermutlich wichtiger, Schwäbisch zu beherrschen, und das kann er perfekt, auch wenn er sich bei öffentlichen Auftritten um ein gepflegtes Hochdeutsch bemüht. Wenn der Bürgermeister so alt ist wie die eigene Tochter, kommt man schon ins Grübeln und weiß, dass die besten Jahre wohl vorbei sind.

Bis wir endlich zu Punkt 5, also »Verschiedenes«, kamen, kämpfte ich mit dem Schlaf. Ich weiß nicht, wie Hanna das aushält. Sie muss ja nicht nur aufmerksam zuhören, sondern auch noch mitschreiben, wer was gesagt hat. Ich nehme an, sie würde Ärger bekommen, wenn sie die Stellungnahme eines Gemeinderats nicht richtig wiedergibt oder womöglich gar dem Falschen zuschreibt.

Endlich kam Jörg zur Sache.

»Der heute besonders gut besuchten Sitzung entnehme ich, dass es sich in der Gemeinde schon herumgesprochen hat, dass sich jemand für unsere Streuobstwiesen interessiert, um dort einen Golfplatz anzulegen. Es handelt sich dabei um folgendes Gelände.«

Er zeigte eine Karte, auf der ein Bereich im Südosten der Bundesstraße am Ortsende rot eingekreist war. Stimmengemurmel erhob sich und vermutlich spähte jeder Wiesenbesitzer, ob sich sein Grundstück in dem markierten Gebiet befand.

»Das wäre natürlich ein echter Gewinn für unsere Gemeinde«, erklärte Jörg.

»Also, mir falled spontan net viele Leut aus Neubach ei, die Golf spiele welled«, kam die erste kritische Stimme aus dem Publikum.

»Nun, ich dachte jetzt auch mehr an die Golfspieler, die von außerhalb kommen und Geld in der Gemeinde lassen werden.«

»Glaubed Sie, die holed en Leberkäswecke bei unserm Metzger, wenn se in dem Restaurant am Golfplatz nobel esse könned?«, kam der nächste Einwand. »Da isch doch sicher au a Restaurant geplant, oder net?«

»Nun, es geht zunächst darum festzustellen, ob von Seiten unserer Gemeinde überhaupt Interesse besteht, bevor die Sache konkret in Planung geht. Aber Sie haben schon recht, normalerweise gibt es bei einem Golfplatz auch ein Restaurant. Aber das schafft ja auch Arbeitsplätze für die Gemeinde.«

»Sie moined die zwoi Putzfraue und drei Bedienunge, und da drfür bleibed na d' Gäst im ›Ochse‹ weg und in dr Franziska ihrem Café.«

Dann meldeten sich die Stimmen, die sich durch den Verkauf ihrer Wiese einen Gewinn versprachen.

Das wiederum rief die Vorsitzende des NABU, Frau Wagner, auf den Plan. Ob man sich darüber im Klaren sei, welchen Schatz man mit den Streuobstwiesen habe. Hier am Fuß der Schwäbischen Alb liege das größte zusammenhängende Streuobstgebiet Mitteleuropas.

»Na kommt's ja auf unsre paar Bäum net a«, meinte Herr Häberle trocken.

»Wissen Sie, wie viele Tier- und Pflanzenarten es auf unseren Streuobstwiesen gibt?«

»Noi, aber i will's au gar net wisse. Immer wird oim wege irgendwelche Viecher a schlechts Gwisse gmacht. Und dr Bau von unsrer dringend notwendige neue Turnhalle hat sich um a ganzes Jahr verzögert, weil oiner drauf bestande hat, dass mr erst a Gutachte eiholt, um festzustelle, ob auf dera Wies irgend an bsonderer Käfer romkrabbelt. Erst kommed d' Käfer und na kommed d' Leut. Des isch doch a verdrehte Welt.«

Im Publikum wurde es unruhig. Lebhaftes Stimmengemurmel kam auf.

Jetzt ergriff meine Nachbarin zur Linken das Wort und erzählte, sie habe im letzten Frühjahr zur Baumblüte Besuch aus dem Rheinland gehabt, und der habe gesagt, er hätte noch nie so schönen großen Löwenzahn gesehen wie bei uns, und wie eintönig doch die Wiesen aussehen würden ohne die sattgelben Tupfen darauf.

»Na frog i mi bloß, warum Sie Ihren Löwezahn im Garte jedes Frühjahr raussteched, wenn Se den so schön finded?«

»Löwezahn im Garte und auf dr Wies, des isch ja wohl en Unterschied«, wurde der Frager belehrt.

»Hen Sie a Baumwies?«, wollte jetzt ein anderer wissen.

Meine Nachbarin verneinte.

»Sehed Se. Des isch dr Unterschied. Wenn Se so a Wies hätted, na däded Se anders schwätze. Wissed Se, wie lang des dauert, bis Se en Doppelzentner von dene Äpfel aufklaubt hen? Und na krieged Se drfür vier Euro und laufed a Woch lang mit Kreuzweh durch d' Gegend. Da kann Ihne d' Freud vergange. Also, mei Wies könned die mit Kusshand kriege.«

Von einigen Seiten kam zustimmendes Geraune.

»Geld! Immer geht's den Leuten nur ums Geld«, kam jetzt eine andere empörte Stimme aus dem Publikum. »Kennen Sie den alten Indianerspruch? Der heißt: ›Erst wenn der letzte Baum gerodet, der letzte Fluss vergiftet, der letzte Fisch gefangen ist, werden die Menschen feststellen, dass man Geld nicht essen kann.‹«

Auch dieser Beitrag löste lebhaftes Stimmengewirr aus.

Jetzt ergriff der Bürgermeister wieder das Wort und versuchte, die Wogen zu glätten. Man solle doch bitte die Kirche im Dorf lassen. Von einer Zerstörung der Natur könne hier gar nicht die Rede sein. Es sollten ja keine Straßen oder Hochhäuser gebaut werden, sondern ein Golfplatz, und der sei schließlich gepflegte Natur und gesunde Erholung für die Bevölkerung.

»Für die wohlhabende Bevölkerung«, warf jemand ein.

Aber auch das ließ Jörg nicht gelten. Es solle ein Jedermann-Golfplatz entstehen. Das Golfspielen habe sich schließlich inzwischen zu einem Breitensport entwickelt, so wie das Tennisspielen, das früher auch ein Sport für die oberen Zehntausend gewesen sei.

Die hitzige Diskussion zog sich noch eine ganze Weile hin. Schließlich verschaffte sich Jörg noch einmal Gehör.

»Ich möchte gerne, dass die Gemeinderäte jetzt abstimmen, nicht darüber, ob der Golfplatz gebaut werden soll oder nicht, sondern ob überhaupt ein grundsätzliches Interesse daran besteht, dass die interessierte Gesellschaft einen Plan erstellt. Damit ist noch nichts entschieden. Also, wer ist dafür?«

Sieben Finger hoben sich. Herr Wagner zog seinen schnell wieder zurück, als er von seiner Frau aus dem Publikum scharf angezischt wurde.

»Wer ist dagegen?«

Diesmal waren es fünf Hände.

»Enthaltungen?«

Zwei.

»Gut. Das heißt, dass wir eine Planung erstellen lassen und uns dann wieder treffen, um uns das Ganze anzuschauen.«

Die Sitzung hinterließ eine gespaltene Bevölkerung. Wiesenbesitzer, die Arbeit und Kreuzweh gern gegen gutes Geld tauschen wollten. Wiesenbesitzer, die an ihrem Stückle hingen und es für kein Geld der Welt hergeben wollten. Besitzlose, die aus Neid gegen den Verkauf der Wiesen waren, und solche, die gerne ungestört durch Streuobstwiesen wandern und »keine Großkopfete anlocken« wollten. Und dann noch solche, die wie Frau Wagner dafür kämpften, diese einmalige Kulturlandschaft für die nachfolgenden Generationen zu erhalten.

Mit der Ruhe scheint es fürs Erste in Neubach vorbei zu sein.

»Und?«, fragte Hanna. »Wie stehst du zu der Sache?«

Nun, ich habe grundsätzlich nichts gegen Golfplätze. Aber wenn ich an die schönen Streuobstwiesen vor unserer Haustür denke und daran, was Frau Wagner vom NABU erzählt hat, dann werde ich schon nachdenklich. In den letzten fünfzig Jahren ist schon die Hälfte der Streuobstwiesen verloren gegangen. Ich kann die Leute verstehen, die lieber Geld sehen wollen, als sich auf ihren Wiesen bucklig zu schaffen, aber wenn der Golfplatz nicht ausgerechnet hier bei uns gebaut würde, dann hätte ich nichts dagegen.

Ich werde Dich auf dem Laufenden halten, wie es weitergeht.

Der Herd ruft. Deshalb für heute ganz herzliche Grüße
Deine Angelika

Vom Heiraten und Kinderkriegen

Liebe Susanne,

heute habe ich wunderbare Neuigkeiten: Anja ist wieder schwanger! Du weißt ja, wie lange wir alle schon auf ein Geschwisterchen für Marie warten, nicht zuletzt Marie selbst.

Dummerweise hatte ich ihr geraten, doch zum lieben Gott um ein Baby zu beten. Aber das war wohl kein besonders kluger Gedanke von mir. Bald beklagte sie sich, alle ihre Freunde bekämen Geschwister, nur ausgerechnet ihr wolle der liebe Gott kein Baby schicken.

»Der kriegt das einfach nicht hin, Oma«, schimpfte sie.

So habe ich den lieben Gott unabsichtlich in schlechten Ruf gebracht. Das ist wie die Sache mit Weihnachten. Da bekommen manchmal ausgerechnet die unartigen Kinder die großen Geschenke, während die braven sich mit kleinen begnügen müssen. Und da die Geschenke – angeblich – vom Christkind gebracht werden, kann man schlecht den großen oder kleinen Geldbeutel der Eltern ins Feld führen. Aber zum Glück hat die Sache mit Maries Geschwisterchen dann doch noch geklappt.

»Ich bekomme ein Schwesterchen«, erzählte Marie stolz.

»Oder ein Brüderchen«, warf ich ein.

»Ich hab der Mama gesagt, dass ich eine Schwester will«, beharrte Marie. »Obwohl ... meine Puppe hat Mama auch falsch bestellt – im Internet. Die haben uns eine Puppe mit Spitzle geschickt. Aber Babys bestellt man ja nicht im Internet, sondern beim lieben Gott. Vielleicht klappt's da besser.«

Als ich Marie zum Kindergarten brachte, erzählte sie Lena, der Erzieherin: »Es wird ein kleiner Italiener. Mama hat das Baby aus Italien mitgebracht.«

Lena sah mich unsicher an. »Ist es denn schon da?«

»Nur in Mamas Bauch. Aber es ist noch sooo klein. Man kann noch gar nichts sehen.«

Lena wagte wohl nicht, danach zu fragen, auf welch mysteriösem Weg der kleine Italiener in Mamas Bauch gekommen war. Wer weiß, woran sie dachte. Vielleicht sogar daran, Anja könne sich in Italien einen italienischen Papa für das Baby ausgeguckt haben.

Zum Glück stellte Marie die Sache gleich klar. »Weißt du, Papa und Mama waren in Italien, in Rom, bei einer Hochzeit. Und in Rom, da wohnt in einer ganz großen Kirche der Kollege vom lieben Gott, der heißt Franz Papst. Und der hat das dann wohl hingekriegt mit dem Baby.«

Da hat Marie ja noch einmal Glück gehabt, dass der liebe Gott einen so tüchtigen Kollegen hat.

Du fragst dich jetzt vielleicht, wie Anja und Tom zu einer Hochzeitseinladung nach Rom kommen. Nun, ein Freund von Tom hat dort geheiratet. Weder der Bräutigam noch die Braut sind allerdings italienischer Abstammung. Beide haben einen lupenreinen schwäbischen Stammbaum.

Die Geschichte hatte sich folgendermaßen zugetragen: Die spätere Braut war ein Jahr vor der Hochzeit für eine Woche in Rom gewesen, um sich von einer unglücklich zu Ende gegangenen Liebe abzulenken. Aber das wollte nicht so recht gelingen. Es war schon die dritte gescheiterte Beziehung in einem Jahr, was die Frage aufwirft, ob es immer an den Männern lag. Die Braut jedenfalls war der festen Meinung. Vor Kummer untröstlich und total frustriert, betrat sie am letzten Tag ihres Romaufenthalts eine kleine Kirche, die an diesem Tag festlich für eine Hochzeit geschmückt war, was der Braut erneut Tränen in die Augen trieb. Sie setzte sich in eine der Bänke und hielt Zwiesprache mit Gott. Er solle ihr doch bitte endlich den richtigen Mann fürs Leben schicken. Sollte sie wieder eine Enttäuschung erleben, so wolle sie nie wieder etwas von Männern wissen und ins Kloster eintreten. Tränenüberströmt verließ sie die Kirche und rannte, blind wie sie war, ihrem späteren Bräutigam in die

Arme, der die Kirche gerade betreten wollte. Man könnte es Zufall nennen, aber für die Braut war es Fügung, ein Zeichen des Himmels, und deshalb musste die Hochzeit in dieser kleinen Kirche in Rom gefeiert werden.

Zuerst wollten Anja und Tom die Einladung gar nicht annehmen, weil ihnen die Reise zu teuer war. Anjas Blumenladen läuft gerade nicht so gut. In der Nähe hat ein neues Gartencenter eröffnet und das tut ihrem Geschäft natürlich nicht gut. Aber ich konnte die beiden schließlich überreden und mit etwas Geburtstagsgeld für Anja nachhelfen. Sie hatten ein paar freie Tage dringend nötig.

So flogen die beiden zu zweit nach Rom und kamen eine Woche später zu zweieinhalbt wieder nach Hause. Der Arzt meint, es sei wohl die Entspannung gewesen, der fehlende Stress, der dazu verholfen hat. Aber ich muss sagen, dass mir Maries Erklärung mit Gottes tüchtigem römischen Kollegen besser gefällt.

Auf alle Fälle hatten die beiden viel zu erzählen, als sie wieder zuhause waren. Sie hatten eine Hochzeit »vom Feinsten« erlebt. Anja meint, allein mit dem Blumenschmuck in der Kirche hätte sie den Umsatz eines ganzen Monats in ihrem Laden bestreiten können. Leider war die Kirche nur zur Hälfte besetzt, was vielleicht an der teuren Anreise und der Kleidervorschrift für das Fest lag. Das Brautpaar bedauerte das vor allem wegen der Filmaufnahmen, die während der gesamten Zeremonie gemacht wurden.

Bevor die Trauung begann, öffnete sich mit einem beeindruckenden Knarren das Kirchenportal und ein distinguierter Herr in Schwarz, Haar und Krawatte in edlem Silber aufeinander abgestimmt, betrat die Kirche. Alle wandten sich neugierig zu ihm um. Er ging gemessenen Schrittes durch den Mittelgang bis zu einer Bank im hinteren Drittel, die als Einzige an der Seite nicht mit einer weißen, sondern einer roten Rose geschmückt war.

»Liebes Brautpaar, liebe Familie und Freunde«, begann er seine Ansprache, »ich will Ihnen eine Geschichte erzählen. Am 6. Oktober des vergangenen Jahres saß in dieser Bank eine verzweifelte junge Frau mit gebrochenem Herzen. Sie hatte bittere Enttäuschungen erlebt und konnte nicht mehr an die Liebe glauben. Hier in dieser kleinen römischen Kirche hielt sie Zwiesprache mit Gott und bat ihn um seine Hilfe. Und heute sind wir hier, an der gleichen Stelle, um das Wunder der Liebe zu feiern. Denn Gott hat Kirsten erhört und sie genau an diesem Ort mit der Liebe ihres Lebens zusammengeführt.«

Der Redner löste die rote Rose von der Kirchenbank, ging nach vorn, überreichte sie der Braut, die sie an ihre Lippen drückte und dann an ihren Bräutigam weitergab, der sie ein wenig verlegen in der Hand drehte. »Mama, so etwas Kitschiges hast du noch nicht gesehen«, erzählte Anja. »Ich bin mir vorgekommen wie eine Statistin in einer Schmonzette. Dagegen ist Rosamunde Pilcher ein Waisenkind.«

Nichts gegen Rosamunde Pilcher, ich sehe die Herzkino-Filme am Sonntagabend sehr gern. Man kann danach so herrlich schlafen, die Landschaftsaufnahmen sind wunderschön und am Ende siegt immer die Liebe.

Der Redner war extra aus Deutschland eingeflogen worden, denn der Pfarrer war des Deutschen nicht mächtig, hielt den Gottesdienst allerdings aus Rücksicht auf die Hochzeitsgesellschaft auf Englisch. Anja hat das bedauert, ihr hätte es auf Italienisch besser gefallen. Sie kann zwar kein Italienisch, aber sie liebt den melodischen Klang der Sprache, und das Englisch des Pfarrers konnte sie genauso wenig verstehen, was wohl mehr an seiner Aussprache als an Anjas Englischkenntnissen lag.

Gespart wurde bei der Hochzeit wohl nur beim Essen, das trotz der überschaubaren Hochzeitsgesellschaft knapp bemessen war. Beim Essen wurde auch nicht gefilmt oder fotografiert. Lediglich die Hochzeitstorte, dreistöckig und üppig mit rosa Marzipanrosen und goldenen Herzen verziert, wurde für die Nachwelt mehrfach im Bild festgehalten. Hinter vorgehaltener Hand kursierte das Gerücht, sie habe über vierhundert Euro gekostet.

Findest du nicht auch, dass es ziemlich übertrieben ist, was viele Brautpaare heutzutage treiben? Ein Jahr vorher müssen sie schon mit den Vorbereitungen beginnen, um eine geeignete Lokalität zu finden, die groß genug ist für mindestens hundert Personen und die über das richtige »Ambiente« verfügt – Schlösser, Burgen und Barockkirchen stehen auf der Wunschliste ganz oben. Hochzeitsmessen werden besucht und alles bis ins kleinste Detail geplant. Die Prinzessinnen müssen sich schon anstrengen, um sich bei ihrer Hochzeit noch vom gemeinen Volk abheben zu können. Anja musste neulich einen Brautstrauß gleich dreimal binden. Einen Strauß eine Woche vor der Hochzeit zur Probe, einen zum Werfen wie in den amerikanischen Filmen und einen für die Braut, der später getrocknet und aufgehoben wurde.

Manchmal habe ich bei den Hochzeitsfesten das Gefühl, beim Kindergeburtstag zu sein. Ein beliebtes Spiel ist »Waden tasten«. Einige Männer müssen ihre Waden entblößen und die Braut muss mit verbundenen Augen durch Tasten versuchen, die Beine ihres Bräutigams zu erraten. Nun ist das heute ja nicht mehr so schwer, da die Bräute die nackten Waden ihres frisch Angetrauten in der Regel gut kennen. Anja hat mir später gestanden, sie hätte schon mit diesem Spiel gerechnet und deshalb heimlich mit Tom geübt, sich die Form seiner Waden mit geschlossenen Augen einzuprägen. Zu Zeiten meiner Großmutter wäre das sicher schwierig gewesen. Aber die hätte wohl auch gut daran getan, den falschen Mann zu erraten, um nicht den Verdacht aufkommen zu lassen, sie kenne ihren Bräutigam besser, als das nach den damaligen Moralvorstellungen erlaubt war.

Andererseits sind solche Spiele unterhaltsam für die Gäste. Und auch zu unserer Zeit gab es seltsame Bräuche, die allerdings nicht immer lustig, sondern eher zum Weinen waren. Meiner Großmutter stiegen noch fünfzig Jahre nach ihrer Hochzeit Tränen in die Augen, wenn sie davon erzählte, wie ihr jemand den Schleier abgeschnitten hat. Und ich musste bei meiner Hochzeit zwei Stunden im »Hirsch« ausharren, bis Manfred endlich alle Kneipen der Umgebung abgeklappert hatte und mich – schon etwas angeheitert – auslösen konnte. »Brautentführung« hieß das damals und war vermutlich nur für die »Entführer« ein Spaß.

Ob es viele der jungen Paare noch schaffen werden, so wie wir bald den vierzigsten Hochzeitstag zu feiern? Beim sechzigsten wird es in jedem Fall kritisch, so lange wie das dauert, bis die beim Heiraten endlich mal zu Potte kommen. »Drum prüfe, wer sich ewig bindet, ob sich nicht noch was Bessres findet«, heißt es, aber ich finde, man kann alles übertreiben.

Ich bin froh, dass Anja ihren Tom gefunden hat, und ich denke, sie hat eine gute Wahl getroffen. So wie ich mit meinem Manfred. Ich möchte ihn um nichts in der Welt umtauschen, nur ab und zu ein bisschen umbringen, aber dann würde ich ihn gleich wiederbeleben.

Wenn man vom Teufel spricht ... Womit ich natürlich nicht Manfred meine. Aber rate mal, wer gerade das Joghurtglas im Kühlschrank sucht. Es steht auf dem untersten Fach rechts. Das habe ich Manfred auch eben zugerufen, aber er ruft zurück, da sei es nicht. Wetten, dass? Ich denke, Du kennst dieses Phänomen auch von Klaus. Angeblich ist das bei allen Männern so, und diese mangelnde Fähigkeit, Dinge nicht zu sehen, die direkt vor ihrer Nase stehen, stamme noch aus der Steinzeit. Beim Jagen mussten sie ihren Blick in die Ferne richten und das tun sie heute noch. Das Joghurtglas steht aber nicht in der Ferne, sondern direkt vor ihnen, und da können sie es nicht sehen. Dafür können sie noch eine geraume Zeit Auto fahren, wenn Regentropfen auf die Frontscheibe fallen, denn sie schauen einfach durch. So ergänzen sich Mann und Frau doch wunderbar: Ich helfe Manfred dabei, nicht zu verhungern, und er kann das Steuer übernehmen, wenn es regnet und der Scheibenwischer kaputt ist. Also werde ich jetzt schnell in die Küche gehen, um Manfred vor dem Hungertod zu retten, denn ich warte noch immer vergeblich auf ein »Hab's gefunden«.

Der Worte sind ja für heute auch genug gewechselt.

In diesem Sinn
Deine Angelika

Picknick zu viert

Liebe Susanne,

vielen Dank für Deine Glückwünsche zu Anjas Schwangerschaft und die Nachfrage, wie es ihr geht. Sie leidet derzeit unter der »normalen« Übelkeit am Morgen, an die wir uns ja aus eigener Erfahrung noch gut erinnern können. Aber sie trägt es mit Fassung, denn nach der langen Wartezeit ist die Freude übergroß. Sie hat die Öffnungszeiten für ihren Laden den anderen Umständen angepasst und macht jetzt bis auf Weiteres erst um neun Uhr auf, in der Hoffnung, dass nicht allzu viele Kunden deshalb zum neuen Gartencenter wechseln, das seine Pforten schon um acht Uhr öffnet.

Was euer »altes« Haus angeht, so wird es im Moment von zwei Anstreichern bevölkert – und von Manfred. Ohne darum gebeten worden zu sein, hat er sich angeboten, die Renovierungsarbeiten zu beaufsichtigen.

»Die arme Frau kann doch nicht ständig von München hierherfahren. Und wenn ein Haus renoviert wird, dann muss man ein Auge drauf haben.«

Mit der armen Frau meint Manfred Frau Weber. Ich bin ja der Meinung, dass Frau Webers Vater nach dem Rechten sehen könnte, von Göppingen nach Neubach sind es schließlich nur ein paar Kilometer, aber da bin ich mit meiner Meinung alleine. Manfred jedenfalls hat einige Erklärungen parat. Wer weiß, wie alt der Vater ist? Und vielleicht ist er krank? Oder er kann nicht Auto fahren? Ich glaube, dass Manfred sich einfach darüber freut, drüben nach dem Rechten sehen zu können.

»Machst du uns mal Kaffee?«, sagte Manfred, als er am dritten Tag seines Aufsichtspostens ins Nachbarhaus aufbrach.

»Wer ist uns?«

»Na, die Maler und ich.«

»Aber du hast doch gerade erst gefrühstückt.«

»Na ja, ich schon. Aber die Maler machen um neun Uhr Pause und da leiste ich ihnen ein bisschen Gesellschaft.«

Alles klar.

»Soll ich euch auch noch frische Brezeln besorgen?«, fragte ich. Das war ironisch gemeint.

Aber Manfred sagte nur erfreut: »Das wäre toll. Und wenn du schon unterwegs bist, könntest du gleich noch einen Kasten Wasser mitbringen. Der andere ist fast leer.«

Den anderen hatte Frau Weber besorgt. Ich schaute Manfred ziemlich fassungslos an.

»Ist was?«, fragte er.

Ich schüttelte den Kopf.

»Weißt du«, lachte Manfred, »das ist ein echt lustiges Gespann. Der eine ist ein Urschwabe und der andere ein junger Spanier. Er hat in Spanien keine Arbeit gefunden und ist deshalb nach Deutschland gekommen, um hier zu lernen. Wenn er seine Prüfungen hat, will er zurück in seine Heimat und sich selbstständig machen. Dafür, dass er erst seit einem halben Jahr hier ist, spricht er schon ganz gut Deutsch.«

»Arbeiten die auch was oder frühstücken und reden die nur?«, fragte ich ein wenig spitz.

»Was hast du denn? Du kochst doch auch immer Kaffee, wenn wir Handwerker im Haus haben. Und manchmal servierst du ihnen sogar Kuchen!«

»Klar, für *unsere* Handwerker schon«, sagte ich und betonte das »unsere«.

»Du bist vielleicht komisch. Frau Weber wird uns den Sprudel sicher ersetzen.«

»Ach, darum geht's doch gar nicht.«

»Worum geht's denn dann?«

Eine gute Frage. Ich weiß ja selbst nicht, was mit mir los ist. Manfred meint es doch nur nett. Er ist immer sehr hilfsbereit. Und die neue Aufgabe und die männliche Gesellschaft im

Nachbarhaus tun ihm sichtlich gut. Es fällt ihm schwer, sich ans Rentnerdasein zu gewöhnen, was ich gut verstehen kann. Also sollte ich mich für ihn freuen, anstatt herumzumäkeln.

»Ich bringe den Kaffee und die Brezeln dann nachher rüber«, sagte ich versöhnlich.

»Prima, danke«, erwiderte Manfred.

In seinem Blick konnte ich lesen: Versteh mir einer die Frauen!

Ich bringe den Kaffee und die Brezeln jetzt seit drei Tagen eigenhändig in euer Haus hinüber, freiwillig und mit dem größten Vergnügen. Dieser junge Spanier ist ein Bild von einem Mann, groß und schlank mit dichten schwarzen Haaren, strahlenden Augen, einem noch viel strahlenderen Lächeln und einem bezaubernden Akzent. Ein Glück, dass ich keine Tochter im heiratsfähigen Alter habe, ich müsste sonst befürchten, sie und meine Enkelkinder eines Tages im fernen Spanien besuchen zu müssen. Und so ein Prachtstück von Mann ist sogar noch zu haben. »Ich kein Zeit für Freundin«, hatte er mir erklärt, als ich ihn fragte, ob er seine Freundin in Spanien nicht vermisse. »Bin noch Jun-ge.« Was er mir damit sagen wollte, ist mir nicht ganz klar. Vielleicht heißt Junge für ihn so viel wie Junggeselle. Jungfrau kann er wohl kaum meinen, das halte ich für ausgeschlossen. Ich nehme an, dass dir so junge, fesche Spanier auf Teneriffa jeden Tag begegnen, hier in Neubach sind sie eine Rarität.

Wir frühstücken jetzt immer zu viert. Ich glaube, Manfred hat das Männerkleeblatt besser gefallen, aber das ist mir egal, ich will auch meinen Spaß haben. Da ich zum Kaffeetrinken nicht so gerne auf dem Boden sitze und die Getränkekiste auch nicht übermäßig bequem ist, haben Manfred und ich unseren alten Gartentisch samt Stühlen aus dem Keller geholt. Manfred hat ein bisschen gebrummelt. Er meint, so etwas könne auch nur einer Frau einfallen und ob ich jetzt auch noch eine Tischdecke, Servietten, Besteck und ein bisschen Blumenschmuck herüberbringen wolle. Als ich fragte, ob er schon einmal etwas von

Gastfreundschaft gehört habe, gerade gegenüber einem Menschen aus einem anderen Land, sah er mich schräg an und sagte: »Ach, auf einmal.«

Aber grundsätzlich sind wir beide gerade bester Laune. Manfred hat beschlossen, sobald die beiden Anstreicher fertig sind, Anjas Laden in Angriff zu nehmen.

»Du willst den Laden streichen?«

»Klar, warum denn nicht? Erinnerst du dich nicht? Unsere erste Wohnung haben wir doch auch selbst gestrichen.«

Stimmt, wir lebten damals im Farbenrausch. Im Bad mit den tristen grauen Kacheln haben wir die Wände in Dschungelgrün gestrichen, die Küche orange und eine Wand im Wohnzimmer dunkelbraun.

»Anja und Tom können mir helfen, dann werden wir an einem Wochenende fertig. Ich hab ja jetzt noch einmal einen Auffrischungskurs bekommen.«

Ich schlug vor, die beiden Maler zu fragen, ob sie das nicht machen könnten.

»Nachtigall, ich hör dir trapsen«, lachte Manfred. »Du denkst wohl vor allem an Pablo. Und du hilfst dann mit und kochst Kaffee!«

Er hat es also gemerkt, dass ich Pablo gern sehe, aber er scheint nicht eifersüchtig zu sein. Soll ich mich darüber freuen oder hält er mich für so alt und unattraktiv, dass er sich keine Sorgen machen muss? Nun ja, er hat ja recht, bei dem Altersunterschied. Wenn überhaupt, dann sieht Pablo höchstens die Mutter in mir. Aber egal, er ist trotzdem immer sehr charmant zu mir.

»Na ja, ich möchte nicht, dass du es wieder im Kreuz kriegst. Und Anja ist schwanger. Sie sollte sich auch nicht übernehmen.«

»Nun hör aber auf, man sieht ja noch nicht mal was. Wer sagt denn immer: ›Schwangerschaft ist keine Krankheit‹? Aber keine Angst, ich passe schon auf, dass sie sich nicht zu viel zumutet.«

Anja ist von der Idee begeistert, den Laden ein bisschen aufzumöbeln, gerade jetzt, wo sie gegen das neue Gartencenter konkurrieren muss. Sie hatte auch die Idee, unsere alten Gartenmöbel nicht mehr in den Keller zu tragen, sondern für ihren Laden hübsch herzurichten. Erinnerst du dich noch an den kleinen runden Tisch mit der Platte aus Holzlatten und den leichten Klappstühlen mit den Metallbeinen dazu? Anja will die Garnitur knallrot lackieren und in die hintere Ecke des Ladens stellen, ein wenig versteckt hinter großen Grünpflanzen.

»Da kann ich dann mal ein Verkaufsgespräch führen, wenn es um eine Tischdekoration oder einen Trauerkranz geht. Und dann stelle ich noch eine Kaffeemaschine auf. Da tut's eine ganz normale, kein so teures Teil.«

Du siehst, euer Umzug hat einiges bei uns in Bewegung gebracht. Trotzdem würde ich viel darum geben, wenn ihr noch nebenan wohnen würdet. Aber jetzt muss ich Schluss machen und den Kaffee nach drüben bringen.

Hasta la vista
Deine Angelika

Angelika kämpft mit dem Abflussrohr

Liebe Susanne,

auch wenn Du mir viele hübsche junge Spanier auf Teneriffa in Aussicht stellst, werde ich meine Zelte hier nicht abbrechen. Ich glaube Dir allerdings, dass es ein Ansporn für Dich ist, die Landessprache zu erlernen, um Dich mit ihnen unterhalten zu können – ich hoffe allerdings, nur über so unverfängliche Themen wie den Weinkauf, Reparaturen im Haus und das Wetter. Dass Du Dich nach ein paar Kursen an der Volkshochschule nicht perfekt verständigen kannst, ist doch klar. Wie immer bist Du viel zu ungeduldig. Du wirst sehen, bis wir euch im Sommer besuchen kommen, werdet ihr euch schon fließend mit den Einheimischen unterhalten können.

Doch nun zu den Neuigkeiten aus dem Ländle. Vor einigen Tagen hatte sich Frau Weber angekündigt, um nach dem Haus zu sehen, und Manfred meinte, das sei doch eine gute Gelegenheit, die neue Nachbarin zum Kaffee einzuladen und sie besser kennen zu lernen.

Ich hatte einen Apfelkuchen gebacken und gerade das Geschirr abgespült. Manfred kam genau in dem Moment in die Küche, als ich das Spülwasser ablaufen ließ.

»Der Abfluss ist ja schon wieder verstopft«, stellte er fest.

»Nicht ganz.«

Zugegeben, das Wasser lief nur langsam ab, aber es lief.

»Wann hast du denn das letzte Mal heißes Wasser durchlaufen lassen?«, wollte Manfred wissen.

»Gestern, als ich die Spaghetti abgegossen habe.«

Ich wusste natürlich schon, dass Manfred nicht das bisschen Spaghettiwasser meinte. Ich hasse Chemie im Haushalt. Deshalb war ich sehr angetan, als ein Klempner mir vor einiger Zeit sagte, Abflussreiniger sei gar nicht nötig, es genüge, das Spülbecken immer mal wieder bis obenhin mit kochend heißem Wasser zu füllen und es dann ablaufen zu lassen. Das Problem an der Sache ist nur, dass ich das »immer mal wieder« vergesse.

»Lass mich mal ran«, meinte Manfred geschäftig.

»Bitte nicht jetzt, Manfred. Frau Weber wird bald kommen«, bettelte ich, aber Manfred blieb unerbittlich.

Manchmal muss ich ihn wochenlang löchern, bis er etwas repariert, aber wenn er sich dann dazu entschlossen hat, hält ihn nichts mehr auf. Sein Entschluss fällt leider manchmal auf einen ganz ungünstigen Zeitpunkt, so wie jetzt. Aber da ich ein schlechtes Gewissen hatte, weil ich mich wirklich nicht um den Abfluss gekümmert hatte, setzte ich ihm nicht viel Widerstand entgegen. Es hätte auch nichts bewirkt.

»Da wird heißes Wasser nichts mehr nützen«, stellte Manfred brummig fest. »Wo hast du denn den Abflussreiniger?«

»Im Kellerregal bei den Putzmitteln.«

Manfred ging hinunter und kam unverrichteter Dinge wieder herauf. Diesmal lag es aber nicht an ihm und seinem männlichen Blick in die Ferne. Ich hatte die gesuchte Flasche bei der letzten Giftmüllsammlung entsorgt. Das wollte ich Manfred aber nicht gestehen.

»Nichts mehr da«, stellte er fest. »Dann müssen wir es eben doch mit heißem Wasser versuchen. Bring mir mal deinen größten Topf. Das Wasser aus der Leitung ist nicht heiß genug.«

Ich wagte keinen Widerspruch. Es dauerte eine ganze Weile, bis das Becken mit kochendheißem Wasser gefüllt war, denn eine Topffüllung reichte nicht aus. Aber schließlich war es so weit. Manfred zog den Stöpsel und – nichts passierte.

»Bring mir mal eine Stricknadel, aber eine lange«, befahl Manfred.

Es ist lange her, seit ich das letzte Mal gestrickt habe, aber schließlich war die gewünschte Nadel gefunden. Die Wasseroberfläche hatte sich keinen Millimeter gesenkt.

»Vorhin ist es noch gelaufen«, klagte ich und warf Manfred einen vorwurfsvollen Blick zu.

»Aber wie.«

Manfred stocherte mit der langen Nadel im Abfluss herum, förderte aber nur ein paar schmutzige Flocken zu Tage, die jetzt im Wasser schwammen.

»Mist!«, schimpfte er. »Es hat alles keinen Wert. Ich muss zum Baumarkt fahren und einen Abflussreiniger kaufen.«

»Jetzt?«, fragte ich entsetzt und warf einen Blick auf die Küchenuhr.

Der Zeiger rückte unaufhörlich weiter. Das Jahr hat 365 Tage. Warum musste Manfred ausgerechnet heute den Abfluss reinigen, wo Frau Weber ihren Antrittsbesuch bei uns machte?

»Siehst du eine andere Möglichkeit? So können wir es schließlich nicht lassen.«

Nein, das konnten wir wirklich nicht.

»Wenn du rechtzeitig heißes Wasser …«

»Ist ja schon gut.«

»Du kannst inzwischen schon mal das Becken leeren. Aber pass auf, verbrenn dich nicht, das Wasser ist heiß.«

»Beeil dich«, gab ich ihm mit auf den Weg.

Dieser Hinweis würde vermutlich nichts nützen, aber er war wichtig, denn Baumarktbesuche sind für Manfred so schön wie für mich ein Bummel durch Modegeschäfte. Manfred entdeckt im Baumarkt so wunderbare Dinge wie Akku-Bohrschrauber, Handkreissägen und Werkzeugkästen. Das brauchen wir zwar alles nicht, aber anschauen kann man es ja mal.

Also fuhr Manfred zum Baumarkt und ich lief inzwischen mit einer Kanne zwischen Küche und Gäste-WC hin und her, um das ausgeschöpfte Wasser dort auszuleeren. Ich hatte das Gäste-WC heute Morgen schon auf Hochglanz gebracht und abgeschlossen, um zu verhindern, dass Manfred es noch einmal benutzte, bevor der Besuch kam. Das ist auch so ein Punkt, bei dem wir uns jedes Mal in die Wolle kriegen, weil Manfred das total bescheuert findet. Aber in diesem Punkt bleibe ich unerbittlich. Da geht es um meine Hausfrauenehre.

Eine Dreiviertelstunde später war Manfred wieder da. Ich hatte inzwischen das Spülbecken geleert, den nassgetropften Fußboden aufgewischt und im Minutentakt auf die Uhr geschaut.

Manfred strahlte. »Guck mal«, sagte er und zeigte mir stolz eine hohe Dose. »Das wird dich freuen. Es funktioniert ganz ohne Chemie mit Druckluft. Man setzt die Flasche auf den Abfluss, drückt kräftig drauf und das pustet den Abfluss frei. Ist doch eine tolle Erfindung. Die hatten da auf einem Bildschirm einen Film laufen. Und der Verkäufer, der mich beraten hat, schwört drauf.«

Ich bekam die Anweisung, dass ich den Schmutzabfluss zwischen unserem Spülbecken und dem Abtropfbecken mit einem Lappen fest verschließen musste.

»Sonst drückt es den ganzen Dreck aus dem Abflussrohr oben raus«, erklärte Manfred.

Bloß das nicht!

Ich drückte, was das Zeug hielt, während Manfred auf die Dose drückte. Dann gab es ein flutschiges Geräusch und Manfred sah mich zufrieden an.

»Hast du das gehört? Ist doch echt super, das Zeug. Wirst sehen, jetzt läuft es wieder.«

Und tatsächlich, als Manfred den Hahn öffnete, floss das Wasser mit einem freundlich gluckernden Geräusch in den Abfluss.

»Du bist mein Held«, sagte ich und küsste Manfred.

Manfred strahlte und öffnete den Mülleimer, um die leere Dose zu entsorgen.

»Oh Gott!«

Das klang nicht gut.

»Was ist denn?«

»Ach, nicht so schlimm«, wiegelte Manfred ab. »Nur ein bisschen Schmutz.«

Ich schob ihn zur Seite und warf einen Blick in den Unterschrank. Da der Druck nicht nach oben entweichen konnte, hatte er sich seinen Weg durch die Verbindungsstücke der Rohre nach außen gebahnt und dabei auch Schmutz mitgenommen. Die Wände des Unterschranks sahen aus, als hätten sie Masern, schwarz getupfte Masern.

Manchmal kann ich so theatralisch sein wie Marie, und gerade war mir sehr danach, einen hysterischen Anfall zu bekommen. Aber dazu war einfach keine Zeit. Frau Weber konnte jeden Moment eintreffen.

»Häng den Mülleimer aus«, befahl ich Manfred.

»Wozu das denn?«

»Weil ich da unten nicht putzen kann, solange mir der Mülleimer im Weg ist.«

»Du willst jetzt da unten putzen? Weißt du, manchmal übertreibst du es wirklich mit deiner Putzerei. Frau Weber wird sicher nicht die Schranktür zu unserem Mülleimer öffnen und kontrollieren, ob es da drin sauber ist. Das kannst du doch noch machen, wenn sie wieder weg ist.«

In mir brodelte es. Manfred spielte gerade mit seinem Leben.

»Kann ich eben nicht. Bis heute Abend ist das Zeug angetrocknet, dann krieg ich es gar nicht mehr weg. Also häng jetzt bitte den Mülleimer aus!«

Manfred merkte, dass es wohl nicht klug war, sich mit mir auf eine Diskussion einzulassen, und hängte den Mülleimer von der Schranktüre ab. Ich räumte alles aus, was sich unter der Spüle befand: Reiniger für die Spülmaschine, Klarspüler, Salz, alte Bürsten und Schwämme, leere Plastiktüten ... Dann holte ich Eimer, Schwamm und Lappen und verschwand bis zur Taille im Unterschrank. Es ist der Ort in meinem Haushalt, der am schwierigsten zu putzen ist, weil die linke Hälfte des Schranks in einem toten Winkel neben dem anschließenden Eckschrank verschwindet. Zum Glück gehe ich regelmäßig zur Gymnastik und bin deshalb noch recht beweglich. Die Hälfte meiner Schrubbarbeit war erledigt, als es an der Tür klingelte.

»Ich mach schon auf«, hörte ich Manfred rufen und weg war er.

Mein »Mach die Küchentür zu!« verhallte leider ungehört in den Tiefen des Unterschranks. Es würde mir nicht gelingen, mich rechtzeitig rückwärts aus dem Schrank zu winden, um die Tür zu schließen, an der Frau Weber auf dem Weg von der Haustür zum Wohnzimmer unweigerlich vorbeikommen würde. Außerdem musste meine vordere Hälfte einen viel schlimmeren Anblick bieten als meine hintere, verschwitzt, verstrubbelt und aufgelöst wie ich war. Also beschloss ich, in dem Kabuff zu bleiben und den beiden von dort aus zuzurufen: »Geht schon mal ins Wohnzimmer, ich komme dann gleich!«

Gleich war zwanzig Minuten später, denn ich wollte mich doch etwas restaurieren, bevor ich meiner neuen Nachbarin entgegentrat. Schließlich war schon unser erstes Zusammentreffen nicht sehr glücklich verlaufen.

Als ich mich der Wohnzimmertür näherte, hörte ich lautes Lachen. Die beiden schienen sich bestens zu unterhalten.

»Nein, Frau Rupp, das ist ja eine köstliche Geschichte, die Ihr Mann mir da gerade erzählt hat.«

Sehr köstlich, wirklich. Schön, dass wenigstens Manfred und Frau Weber ihren Spaß daran hatten.

»Und was für ein Glück Sie haben, so einen geschickten Handwerker im Haus zu haben! Mein Exmann hatte leider zwei linke Hände. Aber das mit dem heißen Wasser, das muss ich mir merken.«

Ich mir auch, dachte ich reumütig.

»Es tut mir leid, ich habe noch nicht einmal den Tisch gedeckt«, entschuldigte ich mich.

»Aber das macht doch nichts«, beruhigte mich Frau Weber. »Da gehe ich in der Zwischenzeit einfach mal drüben in meinem Haus nach dem Rechten sehen, dann können Sie in Ruhe alles richten. Es ist ja so nett, dass Ihr Mann sich so gut um meine Baustelle gekümmert hat. Kommen Sie mit, Herr Rupp?«

Natürlich kam er mit.

Manfred hatte extra eine Flasche Sekt kalt gestellt, um nach dem Kaffee mit der neuen Nachbarin anzustoßen.

»Auf gute Nachbarschaft«, sagte er und prostete Frau Weber zu. »Ach, wissen Sie, eigentlich könnten wir doch du zueinander sagen. So haben wir es mit unseren alten Nachbarn auch gehalten. Ich heiße Manfred.«

Ich glaube, ich spinne! Normalerweise dauert es ewig, bis Manfred jemandem das Du anbietet. Natürlich waren wir mit euch per Du, aber doch nicht schon bei der zweiten oder dritten Begegnung. Es war beim ersten Fasching, den wir zusammen feierten, erinnerst Du dich? Da kannten wir uns schon länger als ein Jahr, hatten zusammen Richtfest gefeiert, uns Werkzeuge und Rasenmäher ausgeliehen und schon manche Flasche zusammen geleert. Aber was blieb mir schon anderes übrig, als bei der Verbrüderung mitzuspielen? Frau Weber heißt Gisela.

In vierzehn Tagen will Gisela einziehen. Ich bin gespannt, wie unser nachbarschaftliches Verhältnis sich entwickeln wird. Ich bezweifle sehr, dass es sich so gut und herzlich gestalten wird wie unseres. Aber ich will nicht unken. Der erste Eindruck kann täuschen, und der, den Gisela von mir gewonnen hat, ist sicher auch nicht der beste. Das erste Mal habe ich sie mit einem Schlag auf den Kopf begrüßt, das zweite Mal mit meinem Hinterteil. Gastfreundschaft sieht anders aus. So oder so – ich vermisse euch.

Liebe Grüße
Deine Angelika

Marie will »Griepievistin« werden

Liebe Susanne,

letzte Woche ist Gisela eingezogen.

Und seither ruft sie jeden Tag an, um Manfreds Rat einzuholen. Gestern hat sie ihn geholt, weil ihre Terrassentür klemmt. Unsere Terrassentür klemmt seit Wochen und ist noch immer nicht repariert. Manfred meinte, das sei im Sommer noch früh genug. Ich wusste wirklich nicht, dass euer Haus so baufällig ist. Jeden Tag denke ich, jetzt müsste alles repariert und in Schuss sein – Pustekuchen!

In Sachen »Streuobstwiese gegen Golfplatz« verhärten sich die Fronten. In einigen Geschäften liegen Unterschriftenlisten aus mit der Überschrift »Für den Erhalt der Streuobstwiesen«.

Anja hat versucht, neutral zu bleiben. Sie findet, dass solche Aktionen nur das inzwischen ohnehin vergiftete Klima in Neubach verschlimmern. Aber schließlich hat sie Frau Wagners Drängen nachgegeben und ebenfalls eine Unterschriftenliste ausgelegt. Inzwischen ist ihre Liste die, auf der die meisten Unterschriften stehen. Das ist nicht allein der Tatsache zu verdanken, dass Menschen, die die Natur lieben, sich gerne in Blumengeschäften aufhalten. Nein, es ist vor allem Marie zu verdanken. Da die sich nachmittags mit Vorliebe bei Anja im Laden herumtreibt, mithilft und auf Kundschaft wartet, wusste sie schon bald Bescheid, was es mit den Listen auf sich hat. Und sobald Anja mit dem Binden eines Straußes oder dem Verpacken von Blumen beschäftigt ist, fragt sie die Kunden scheinheilig: »Magst du Bäume?«

Wer würde darauf mit nein antworten? Dann drückt Marie der betreffenden Person beherzt den Kugelschreiber in die Hand, legt ihren kleinen Zeigefinger auf die richtige Stelle des Blattes, schaut sie mit ihren großen, braunen Augen treuherzig an und sagt: »Dann musst du da deinen Namen hinschreiben, sonst werden die ganzen schönen Bäume abgesägt.«

Wie sie es schafft, dabei auch noch einen feuchten Schimmer in ihre Augen zu zaubern, ist mir ein Rätsel. Vielleicht macht der Gedanke an die abgeholzten Bäume sie ja wirklich so traurig.

Aber es klappt nicht immer. Neulich hat sie mir erzählt: »Oma, ich hab heute einen Mann gekrault.«

»Was?«

»Das heißt ›wie bitte‹, Oma. ›Was‹ sagt man nicht«, belehrte sie mich in Anjas O-Ton.

Stimmt, es war mir in der Aufregung so herausgerutscht.

»Sie meint vergrault«, griff Anja erklärend ein. »Es war Herr Klein.«

Herr Klein macht sich für die Golfplatz-Fraktion stark. Als Marie ihn in gewohnter Manier aufforderte, seinen Namen auf die Liste zu setzen, reagierte er verständlicherweise verärgert.

»Schämen Sie sich nicht, ein Kind vor Ihren ideologischen Karren zu spannen?«, fragte er Anja ungehalten.

»Ich bin doch kein Pferd«, lachte Marie.

Aber das fand Herr Klein gar nicht lustig.

»Wissen Sie was? Ich kaufe meine Blumen woanders. Vermutlich werde ich Ihre Tochter in ein paar Jahren als Greenpeace-Aktivistin im Fernsehen bewundern können.«

Sprach's und verließ empört den Laden.

Auf ihre Frage, was eine »Griepievistin« sei, bekam Marie von der sprachlosen Anja keine Antwort.

»Weißt *du*, was das ist, Oma?«, wollte Marie jetzt von mir wissen.

»Ach, weißt du, da fragst du am besten mal den Opa«, redete ich mich heraus.

Manfred hat viel Geduld und Talent, Marie auch komplizierte Sachverhalte so zu erklären, dass Marie sie verstehen kann.

Ich weiß allerdings nicht, ob es in diesem Fall ein kluger Gedanke von mir war, die Erklärung Manfred zu überlassen. Jedenfalls will Marie jetzt unbedingt »Griepievistin« werden, wenn sie einmal groß ist. Sie stellt es sich toll vor, auf hohe Türme zu klettern und von oben riesige Banner zu entrollen. Oder bei rauer See auf einem schaukelnden Boot die armen Wale und Delphine zu retten. Allein bei dem Gedanken steigt Panik in mir auf. Werden diese Leute nicht sogar manchmal verhaftet und landen in irgendwelchen finsteren Gefängniszellen? Hoffentlich überlegt Marie es sich noch einmal anders und übernimmt doch Anjas Blumenladen, wie sie es bisher vorhatte.

Wenn es den Laden bis dahin noch gibt. Anja hat große Befürchtungen. Und um nicht noch mehr Kunden zu vergraulen, die Anhänger der Baum-Fraktion aber auch nicht zu verärgern, hat sie die Liste jetzt nicht mehr auf der Ladentheke liegen, sondern auf dem kleinen roten Tisch hinten im Laden, wo sie nicht so ins Auge fällt. Und Marie hat strengstes Verbot, die Kunden weiterhin zur Unterschrift zu nötigen. Aber Marie wäre nicht Marie, wenn ihr nicht etwas eingefallen wäre.

Und das geht so: Die alte Frau Buchele betritt den Laden und sucht Blumen für das Grab ihres Mannes aus. Und während Anja nach hinten geht, um den Strauß zu binden, fragt Marie unschuldig: »Bist du müde? Willst du dich ein bisschen ausruhen? Da hinten an dem Tisch male ich grade. Da kannst du dich hinsetzen und mir zugucken.«

Frau Buchele mag Kinder und sie hat müde Beine und deshalb nimmt sie das Angebot gerne an.

»Guck mal, ich male gerade einen Baum. Ich mag Bäume. Deshalb hab ich meinen Namen auf den Zettel da geschrieben, damit die Bäume nicht umgesägt werden. Sonst gibt's bald keine Äpfel mehr und auch keinen Honig, wegen den Blüten von den Bäumen und den Bienen. Und auf den Wiesen wohnen auch ganz viele Vögel und andere Tiere. Das hat Opa mir erklärt. Siehst du, da steht mein Name. Ganz oben, als Erster.« Und sie deutet auf die Stelle, an der in etwas schiefen Großbuchstaben »MARIE« steht. »Wie heißt du denn?«

Von hier ist es kein weiter Weg mehr, bis Frau Bucheles Name ebenfalls auf der Liste steht. Und Marie kann Mama versichern, dass Frau Buchele ganz von allein auf die Idee gekommen ist, auf der Liste zu unterschreiben. Sie hat nur geholfen, Frau Bucheles Lesebrille in ihrer Handtasche zu suchen. Vielleicht wäre es günstig, so eine Lesebrille auf den kleinen Tisch zu der Liste zu legen, hat Marie sich überlegt. Denn neulich war ein Kunde da, der hatte seine Brille nicht dabei. Und Marie ist sicher, dass er seinen Namen gerne auf die Liste gesetzt hätte, aber ohne Brille konnte er nicht schreiben. Sie traut sich aber nicht, Anja zu bitten, eine solche Brille zu kaufen. »Oma, kannst du vielleicht ...? Ich geb dir auch was aus meinem Sparschwein dazu.« Oma wird es sich überlegen. Diese Nullachtfünfzehn-Brillen gibt es ja schon recht günstig zu kaufen. Ich fürchte nur, dass ich mir mächtigen Ärger mit Anja einhandeln werde.

Der kleine rote Tisch ist eine Bereicherung für Anjas Laden und für manchen Neubacher auch. Die alte Frau Schneider zum Beispiel macht dort immer Station, wenn sie mit ihrer schweren Einkaufstasche vorbeikommt. Sie kann dann ein wenig verschnaufen, ein kleines Schwätzchen halten und einen Kaffee trinken, wenn ihr danach ist. Anja hat ihr versichert, dass sie das jederzeit tun kann, auch wenn sie keine Blumen kauft.

»Wissed Se, i kann net jedes Mal Blume kaufe, au wenn i's gern däd, aber da drzu reicht mei Rente net. Aber wenn i a bissle nasitze und die schöne Blume agucke kann, des isch so schön, vor allem jetzt im Winter, wo drauße nix blüht«, hat sie Anja erklärt.

Und wenn Frau Schneider nichts Verderbliches in ihrer Einkaufstasche hat und nichts, was sie gleich zum Kochen braucht, dann lässt sie ihre Tasche bei Anja stehen und die bringt sie ihr abends auf dem Nachhauseweg vorbei.

Manchmal hat Frau Schneider auch das Glück, dass Manfred gerade im Laden ist und sie samt Einkaufstasche nach Hause fahren kann. Manfred braucht Menschen um sich, den ganzen Tag nur mit mir zu Hause, das ist nichts für ihn, und seit die Maler nicht mehr nebenan arbeiten, nutzt auch er den Tisch in Anjas Laden. Da sitzt er dann und liest die Zeitung und lauert wie Marie auf Kundschaft, mit der er sich unterhalten kann. Wenn er dann nach Hause kommt, bringt er die neuesten Nachrichten aus dem Ort mit.

»Heute hab ich mich mit Frieder unterhalten«, erzählte Manfred neulich.

Frieder ist ein alter Schulfreund von Manfred und er gehört zu denen, die eine der begehrten Streuobstwiesen besitzen, sie aber nicht verkaufen wollen.

»Meine Kinder verstanded des net«, klagte Frieder. »Mr könnt moine, die hätted alles vergesse. Mir hen die Wies von meim Onkel gerbt. Damals hen mr in ra Etagewohnung gwohnt mit zwoi kloine Kender. Des Stückle war des reinste Paradies für se. Später hen mr na a Gartehäusle drauf baut und a bissle Gmüs abaut. Und Festle hen mr gfeiert. Bei schönem Wetter wared mr jedes Wocheend drauße. Und jetzt dränged me meine Kender, dass i's verkauf. ›Nach meim Dod könned 'r drmit mache, was 'r welled‹, han i gsagt, aber d' Kender hen gsagt: ›Na wills koiner meh kaufe. Jetzt oder gar net.‹ ›Na halt gar net‹, han i gsagt, und seither schwätzed se nemme mit mr.«

Du siehst, der Riss geht nicht nur durch die Gemeinde, sondern manchmal sogar durch die Familien.

Der Unfrieden im Dorf nimmt immer neue Formen an. Neulich kam Frieder ganz aufgeregt in den Laden.

»Jetzt guck dr des a«, sagte er zu Manfred und legte ein Schreiben vor ihn auf den Tisch.

Eine Aufforderung der Gemeinde, sein Gartenhaus auf der Streuobstwiese zu vermessen und die genauen Maße der Gemeinde mitzuteilen. Es bestehe der Verdacht, dass das Häuschen so groß sei, dass Frieder eine Baugenehmigung gebraucht hätte, die er aber wohl nie beantragt hat. In diesem Fall sei eine Strafe fällig oder Frieder müsse das Häuschen abreißen.

»Die sin doch nemme ganz gsund«, schimpfte er. »Des Häusle stoht jetzt seit über dreißig Jahr auf meiner Wies und nie hat oiner ebbes welle. Und na grad jetzt, wo i verkaufe soll. Des stinkt doch zum Himmel. Dene isch doch jedes Mittel recht.«

Manfred versuchte, Frieder zu beruhigen. Wenn das Häuschen schon so lang stehe, dann hätten damals vielleicht ganz andere Gesetze gegolten. Er könne sich nicht vorstellen, dass man Frieder dann irgendwelche Auflagen machen könne. Und im Übrigen gäbe es ja so etwas wie Verjährung und Bestandsschutz. Aber er sei natürlich kein Jurist. Falls es Frieder recht sei, wolle er sich aber gern auf dem Rathaus für ihn erkundigen. Er kenne den Bürgermeister ganz gut.

Manfred ließ sich einen Termin geben und suchte Jörg am nächsten Nachmittag im Rathaus auf.

»Das Schreiben ist nicht von mir«, stellte der fest, als Manfred ihm den Brief zeigte.

»Aber das ist doch der Briefkopf der Gemeinde und Ihre Unterschrift!«

»Das ist doch heute kein Hexenwerk mehr, so etwas zu fälschen, wenn man ein bisschen was vom Computer versteht. Also, ich hab so einen Unsinn jedenfalls nicht verfasst!«

»Aber was verspricht sich einer davon?«, wollte Manfred wissen.

»Die Leute verunsichern, jemandem, der ihm beim Verkauf seiner eigenen Wiese in die Suppe spuckt, eine schlaflose Nacht bereiten? Keine Ahnung. Wenn ich gewusst hätte, welche Unruhe das Golfplatzprojekt in der Gemeinde auslöst, hätte ich mich nie darauf eingelassen«, seufzte Jörg. »Mit so viel Widerstand hatte ich nicht gerechnet. Und dabei ist ja noch gar nichts beschlossen. Ich denke daran, einen Bürgerentscheid, also eine Abstimmung der gesamten Einwohnerschaft, durchzuführen.

Das wird vielleicht zu einem klaren Ergebnis führen. Aber Unzufriedene werden so oder so bleiben.«

»Und wenn jemand sein Grundstück partout nicht verkaufen will? Kann man ihn dann zwingen?«

»Nun, man kann sein Grundstück auch an die Golfplatzbetreiber verpachten. Aber das ändert natürlich nichts daran, dass die Bäume und Häuschen weichen müssen. Insofern macht es für einige Besitzer keinen großen Unterschied. Man könnte ein Grundstück auch gegen ein anderes außerhalb des Golfplatzgeländes tauschen. Aber es bleibt so oder so eine ungute Sache.«

Manfred berichtete Frieder, was er auf dem Rathaus erfahren hatte.

»Na ja«, meinte der, »des sen ja eigentlich gute Nachrichte. Aber wer macht denn so ebbes? Des isch doch koin Spaß.«

»Wärst du denn bereit, dein Grundstück eventuell zu tauschen?«, wollte Manfred wissen.

Er ahnte schon, wie die Antwort ausfallen würde.

»Auf gar koin Fall! Des isch mei Stückle Land. Da hänged a Menge Erinnerunge dra und a Menge Schweiß. Was moinsch, wie viel Kompost und Dünger i in mei Gmüsbeet neigschafft han, bis die Erde so war, wie se jetzt isch? I brauch koi Geld für a Weltreis und i will au koi anders Grundstück, 's Oinzige, was i will, isch, dass alles so bleibt, wie's isch«, erklärte Frieder entschieden.

Überall im Ort hängen inzwischen Plakate der Golfplatz-Fraktion. Herr Klein ist Chef einer kleinen Werbeagentur, er hat sie drucken lassen. Auf einem ist er sogar selbst zu sehen. Das Plakat trägt die Aufschrift »Zukunft für Neubach«. Auf einem anderen steht »Mut gewinnt!«. Es zeigt eine Hand, die einen Golfschläger hält und gerade auf einen Ball zielt.

Das Zerwürfnis im Ort ist inzwischen über Neubachs Grenzen hinausgedrungen. Gestern kam sogar ein Bericht in der Landesschau. Es ist lustig, Leute, die man jeden Tag auf der Straße trifft, plötzlich im Interview im Fernsehen zu sehen.

Fast wäre unsere Marie auch dabei gewesen! Sie war gerade allein im Laden, als die Reporterin und ein Kameramann das Geschäft betraten. Marie hat mir haarklein erzählt, wie die Sache vor sich gegangen war.

Die Reporterin hatte nach Anja gefragt.

»Meine Mama kommt gleich wieder. Willst du Blumen kaufen?«, fragte Marie.

Die Reporterin erklärte, sie wolle Anja nur ein paar Fragen zu dem geplanten Golfplatz stellen.

»Ich spiele auch Golf«, erzählte Marie, »Minigolf. Ich kann das gut. Letztes Mal habe ich sogar gegen Mama gewonnen. Papa hat mir nur ein kleines bisschen geholfen. Wenn ich groß bin, dann spiele ich vielleicht auch richtiges Golf.«

»Dann möchtest du sicher, dass hier der Golfplatz gebaut wird«, vermutete die Redakteurin, die inzwischen dem Kameramann ein Zeichen gegeben hatte, seine Kamera laufen zu lassen.

Marie schüttelte energisch den Kopf. »Nein! Dann müssen ja die ganzen schönen Bäume weg. Wenn ich groß bin, dann kaufe ich mir ein Auto. Und dann fahre ich zu einem anderen Golfplatz. Papa sagt, da gibt's ganz viele. Ich sammle Namen für die Bäume. Meiner steht auch auf der Liste drauf. Willst du mal sehen?«

In dem Moment betrat Anja den Laden. Als sie mitbekam, was hier los war, forderte sie das Fernsehteam energisch auf, sofort ihr Geschäft zu verlassen. Und sie sollten es nicht wagen, den Beitrag mit Marie zu senden. Anja ist ein sanftes Geschöpf, aber wenn es um Marie geht, dann kann sie zur Löwin werden. Allerdings konnte von Dankbarkeit für ihre streitbare Mutter bei Marie keine Rede sein.

»Mama ist so gemein, Oma. Stell dir vor, ich wäre fast im Fernsehen gekommen! Aber Mama hat alles kaputt gemacht.«

Ja, ein bisschen schade ist es schon. So, wie ich Marie kenne, war sie großartig. Aber vielleicht wird sie ja »Griepievistin«, dann können wir sie eines Tages doch noch im Fernsehen bewundern.

Wie Du siehst, ist allerhand los in Neubach. Ich kann unserem Bürgermeister bloß zustimmen, dass es besser gewesen wäre, wenn niemand unser Dorf aus seinem Dornröschenschlaf geweckt hätte.

Für heute viele Grüße aus dem Kampfgebiet
Deine Angelika

Alte Liebe rostet doch

Liebe Susanne,

Du hast Recht: Unsere Marie ist wirklich eine sehr selbstbewusste und clevere kleine Person, wenn man bedenkt, dass sie gerade mal fünf ist. Man merkt ihr an, dass sie als einziges Kind in der Familie viel Zuwendung und Aufmerksamkeit bekommt. Manchmal vielleicht ein bisschen zu viel. Es ist wirklich Zeit, dass sie endlich ein Geschwisterchen bekommt.

Jetzt muss ich Dir von meinem neuesten Erlebnis berichten. Als am vergangenen Freitag das Telefon klingelte, dachte ich unwillkürlich an einen Notruf von Gisela, aber es war eine Männerstimme, die sich am anderen Ende der Leitung meldete.

»Geli? Hier ist Horst, Horst Remmler. Erinnerst du dich?«

Und ob ich mich erinnerte! Immerhin ist der schöne Horst der erste Junge, den ich geküsst habe, richtig geküsst! Den allerersten Kuss bekam ich nämlich von Roland, dem Sohn unseres Hausmeisters an der Grundschule. Damals waren wir sechs und gerade ein paar Wochen in der Schule. Wir hatten uns in der Ecke hinter den Mülltonnen versteckt, damit uns sein Vater nicht entdeckte. Als Horst mich küsste, war ich sechzehn. Du siehst, ich war ein Spätzünder. Er war ein erfahrenerer Küsser als Roland, was wohl seinem Alter zuzuschreiben war und seiner größeren Übung, aber der Ort, an dem wir uns trafen, war nicht viel romantischer als der hinter den Mülltonnen. Es war der Kartenraum der Schule. Horst war ein Jahr älter als ich, eine Klasse über mir und mächtig umschwärmt. Dass er ausgerechnet mich erwählt hatte, klein, ein wenig pummelig und schüchtern wie ich war, erschien mir wie ein Wunder. Leider dauerte das Wunder nicht allzu lange. Ich war nur eine in seiner reichhaltigen Sammlung. Gegen die hübsche Iris mit den langen Beinen hatte ich keine Chance. Es dauerte Monate, bis der Riss in meinem gebrochenen Herzen geheilt war, fünf Monate, um genau zu sein, dann lernte ich Manfred kennen.

»Geli? Bist du noch dran?«

Ich erfuhr, dass Horst bei einer Zeitung in der Nähe von Ulm als Journalist arbeitete und vor einigen Jahren begonnen hatte, Krimis zu schreiben.

»Weißt du, ich fand's irgendwie frustrierend, nur für die Zeitung zu schreiben. Was du heute schreibst, das landet morgen im Altpapier und kein Mensch interessiert sich mehr dafür. Da ist so ein Roman doch etwas anderes«, erklärte er mir. »Am Montag hab ich eine Lesung in der Bücherei in Heiningen und da dachte ich: Das wäre doch eine gute Gelegenheit, die Geli mal wiederzutreffen. Sie wohnt ja nicht weit weg. Was meinst du?«

»Woher weißt du denn, wo ich wohne?«

»Na, von der Namensliste für die Klassentreffen. Da hast du mir ja keine Gelegenheit gegeben, dich mal wiederzusehen. Warum bist du denn nie gekommen?«

Ja, warum? Irgendwie habe ich das Gefühl, dass mich mit meinen ehemaligen Klassenkameraden nicht mehr viel verbindet. Mit ein paar wenigen vielleicht, aber mit denen halte ich sowieso Kontakt, dazu brauche ich kein Klassentreffen.

»Und du?«, fragte ich Horst. »Wie fandest du's beim Klassentreffen?«

»Am Anfang ganz spannend«, erklärte mir Horst. »Na ja, zu hören, was so aus den Einzelnen geworden ist und aus ihren Träumen. Später ging's mir dann ähnlich wie dir. Das, was uns einmal verbunden hat, die gemeinsamen Schulerlebnisse, das ist ja vorbei. Also, wie ist es, sehe ich dich am Montag? Ich würde mich freuen.«

Ich mich auch? Horst war meine erste große Liebe gewesen. Und der Junge, der mein Herz gebrochen hatte. Wollte ich ihn wirklich wiedersehen? Es ist schon so ewig lange her.

»Ich kann nichts versprechen, Horst. Ich muss erst in meinen Terminkalender schauen.« Faule Ausrede. »Aber ja, vielleicht komme ich. Wann fängt's denn an?«

»Um acht. Ich würde mich wirklich freuen, wenn du kommst, ehrlich, Geli.«

Diesen Schmelz in der Stimme, den hatte er schon damals. Neugierig war ich schon. Wie er jetzt wohl aussah? Und ich?

Ich ging ins Bad und versuchte, mir ins Gedächtnis zu rufen, wie ich damals mit süßen sechzehn ausgesehen hatte. Bei einem kritischen Blick in den Spiegel wurde ich unschlüssig, ob es wirklich eine gute Idee war, Horst wiederzutreffen. Meine Haare beginnen grau zu werden. Es hat mich eigentlich nie gestört, vor allem weil Manfred sagt, es würde mir gut stehen. Aber ob es mich nicht alt macht? Die Lachfalten um meine Augen finde ich in Ordnung. Sie zeugen von einem fröhlichen Menschen. Wie sagte mal jemand? Lieber Lachfalten als Tränensäcke. An meiner Oberlippe entdeckte ich kleine senkrechte Fältchen. Vor allem, wenn ich die Lippen spitzte, waren sie deutlich zu sehen. Nun gut, ich musste am Montag ja nicht unbedingt pfeifen. Wenn ich lächelte, dann waren sie fast unsichtbar. Also würde ich Horst einfach den ganzen Abend anlächeln. Die Querfalte über meiner Nasenwurzel wird zum Glück von meiner Brille verdeckt, aber was die Falten an meinem Hals angeht, da könnte nur ein Schal oder ein Rolli helfen. Aber die kann ich nicht mehr tragen, seit die Wechseljahre mich im Griff haben und mir völlig unvorbereitet heftige Hitzewallungen schicken. Wie lange werden die denn noch dauern? Eigentlich müsste ich sie doch längst hinter mir haben. Das Endergebnis meiner kritischen Betrachtung lautete: eher schlaff als straff. Sollte ich dem schönen Horst wirklich den Triumph gönnen, mich als alte Schachtel zu sehen?

Ach, warum hatte Horst sich nicht vor dreißig Jahren bei mir gemeldet, damals, als mein Babyspeck geschmolzen war und ich noch keinen Gedanken an das Hüftgold der späteren Jahre verschwendete? Als ich nicht mehr das unbeholfene Gänschen war, sondern die Frau, die wusste, wie sie ihre Vorzüge am besten zur Geltung bringen kann! Ich sah es direkt vor meinem geistigen Auge, wie ich mich Horst im ausgeschnittenen, kniekurzen Kleid stolz präsentierte, getreu Rudi Carrells Worten: »Das wäre Ihr Preis gewesen!«

Bevor ich noch mehr in Trübsal verfiel, beschloss ich, Hanna anzurufen. Wozu hat man schließlich eine Freundin? Als ich ihr mein Problem geschildert hatte, sagte sie nur: »Ich komme!«

Zwanzig Minuten später klingelte es an der Tür. Hanna hielt sich nicht lange mit Formalitäten auf.

»Hast du ihn schon gegoogelt?«, wollte sie wissen.

»Wen?«

»Na, wen schon, diesen Horst natürlich! Wenn er Autor ist, ist bestimmt etwas über ihn im Internet zu finden.«

Der Computer steht in Manfreds Arbeitszimmer, aber Manfred war gerade nicht zuhause. Wir konnten also ungestört ein bisschen recherchieren. Wir fanden einige Zeitungsartikel und Informationen auf Horsts Homepage und auf der seines Verlags – und ein Foto.

»Wow«, kommentierte Hanna, »der sieht wirklich nicht schlecht aus.«

Das war die Untertreibung des Jahres. Auch Horst ist inzwischen ein wenig angegraut, aber sein Haar ist noch immer voll und der Dreitagebart steht ihm ausgezeichnet, das muss der Neid ihm lassen. Wenn ich einen Bart tragen könnte, dann wäre das Problem mit den Falten um meinen Mund leicht zu lösen. Aber Damenbart ist nun mal nicht angesagt.

»Schalt aus«, sagte ich zu Hanna. »Ich werde am Montag schön zuhause bleiben.«

»Nichts da«, gab Hanna zurück. »Hier wird nicht gekniffen. Wo ist denn dein Selbstbewusstsein geblieben? Du hast keinen Grund, dich zu verstecken. Du würdest glatt noch für sechzig durchgehen!«

»Na, vielen Dank für die Blumen.«

»He, das sollte ein Witz sein. Du hast eine Menge zu bieten. Du musst bloß nicht dauernd auf deine Schwachstellen schielen, sondern stattdessen deine Qualitäten betonen. Außerdem weißt du ja gar nicht, wie alt das Foto ist und was der Fotograf alles bearbeitet hat: Augen aufgehellt, Falten weggezaubert, Haut geglättet. Was meinst du, was da heute alles möglich ist!«

»Weißt du was? Ich schicke Horst einfach ein Foto von mir, ein bearbeitetes«, schlug ich Hanna vor.

Diesen Vorschlag lehnte Hanna lachend ab und schleppte mich stattdessen ins Schlafzimmer, um dort nach der passenden Garderobe für Montagabend zu suchen, einer, die meine Stärken betonte.

»Ich hab aber die Betten noch nicht gemacht«, wandte ich ein, als wir vor der Tür standen.

Hanna verdrehte die Augen. »Ich komme heute nicht von der Zeitung, um für den Artikel ›Die fleißigste Hausfrau im Kreis‹ zu recherchieren. Wir haben die Umfrage auf nächstes Jahr verschoben, weil ein paar Feministinnen davon Wind gekriegt und dagegen protestiert haben.«

»Was?«

»Mein Gott, Angelika, wo hast du heute bloß deinen Humor gelassen? Der Bursche hat dich ja ganz schön durcheinandergebracht.«

Daran bestand kein Zweifel. Warum konnte Horst auch nicht bleiben, wo der Pfeffer wächst? Andererseits: Wer zwang mich, am Montag zu seiner Lesung zu gehen?

Ich hatte Hanna gesagt, dass ich Manfred nichts von Horsts Anruf und der Lesung erzählen wollte.

»Warum nicht? Hast du Angst, dass Manfred eifersüchtig wird? Das mit Horst ist doch eine Ewigkeit her. Oder willst du etwa wieder was mit ihm anfangen? So wie er aussieht, könnt ich's verstehn.«

»Bist du verrückt? Nie im Leben! Ich bin einfach nur neugierig. Ich weiß auch nicht, warum ich Manfred nichts davon erzähle. Ach, egal.«

Wir standen vor meinem Kleiderschrank und versuchten, das Passende für mein Wiedersehen mit Horst auszusuchen. Auf meinem immer noch ungemachten Bett lagen schon diverse ausgemusterte Kleidungsstücke: das »Quergestreift-macht-dick-Shirt« neben dem »Das-betont-deine-Hüften-Oberteil« und der »Beige-macht-dich-blass-Bluse«.

Mit einem resignierten Seufzer ließ Hanna mein blaues Lieblingskleid zu den anderen Sachen aufs Bett fallen. Seit ein paar Wochen bekomme ich den Reißverschluss nicht mehr zu.

»Ich hab's«, sagte sie dann erleichtert, »zieh das mal an. Die schwarze Hose macht eine Superfigur und die Bluse betont deinen Busen, und der kann sich immer noch sehen lassen.«

»Und der große Ausschnitt?«, gab ich zu bedenken.

»Was ist damit?«

»Na ja, mein Dekolleté ist nicht mehr ganz knitterfrei.«

»Häng dir eine dicke Kette drüber und das Problem ist gelöst.«

»Ich könnte die Bluse auch andersherum tragen«, schlug ich vor. »An meinem Rücken ist meine Haut noch wunderschön glatt. Es kommt eine Zeit im Leben, da sollte man von Brustdekolletés auf Rückendekolletés umsteigen. Aber die Angebote der Modeindustrie lassen in der Beziehung sehr zu wünschen übrig.«

Hanna lachte. »Du kannst ja ein Modelabel für Seniorinnen gründen.«

In dem Moment ging die Tür auf und Manfred kam herein.

»Was findet denn hier statt?«, fragte er erstaunt.

»Hanna wollte sich ...«, begann ich.

Hanna hatte gleichzeitig zu sprechen begonnen, aber dummerweise nicht das Gleiche wie ich.

»Ach, weißt du, Angelika wollte ...«

Ich gab Hanna ein Zeichen, ihren Satz zu vollenden, denn ich weiß, dass sie im Schwindeln die Bessere von uns beiden ist.

»Na ja, Angelika wollte ein paar Sachen aussortieren für die Diakonie. Und ich hab versprochen, ihr dabei zu helfen. Du kennst sie ja. Sie kann sich von nichts trennen. Sie guckt's an und hängt's wieder in den Schrank zurück.«

Manfred schaute auf die Hose und die Bluse, die Hanna immer noch in der Hand hielt.

»Aber das willst du doch nicht weggeben?«, fragte er mich erschrocken. »Das steht dir doch so gut.«

Hanna grinste mich an. »Siehst du! Das hab ich auch gesagt. Das hängen wir gleich wieder in den Schrank.«

Die Kleiderfrage war also gelöst. Aber an meinen Haaren war auf die Schnelle wohl nichts zu ändern. Hanna hatte mir zu Strähnchen geraten. »Das verdeckt die grauen Haare und bringt ein bisschen mehr Fülle.« Aber Toni, mein Friseur, war für Freitag und Samstag total ausgebucht und montags hatte er wie immer geschlossen. Und einen anderen wollte ich nicht an meine Haare lassen.

Da ich manchmal mit Hanna eine Veranstaltung besuche, schöpfte Manfred keinen Verdacht. Ich hatte ihm gesagt, dass es ein wenig später werden könne, da ich mit Hanna vielleicht noch etwas trinken ginge. Hanna hatte am Montagabend keine Zeit, worüber ich ganz froh war. Sie war aber bereit, mir ein Alibi zu geben. Obwohl sie nicht verstand, warum ich so ein Geheimnis daraus machte, dass ich die Lesung eines alten Schulfreunds besuchte. Ich verstand es ja selbst nicht.

Einige Stühle waren schon besetzt, als ich den Raum betrat, in dem die Lesung stattfinden sollte. Vor den Stuhlreihen waren ein Tisch und eine Leinwand aufgebaut, und Horst stand gemeinsam mit einer jungen Frau über einen Beamer gebeugt. Da er mich nicht bemerkte, hatte ich Zeit, ihn in Ruhe zu taxieren. Er ist noch immer durchtrainiert schlank und braun gebrannt, und das Foto auf seiner Internetseite scheint weder übermäßig alt noch allzu sehr bearbeitet zu sein. Er ist ohne Zweifel noch immer ein attraktiver Mann.

Als hätte er meine Blicke gespürt, schaute er auf.

»Geli«, sagte er und kam strahlend auf mich zu.

Ich war erleichtert, dass er mich erkannt hatte. Na gut, er hatte mit mir gerechnet.

»Lass dich anschauen. Toll siehst du aus! Du hast dich überhaupt nicht verändert!«

Er küsste mich auf die Wangen und gab mir damit Gelegenheit, das plumpe Kompliment zu verdauen. Weniger wäre mehr gewesen.

»Du hast dich zwar verändert«, sagte ich, »aber nicht zu deinem Nachteil. Aber lassen wir die Schmeicheleien. Was machst du da? Ich dachte, das ist eine Lesung und kein Diavortrag?«

Horst lachte. »Na weißt du, mit einer Wasserglaslesung kannst du heute keinen mehr hinter dem Ofen vorlocken.« Horst erklärte mir, was eine Wasserglaslesung ist. »Ein Autor, ein Buch und ein Glas Wasser. Weil ich mich schlecht aufs Vorlesen und gleichzeitig auf die Technik konzentrieren kann, hilft Mona mir ein bisschen.«

Er legte mit Besitzerstolz seinen Arm um Monas Schulter. Mona war geschätzte dreißig, blond, kurvig und ganz offensichtlich in Horst verliebt.

»Mona, das ist Geli, eine alte Freundin aus Schulzeiten.«

Der Satz schmerzte mich ein wenig. Was hatte ich erwartet? Dass er mich mit den Worten vorstellte: »Das ist Geli, die Liebe meines Lebens. Ich bereue bis heute, dass ich mich von ihr getrennt habe!«

»Hi«, sagte Mona. Und Horst: »Ich muss weitermachen, es geht gleich los. Wir sehen uns nachher noch. Viel Spaß bei der Lesung. Du wirst staunen.«

Das tat ich. Horst untermalte seine Lesung mit Bildern, Musik und Geräuschen, Pistolenschüssen, Schritten, einem Käuzchenruf, Motorengeräuschen und Schreien. Es bekam seinem Vortrag gut, denn ein begnadeter Vorleser war er nicht. Ich musste daran denken, wie gut Manfred das kann. Marie hängt gebannt an seinen Lippen, wenn er ihr eine Geschichte erzählt. Er braucht keine technische Unterstützung, um bei ihr Spannung zu erzeugen.

Ich bin keine Krimifreundin, aber ich habe trotzdem ein Buch gekauft. Nicht, um es zu lesen. Auch nicht, um Horst einen Gefallen zu tun, sondern zur Erinnerung. Zur Erinnerung woran? An diesen Abend? An unser Wiedersehen? An meine erste Liebe? An eine dämliche Frau, die eigentlich alt genug sein sollte, um nicht aus dem Häuschen zu geraten und sich wie ein alberner Teenager vor dem ersten Rendezvous aufzuführen, nur weil plötzlich ihre Jugendliebe auftaucht? Wem hatte ich etwas beweisen wollen, ihm oder mir?

Als ich mich nach der Lesung in die Schlange vor Horsts Tisch einreihte, konnte ich beobachten, dass seine Wirkung auf das weibliche Geschlecht ungebrochen war. Und dass er um diese Wirkung wusste und sie routiniert einsetzte.

»Was soll ich dir reinschreiben?«, fragte er, als ich mit dem aufgeschlagenen Buch zum Signieren vor ihm stand.

»Du bist der Schriftsteller, nicht ich.«

»Für Geli, zur Erinnerung an alte Zeiten, Dein Horst«, schrieb er.

Auf die Frage »Gehen wir noch zusammen was trinken?« wartete ich vergeblich. Ich hatte auch nicht mehr wirklich damit gerechnet, aber ich hätte die Frage gern mit nein beantwortet. Am Vormittag hatte ich es mir noch nett vorgestellt, bei einem Glas Wein zusammenzusitzen und über alte Zeiten zu sprechen. Jetzt wusste ich, dass es genauso wenig bringen würde wie ein Klassentreffen. Wir hatten uns nichts mehr zu sagen. Ich frage mich, warum er mich überhaupt angerufen hat.

Er reichte mir das Buch über den Tisch und wir tauschten ein paar höfliche Phrasen aus von einem Wiedersehen, wenn er wieder einmal eine Lesung in der Region hätte. Ich glaube, wir wussten beide, dass wir nicht wirklich daran glaubten.

Als ich die Wohnzimmertür öffnete, sah ich Manfred, der zusammengesunken auf dem Sofa schlief. Im Fernseher liefen die Spätnachrichten. Ich blieb bei der Tür stehen und betrachtete ihn.

Mich beschlich ein warmes Gefühl. Wenn Manfred aufwachte, würde er mich ein wenig verlegen anschauen und irgendetwas Belangloses sagen, so als hätte ich ihn bei etwas Verbotenem ertappt. Ich kenne ihn so gut nach all den Jahren. Für Manfred muss ich nicht versuchen, ein paar Jahre wegzumogeln und mich schöner zu machen, als ich bin. Auch er ist nicht mehr der schlaksige junge Mann, den ich vor vierzig Jahren geheiratet habe, und er unternimmt keine Anstrengungen, wie Horst eine durchtrainierte Figur zu behalten. An Eitelkeit kann er es sicher nicht mit ihm aufnehmen, aber in allem anderen.

Manfred schlug die Augen auf und schaute mich noch ein wenig verschlafen an.

»Du bist schon zurück? Wie spät ist es denn?«

Ich schaute auf die Uhr. »Kurz nach zehn.«

»Ich dachte, ihr wolltet noch was trinken gehen?«

»Dachte ich auch. Aber dann hatten wir keine Lust. Wir waren beide müde.«

»Und? Wie war's?«, wollte er wissen.

»Ging so. Erzähl ich dir morgen.«

»Schick siehst du aus.« Manfred betrachtete mich lächelnd. »Ein Glück, dass du das nicht weggegeben hast. Ich seh dich gern in der roten Bluse. Ich schau dich überhaupt gern an.«

Solche Sätze sagt Manfred nicht oft. Na ja, wir sind nicht mehr in den Flitterwochen. Aber er sagt sie, und manchmal sagt er sie genau im richtigen Moment, so wie jetzt. Vielleicht werde ich ihm später einmal von diesem Abend und seiner Vorgeschichte erzählen, und wir werden beide darüber lachen. Obwohl, vielleicht lasse ich es lieber. Das ist eine Geschichte, die vermutlich nur Frauen verstehen können, Frauen in unserem Alter. Alle anderen werden mich für bekloppt halten. Zum Glück bist du eine Frau in meinem Alter, und nur deshalb hab ich Dir diese Geschichte erzählt.

In diesem Sinn grüßt Dich
Deine glücklich verheiratete, wieder normal gewordene Angelika

PS: Neulich habe ich einen herrlichen schwäbischen Spruch gelesen: »Alte Liebe rostet net – aber schimmelig kann se werde.«

Fest der Liebe

Liebe Susanne,

es tut mir leid, dass das diesjährige Weihnachtsfest eine Enttäuschung für euch war. Jetzt, auf Teneriffa, gestaltet sich ein deutsches Weihnachtsfest natürlich schwierig. Gerade an solchen Tagen neigt man dazu, sentimental zu werden. Man möchte alles perfekt haben, es kommen verklärte Erinnerungen an frühere Weihnachtsfeste und das Heimweh. Ihr solltet euch überlegen, ob ihr nächstes Jahr nicht bei uns feiern wollt. Ich würde mich riesig freuen, denn auch ich habe Dich sehr vermisst. Jahrelang haben wir gemeinsam unsere Adventskränze gebunden, bei Kerzenlicht Tee getrunken und sind über die Weihnachtsmärkte gebummelt.

Für Hanna sind Weihnachtsmärkte gestorben, seit ihr jemand den Senf von seiner roten Wurst an den Ärmel ihres nagelneuen Mantels geschmiert hat. Also, wenn du mich fragst, dann zieht man auch nicht seinen besten Mantel auf den Weihnachtsmarkt an – aber das nur nebenbei.

Dieses Jahr hat Manfred sich erbarmt und ist mit mir nach Esslingen gefahren. Allerdings kann man mit Manfred nicht bummeln, denn Manfred rennt über den Weihnachtsmarkt, als müsse er noch den letzten Bus nach Hause erwischen. Er schaut weder rechts noch links und ist erst zufrieden, wenn er die Bude mit den Waffeln oder dem Glühwein erreicht hat.

Was ich da schreibe, ist nicht nett von mir. Schließlich weiß ich, dass Manfred keine Weihnachtsmärkte mag und nur mir zuliebe mitgegangen ist. Aber ich bin gerade ziemlich sauer auf ihn. Du wirst gleich erfahren, warum.

Ich habe ein gespaltenes Verhältnis zu Weihnachten. Einerseits gefällt es mir: die Düfte, die Leckereien, das Kerzenlicht und die Tatsache, dass die ganze Familie sich unter dem Christbaum versammelt – vor allem seit es Marie gibt. Andererseits setzt das Fest mich unter Stress, weil es bis zu einem festen Termin, an dem nicht gerüttelt werden kann, so viel zu erledigen gibt.

Manfred kann Weihnachten leider nicht viel abgewinnen. Wenn es im Haus nach Gutsle duftet, schwärmt er nicht etwa: »Mhm, riecht das lecker«, nein, er sagt: »Backst Du schon Gutsle? Ich kann noch gar nicht an Weihnachten denken!« Braucht er ja auch nicht. Manfred muss lediglich den Baum aufstellen, die Lichterkette montieren, sich abends an den gedeckten Tisch setzen und seine Geschenke auspacken. Manfred ist ein Weihnachtsmuffel. Und deshalb ist Weihnachten bei uns eine One-woman-Show. Backen, kochen, Geschenke kaufen, das Haus dekorieren, den Baum schmücken – das alles fällt in mein Ressort.

Dieses Jahr kam Manfred ein paar Tage nach dem ersten Advent von einem Arbeitseinsatz bei Gisela nach Hause – mit glänzenden Augen und einer Tüte mit Weihnachtsgebäck in der Hand.

»Also, Du solltest unbedingt einmal zu Gisela rübergehen. Wie die ihr Haus dekoriert hat, einfach toll! Die hat echt ein Händchen dafür.«

Na wunderbar! Bei mir hat Manfred die Weihnachtsdekoration noch nie zur Kenntnis genommen, und wenn, dann höchstens, um skeptische Blicke auf meine Porzellanengelchen zu werfen.

»Und ihre Gutsle – super! Probier mal!«, fuhr er genüsslich schmatzend fort und streckte mir die Tüte entgegen. »Sie macht Springerle, so wie meine Mutter früher. Das ist echt schwierig, damit die Füßchen bekommen, hat Gisela mir erklärt.«

Ich fass es nicht! Gut, an Springerle habe ich mich bisher wirklich nicht herangewagt. Da will ich meiner lieben Schwiegermutter keine Konkurrenz machen. Aber ich backe jedes Jahr sechserlei Sorten Weihnachtsplätzchen, darunter Butter-S, Manfreds Lieblingssorte, das heißt: Teig kneten, ruhen lassen,

Rollen formen, in Scheiben schneiden, aus jedem Scheibchen ein S formen, aufs Backblech setzen, über Nacht ruhen lassen, mit Eischnee einpinseln, mit Hagelzucker bestreuen, ausbacken, unbeschadet vom Blech holen, auskühlen lassen, vorsichtig in Dosen verpacken – und dann verschwindet so ein Butter-S mit einem Happs in Manfreds Mund, kommentarlos, versteht sich. Das dauert keine Sekunde. Dann kommt das nächste dran, und noch eins, und noch eins ... Ich kann nur aus der Anzahl der in kürzester Zeit verschlungenen Gutsle schließen, dass es ihm schmeckt.

Nun, die Krönung der in diesem Jahr wenig erfreulichen Weihnachtszeit kam dann am Heiligen Abend.

Ich war in der Küche mit den Vorbereitungen für das Abendessen beschäftigt, als Manfred seinen Kopf hereinstreckte und mir mitteilte, er wolle schnell nach nebenan zu Gisela gehen, um ihr beim Aufstellen des Christbaums zu helfen. »Sie hat doch keinen Mann mehr.«

Ich auch nicht, denn meiner hilft einer anderen Frau, anstatt unseren Baum aufzustellen!

»Du musst auch noch Maries Spielküche zusammenbauen!«, rief ich ihm hinterher, aber ich bin mir nicht sicher, ob er das gehört hat.

Wegen Maries Spielküche haben wir uns auch in die Wolle gekriegt. Manfred findet sie zu teuer. Teuer ist sie wirklich, sie kostet über hundert Euro, aber sie ist ihr Geld wert. Für Anja hätte ich sie damals, als sie ein Kind war, nie gekauft. Aber jetzt bin ich eine Großmutter und muss nicht mehr vernünftig sein, sondern darf mein Enkelkind verwöhnen. Ich finde, so eine Spielküche ist doch allemal besser, als ein billiges Geschenk ohne pädagogischen Wert zu kaufen.

»Wo liegt denn da der pädagogische Wert?«, wollte Manfred wissen. »Ich denke, es ist überholt, Mädchen zu kleinen Hausfrauen zu erziehen. Ein Kochtopf und ein Kochlöffel aus Deinem Küchenschrank hätten's auch getan.«

Ach, Manfred hat wirklich keine Ahnung. An dieser Spielküche habe sogar ich noch meine Freude. Zugegeben, vielleicht hat das meinen Kaufentschluss ein wenig beeinflusst.

Ich will Dir den Rest der Diskussion ersparen. Jedenfalls stand der Karton mit den Einzelteilen der Küche am Heiligen Abend noch im Keller und die Teile warteten darauf, zusammengeschraubt zu werden.

Einige Zeit später streckte Manfred noch einmal seinen Kopf zur Küche herein und fragte nach unserem Christbaumständer. Die Frage beruhigte mich, weil ich glaubte, Manfred wolle nun endlich unseren Baum aufstellen. Weit gefehlt!

Als ich in der Küche fertig war und im Haus weder Manfred noch den Christbaumständer finden konnte, rief ich Manfred auf seinem Handy an. Im Hintergrund hörte ich eine seltsame Geräuschkulisse.

»Wo bist du denn?«, wollte ich wissen.

Ich erfuhr, dass Manfred im Baumarkt war, um eine neue Lichterkette für Giselas Baum zu kaufen. Die alte hatte einen Defekt und sorgte dafür, dass ständig die Sicherung herausflog. Ich atmete mehrmals tief ein und aus – Hanna behauptet, tiefe Bauchatmung helfe in solchen Fällen – und beschloss, mich nicht aufzuregen. Das war leichter gesagt als getan.

»Du weißt schon, wie spät es ist und dass um vier die Krippenfeier beginnt und dass bis dahin der Baum und die Spielküche fertig sein müssen?«, fragte ich Manfred leicht gereizt.

Er versprach, so schnell wie möglich zu kommen. Zu seiner Verteidigung erzählte er mir, er habe noch ein zweites Mal zum Baumarkt fahren müssen, weil die erste Lichterkette so ein kaltes, bläuliches Licht hatte, das Gisela gar nicht gefallen habe. Dieses Argument fand ich eher strafverstärkend.

Ich nahm noch einmal drei tiefe Atemzüge, bevor ich Manfred mit relativ ruhiger Stimme fragen konnte, ob er wisse, wo unser neuer Christbaumständer sei.

Den, erfuhr ich, hatte er Gisela mitgebracht, deren Ständer während des Umzugs irgendwie verschwunden war. Jetzt reichten gute Vorsätze und intensive Bauchatmung nicht mehr aus.

»Den hast du Gisela ausgeliehen, ohne mich zu fragen? Und warum den neuen und nicht den alten?«

Ich erspare Dir Manfreds fadenscheinige Ausreden. Wahrscheinlich passte der neue Ständer besser zu ihrer tollen Dekoration.

Anscheinend hat Manfred gemerkt, dass ich auf hundertachtzig war, denn eine halbe Stunde später war er tatsächlich da. Wir mühten uns gemeinsam, unseren Christbaum mittels Säge und diversen anderen Werkzeugen einigermaßen gerade in unserem alten Ständer zu platzieren, während ich schimpfte und wehmütig daran dachte, wie einfach das mit unserem neuen Ständer gegangen wäre. Deshalb hatten wir ihn schließlich gekauft!

Manfred ließ meine miese Laune still und geduldig über sich ergehen. Ich führte das auf sein schlechtes Gewissen zurück, nicht ahnend, dass noch eine viel größere Weihnachtsüberraschung auf mich wartete.

»Du musst noch ein sechstes Gedeck auflegen«, stellte Manfred mit Blick auf unseren festlich gedeckten Weihnachtstisch fest.

»Aber nein, deine Mutter feiert dieses Jahr doch mit Tante Luise. Hast du das vergessen?«

Tante Luise ist Elviras jüngere Schwester. Sie ist seit einem halben Jahr verwitwet. Wir wollten sie zu uns einladen, aber sie wollte lieber mit Elvira bei sich zuhause feiern.

»Natürlich nicht, aber Du kennst doch diesen schönen Brauch, am Heiligen Abend ein zusätzliches Gedeck auf den Tisch zu legen für einen Gast, der sonst an Weihnachten alleine wäre«, erklärte Manfred.

»Wen willst du denn einladen?«, lachte ich, denn noch hielt ich das Ganze für einen Spaß. Manfred ist nicht der Typ, der gern fremde Leute zum Essen einlädt.

»Gisela, ich habe Gisela für heute Abend eingeladen. Sie wollte eigentlich mit ihren Eltern feiern. Aber die sind kurzentschlossen in ein Hotel im Schwarzwald gefahren. Und, ich meine, wir können doch nicht zulassen, dass sie an Heiligabend ganz allein ist.«

»Bist du verrückt? Du kannst doch nicht so kurzfristig irgendwen einladen, ohne das vorher mit mir zu besprechen!«

»Aber Gisela ist doch nicht irgendwer!«

Das ist es ja eben.

»Ich meine, Susanne hättest du doch auch eingeladen, wenn sie an Weihnachten allein gewesen wäre«, verteidigte sich Manfred.

»Susanne ist meine beste Freundin.«

»Das kann Gisela ja auch noch werden.«

Ganz sicher nicht!

»Also ich finde sie jedenfalls sehr nett.«

»Das ist mir nicht verborgen geblieben«, entgegnete ich spitz.

»Wie meinst du das denn jetzt?«

Entweder Manfred ist naiv oder total abgebrüht oder wirklich unschuldig. Zu seinen Gunsten nehme ich Letzteres an, aber ich kann leider nicht so recht dran glauben.

»Und wegen des Essens brauchst du dir wirklich keine Sorgen zu machen. Da bleibt doch sowieso immer genug übrig. Gisela isst auch nicht viel. Sie achtet sehr auf ihre Linie.«

»Was du nicht alles weißt.«

Manfred schaute mich verletzt an. Das kann er gut. In der Regel erreicht er damit, dass ich mich schuldig fühle und ein schlechtes Gewissen bekomme.

»Was hast du denn? Ist es dir nicht recht, dass ich Gisela eingeladen habe? Ich meine, Weihnachten ist doch das Fest der Liebe. Da sollte niemand allein sein!«

Alle hätte ich für Heiligabend gerne eingeladen: Karl, Franziska, Hanna, Elvira, Luise und Dich natürlich, aber Du hast mich ja im Stich gelassen, und deshalb musste ich Weihnachten jetzt ausgerechnet zusammen mit Gisela feiern. Ich fass es nicht!

Aber jetzt hatte Manfred es geschafft. Er machte mir tatsächlich ein schlechtes Gewissen. An jedem anderen Tag des Jahres hätte ich eine faire Chance gegen ihn gehabt. Aber die Nachbarin am Heiligen Abend allein zu lassen – damit setzte ich mich wirklich ins Unrecht. Und das machte mich noch viel wütender auf Manfred.

Vielleicht erstaunt Dich meine heftige Reaktion, aber ich sehe schon seit Längerem mit Unbehagen, dass Manfred der neuen Nachbarin schöne Augen macht und Gisela ihrerseits Manfred. Sie braucht nur mit dem Finger zu schnipsen, da lässt er alles stehen und liegen und eilt nach nebenan, um eine Glühbirne auszuwechseln, einen tropfenden Wasserhahn zu reparieren oder ihr zu erklären, wie ihr neuer Fernseher funktioniert.

Dass ich während der Krippenfeier ein paar Tränen vergoss, erstaunte niemand. Das ist bei mir normal. Marie war übrigens ein bezaubernder kleiner Engel.

Gisela erschien, wie mit Manfred ausgemacht, um sieben zum Essen, bedankte sich artig für die Einladung und überreichte mir einen blauen, mit Glitzer besprühten Weihnachtsstern. Also, wenn ihre Weihnachtsdekoration genauso aussieht, dann leidet Manfred unter Geschmacksverirrung oder dem »Rosarote-Brille-Blick«.

»Wo ist denn der Blumenstock geblieben, den Gisela mitgebracht hat?«, fragte er mich einige Tage nach Weihnachten.

Es ist der erste Blumenstock, für den Manfred sich interessiert, und der erste, den ich in vollem Saft und Kraft auf dem Kompost entsorgt habe. Vom Küchenfester aus habe ich beobachtet, wie Manfred ihn von dort retten wollte, aber da war er glücklicherweise schon erfroren und dick zugeschneit. In der Nacht vom 26. auf den 27. Dezember war nämlich Schnee gefallen. Morgens war alles unter einer glitzernden weißen Schneedecke verschwunden. Unser Garten sah wie verzaubert aus. Weiße Weihnacht mit Verspätung – immerhin! Ein kleines Trostpflaster bei diesem Weihnachtsfest der Misstöne.

Aber ich schweife ab. Eigentlich wollte ich Dir ja erzählen, wie es an diesem Heiligen Abend weiterging. Leider muss ich zugeben, dass Gisela ein sehr unterhaltsamer Gast war. Du hättest sehen sollen, wie Manfred an ihren Lippen hing. Selbst Marie ist ihrem Charme erlegen und wollte unbedingt mit ihr in ihrer neuen Küche spielen. Noch ein Stachel in meinem Fleisch!

Als wir abends im Bett lagen, meinte Manfred: »War doch richtig nett heute Abend mit Gisela. Sie kann so amüsant erzählen, findest Du nicht? Gut, dass wir sie eingeladen haben.«

»Findest du? Außerdem haben nicht *wir* sie eingeladen, sondern *du*. Und jetzt bin ich müde und will schlafen«, sagte ich, drehte mich zur Wand und zeigte ihm die kalte Schulter.

Die ganze folgende Woche ist das so geblieben. Aber ich muss aufpassen, sonst sucht Manfred Trost bei der gutgelaunten Gisela, die ihn nicht so schlecht behandelt wie seine Frau.

Im Nachhinein bedaure ich, dass ich nicht versucht habe, Manfred mit dem schönen Horst eifersüchtig zu machen. Nicht dass ich ein Interesse an ihm gehabt oder gegen Mona die geringste Chance gehabt hätte, aber das müsste Manfred ja nicht wissen. Andererseits ist dieses »Wie du mir, so ich dir« kindisch und bringt nichts ein.

Bitte entschuldige, wenn ich Dich heute als Klagemauer missbraucht habe. Aber leider habe ich keine Nachbarin mehr, der ich mein Herz ausschütten kann. Und, sind wir mal ehrlich, wenn ihr nicht weggezogen wärt, dann wäre mein Weihnachtsfest ganz anders verlaufen. Ein bisschen Strafe ist also durchaus angebracht.

In diesem Sinn
Deine Angelika

Hanna hat geerbt

Liebe Susanne,

ich weiß nicht, was Hanna sich fürs neue Jahr gewünscht hat, aber an eine Erbschaft hat sie sicher nicht gedacht. Die kam ganz unverhofft. Ihre Tante Minchen ist vor kurzem gestorben. Kanntest Du sie? Eigentlich hieß sie Hermine, aber im Ort hat jeder sie nur Minchen genannt. Ich glaube, die meisten kannten ihren Taufnamen gar nicht. Der Name Minchen passte zu ihr, sie war klein, zierlich und wuselig. Nun, in den letzten Jahren nicht mehr so – das Alter. Aber fleißig und schaffig war sie immer noch, in gemäßigterem Tempo halt. Die letzten beiden Jahre allerdings wäre sie ohne Hannas Hilfe nicht mehr klargekommen, nicht nur die Glieder, auch der Geist hatten nachgelassen.

Und jetzt ist Minchen gestorben und hat Hanna ihr Haus vermacht. Aber die Sache hat einen Haken, nicht nur dass das Haus ein bisschen heruntergekommen ist, es gibt für das Erbe auch eine Auflage: Hanna muss das Haus mindestens ein Jahr lang bewohnen und zwar mit ihrer gesamten Familie. Es ist wie der Fluch bei Dornröschen. Dass es ein Fluch ist, kann nur wissen, wer Hannas Familie kennt. Vielleicht hat Minchen das auch erkannt, denn wie bei Dornröschen durch die dreizehnte Fee wurde der Fluch abgemildert. Sollte Hanna feststellen, dass es nicht gut geht, darf sie das Haus auch allein mit ihrem Mann Georg bewohnen oder es verkaufen. Sollte sich die Zwangswohngemeinschaft allerdings bereits innerhalb des ersten Jahres auflösen, würde das Haus an Minchens Vetter fallen – mit der gleichen Auflage.

»Wie kann man denn nur auf so eine Schnapsidee kommen?«, fragte ich Hanna. »War Minchen schon ein wenig verwirrt, als sie das beschlossen hat?«

»Aber nein, sie hat das Testament schon vor elf Jahren beim Notar hinterlegt. Weißt du, seit Tante Minchen ein junges Mädchen war, hat sie von einer großen Familie geträumt. Aber dann ist ihr Verlobter nicht aus dem Krieg heimgekommen, und ein anderer Heiratskandidat ist nicht aufgetaucht. Sie ist dann Kindergärtnerin geworden, um ihre verhinderten Muttergefühle auszuleben. Aber ihren Wunsch, dass das Haus, das seit vier Generationen ihrer Familie gehört, von einer großen Familie und vielen Kindern bevölkert werden soll, den hat sie nie vergessen«, versuchte Hanna mir die Sache zu erklären.

»Und jetzt sollst du dran glauben.«

»Sieh das doch nicht so negativ. Tante Minchen wusste, dass ich immer von einem Haus auf dem Land geträumt hab und von vielen Kindern. Als ich geheiratet hab, wollte ich sechs Stück kriegen.«

»Kinder?«

»Na, was denn sonst? Junge Hunde?«

»Hanna, du spinnst!«

»Das hat Georg auch gesagt. Deshalb sind es dann auch nur zwei geworden. Obwohl ich gern noch eine Tochter gehabt hätte. Aber Georg hat gesagt: ›Ich kann nur Jungs.‹ Ich hätte auch einen dritten Sohn genommen. Aber egal, es ist gut, wie es ist. Und bald werden in Minchens Haus drei Generationen wohnen.« Hanna schaute mich zufrieden an.

»Hanna, du kriegst dich mit deinen Schwiegertöchtern ja schon in die Wolle, wenn du sie nur alle vier Wochen für ein paar Stunden siehst. Diplomatie ist nicht dein Spezialgebiet. Und dass du deine Enkelkinder liebst, das weiß ich, aber bist du sicher, dass du alle sechs dauernd um dich herum haben willst?«

Auch das ließ Hanna nicht gelten. Das Haus habe drei Etagen. Jede Familie habe ihre eigene abgeschlossene Wohnung, da komme man sich schon nicht ins Gehege. Und wenn sie einmal alt und gebrechlich würde, so wie Minchen, dann wohnten die Kinder gleich im Haus, das sei doch sehr praktisch.

»Hanna, träum weiter! Glaubst du wirklich, eine deiner Schwiegertöchter würde dich pflegen? Vergiss es, das gibt nur Streit. Was sagen denn deine Söhne zu der Sache?«

Hanna gestand, dass die noch gar nichts davon wüssten.

»Und Georg?«

»Der hält sich raus.«

Klar, Georg hält sich immer aus allem raus, getreu dem Sprichwort: »Da halt i mi raus, na komm i in nix nei.«

»Ich könnte ein paar Hühner halten und vielleicht auch zwei, drei Ziegen und ein Schaf. Stell dir mal vor, wie schön das für die Kinder wäre!«

Hanna stellt sich das Landleben vor wie in einem Fernsehfilm. Wenn da der Stall gemistet werden muss, dann macht das die Hauptdarstellerin in der weißen Jeans und wird nicht einmal schmutzig dabei. Und das Geruchsfernsehen ist auch noch nicht erfunden.

»Hanna, du bist über sechzig. Und du hast nie einen Garten gehabt. So was kann zur Last werden, wenn man älter wird, glaub's mir. Ich spreche aus Erfahrung.«

»Georg geht doch nächstes Jahr in Rente. Da muss ein Mann eine neue Aufgabe finden.«

»Und du meinst, das wäre die Landwirtschaft? Hanna, Georg ist schon immer ein Schreibtischtäter gewesen, der hat zwei linke Hände und die hat er sich in seinem ganzen Leben noch nicht schmutzig gemacht. Vergiss es!«

»Man kann alles lernen, wenn man will. Auch noch in fortgeschrittenem Alter.«

»Und, will Georg?«

Hanna zuckte mit den Schultern. »Wir haben noch nicht darüber gesprochen.«

»Dann solltest du das vielleicht mal tun. Auch mit deinen Kindern. Außerdem ist das Haus eine alte Bruchbude. Was meinst du, was ihr da investieren müsst. Wenn du schlau bist, lehnst du das Erbe ab.«

»Du bist eine alte Unke«, beklagte sich Hanna. »Du siehst nur das Schlechte und machst mir die ganze Freude kaputt.«

»Ach, Hanna, ich will dich doch nur davor bewahren, dass du einen Riesenfehler machst und dich und deine ganze Familie ins Unglück stürzt.«

Ich nahm Hanna in den Arm und hatte ein richtig schlechtes Gewissen. Sie war so strahlend zu mir gekommen und jetzt saß sie da wie ein Häufchen Elend.

»Komm, ich mach uns einen Kaffee. Du musst die Sache ja nicht allein entscheiden. Wenn einer von deinen drei Männern nicht mitzieht, dann ist es sowieso gestorben.«

Darauf hoffte ich. Wenigstens einer von den dreien würde wohl einen Funken Verstand besitzen und auch ein wenig Sachverstand, was das alte Haus anging. Und im Zweifelsfall würde es an den Schwiegertöchtern scheitern. Welche junge Frau würde schon freiwillig zu den Schwiegereltern ins Haus ziehen? Ich verstehe mich wirklich gut mit Manfreds Mutter, aber gemeinsam unter einem Dach wollte ich trotzdem nicht für immer wohnen. Ganz abgesehen davon, dass auch die beiden jungen Frauen sich nicht ganz grün sind.

Aber ich habe mich wohl geirrt. Der Familienrat der Familie Pfäffle hat beschlossen, das Mehrfamilienprojekt in Angriff zu nehmen.

Die Familie von Hannas Jüngstem, Dirk, sucht schon seit längerem eine größere Wohnung, aber der Wohnungsmarkt ist gerade schwierig, die Mieten sind teuer und wer als Vermieter die Auswahl hat, der entscheidet sich nicht unbedingt für eine Familie mit vier kleinen Kindern. Außerdem ist Dirks Frau Heike eine überzeugte Öko-Anhängerin und von Hannas Idee einer kleinen Landwirtschaft ums Haus herum sehr angetan. Vorausgesetzt, es ist alles Bio.

»Gewöhn dich nur jetzt schon daran, deinen Müll ordentlich zu trennen«, riet ich Hanna.

Sie nimmt das nicht so genau, im Gegensatz zu ihrer Schwiegertochter Heike. Die ist die Einzige in meinem Bekanntenkreis, von der ich weiß, dass sie sich über die Einführung der neuen Biomüllbeutel freut. Während andere an Geruchsbelästigung, Schimmelbildung und eine herannahende Rattenplage denken, singt Heike das Hohelied der Energiegewinnung.

»Bestimmt wird Heike regelmäßig deine Mülltonne kontrollieren.«

Hannas Sohn Sven reagierte zögerlicher. Tante Minchens Haus liegt etwas außerhalb, so dass die Kinder nicht zu Fuß zur Schule gehen können. Aber im Grunde genommen ist das egal, denn Sven und seine Sandra gehören zur Fraktion der »Helikoptereltern«, das sind die, die wie ein Hubschrauber ständig über ihren Kindern kreisen, damit sie jegliches Unheil rechtzeitig sichten und ihre Kinder davor bewahren können. Als »Transporthubschrauber« fahren Sven und Sandra ihre Kinder täglich zur Schule und reihen sich bei den »Mama-Taxis« ein, die dort allmorgendlich gefährliches Chaos verursachen. Sandras »Mama-Taxi« fährt die Mädchen auch zum Sport, zum Ballett und zum Musikunterricht. In Zukunft werden es dann halt ein paar Kilometer mehr sein.

Seit einiger Zeit ist Sven auf der Suche nach einem Bauplatz, aber das ist schwieriger, als er dachte. Entweder ist der Preis zu hoch oder die Lage schlecht. Insofern findet er die Möglichkeit mit Minchens Haus auf den zweiten Blick gar nicht so übel. Sandra denkt daran, wieder arbeiten zu gehen. Da wäre es natürlich günstig, die Großeltern im Haus zu haben. Die könnten dann den einen oder anderen Fahrdienst übernehmen und einen Teil der Kinderbetreuung. Und sollte sich das »Unternehmen Großfamilie« als Fehlschlag erweisen, dann wäre immer noch Zeit, ein eigenes Haus zu bauen. An das Geld und die Energie, die er bis dahin in Minchens Haus gesteckt haben wird, scheint er nicht zu denken.

Georg hält sich wie immer aus allem heraus, und so war die Sache bald beschlossen. Nun geht es zunächst ans Renovieren. Um Kosten zu sparen, wollen sie vieles selbst machen. Manfred hat seine Hilfe beim Streichen angeboten, darin hat er inzwischen ja Übung. Hanna hat sich über das Angebot gefreut.

Manfred hat vorgeschlagen, das Haus von einem befreundeten Architekten begutachten zu lassen. Er war über den Zustand ziemlich entsetzt, wegen des alten Dachs, der Uraltheizung und der möglicherweise maroden Wasserrohre. »Das ist ein Fass ohne Boden, glaub's mir«, hat er gesagt. Minchen hatte lange nichts mehr machen lassen. Da ist es mit einer neuen Küche und einem modernen Bad in jedem Stockwerk nicht getan. Und schon das wird eine Menge kosten, denn da müssen Fachleute ran. Aber Hanna will nichts davon wissen. Sie hält uns für übertrieben skeptisch. Ich glaube, sie macht die Augen zu, damit ihr Traum nicht platzt.

Ich bin wirklich gespannt, wie die Sache ausgeht. Hoffentlich entpuppt sich das vermeintliche Glück nicht als Unglück.

Ich nutze die Ruhe im Haus zum ungestörten Schreiben. Eigentlich wäre heute mein Putztag, weil Manfred jeden Mittwochvormittag mit Karl einen Waldlauf macht. Du weißt schon, Karl von der Rentner-WG, der zusammen mit Erich und Hugo die vier Zimmer über Franziskas Café bewohnt. Seit Alexander, mit dem die drei regelmäßig Karten gespielt haben, wieder nach Tübingen gezogen ist, trifft Manfred sich jeden Montagabend mit dem Trio zum Binokeln. Und mittwochs, wie gesagt, mit Karl zum Waldlauf.

Das tut uns beiden gut. Manfred genießt die Männergesellschaft und die sportliche Bewegung, und ich, dass ich ungestört putzen kann, ohne dass Manfred durch meinen frisch gewischten Flur läuft oder mich fragt: »Musst du denn schon wieder saugen?«

Wir wundern uns alle, dass Karl noch immer mit seinen beiden Freunden zusammenwohnt. Schließlich hat er seit über zwei Jahren eine Freundin. Aber Karl hat uns erklärt, mit der Liebe verhalte es sich wie mit der Wurst im Kühlschrank. Die eigene Wohnung sei für die Liebe wie der Kühlschrank für die Wurst: Sie erhalte sie frisch und lange haltbar. Seine Marga sieht das offensichtlich genauso.

Wegen Marga hat Karl die körperliche Ertüchtigung entdeckt. Seine anfänglichen Ambitionen mit Fitnessstudio und Diäten hat er inzwischen wieder aufgegeben, dafür macht er jetzt Waldlauf mit Manfred. Weder Ernst noch Hugo können sich dafür erwärmen.

»Des sen zwoi faule Siach«, stellte Karl fest.

»Ach komm, sei still, du bisch ja selber a faule Sau gwese, bis dei Marga auftaucht isch«, gab Ernst zur Antwort, und Hugo, der einzige Norddeutsche in der Runde, seufzte: »Ich glaube, an diese derbe Sprache werde ich mich nie gewöhnen.«

Das war das Stichwort für Karl, den überzeugten Schwaben. Der liest gerade mit wachsender Begeisterung die Serie, die seit einiger Zeit in der Samstagszeitung erscheint. Da erklärt Henning Petershagen, die wahren Hochdeutschen seien die Sachsen und die Schwaben.

»Da musch jetzt gut aufbasse, Hugo, damit de des kapiersch. Unser Sprach, des Schwäbische, des isch nämlich viel differenzierter wie des Hochdeutsche.«

»Als. Des hoißt ›differenzierter als‹«, verbesserte ihn Ernst.

»Des isch doch jetzt egal. Also, nimm zum Beispiel den Satz ›Nein, ich habe keine Zeit‹. Da standed auf em Papier drei gleich aussehende ›ei‹ und die sogenannte Hochdeutsche, die spreched des au so aus. Und was macht dr schlaue Schwob? Der sagt: »Noi, i han koi Zeiit.« Weil des Wörtle Zeit ursprünglich mal ›zit‹ ghoiße hat. Des hoißt, wenn de ma Schwab zuhörsch, na kannsch sozusage de Ursprung von de Wörter raushöre, also ob mr a Wort scho früher mit ›ei‹ gsproche hat oder net. Und trotzdem müssed mir uns wege unsrer Aussprach dauernd von de Hochdeutsche verspotte lasse, des isch doch net recht.«

»Mein lieber Mann, Karl«, staunte Hugo, »du bist ja der reinste Sprachwissenschaftler.«

»Han i alles beim Herrn Petershagen glernt. Soddsch au amal lese, da dädsch en Respekt vor uns Schwabe und unsrer Sprach kriege. Mir spreched wie unser hochverehrter Landsmann Friedrich Schiller. Da hat's au scho so a paar Schlaue gebe, die gmoint hen, dr Schiller könnt net gscheit reime. Die hen net verstande, dass dr Schiller hälinge schwäbisch greimt hat. Da steht na zum Beispiel ›wieder‹ und ›Brüder‹ und des reimt sich auf dr erste Blick nadürlich net. Aber wenn de ›Brüder‹ so aussprichsch wie en Schwab, na hoißt des ›Brieder‹, und des reimt sich auf ›wieder‹. Dr Goethe, der hat des auf Sächsisch genauso gmacht.«

Da hast Du heute doch allerhand gelernt über die Sprache Deiner Ahnen, liebe Susanne. Ich habe Dir einige der Artikel aus der Serie »Schwäbisch offensiv« eingescannt und hänge sie an diese Mail an. Ein paar heimatliche Laute und Gedanken, damit ihr uns nicht ganz vergesst.

Viel Spaß beim Lesen
Deine Angelika

Chagallbild trifft Jogginghose

Liebe Susanne,

seit Sonntag ist Elvira bei uns zu Besuch.

Ihr Anruf kam am Freitag. Der Besitzer des Hauses, in dem Elvira wohnt, lässt die Fassade renovieren. Seit vierzehn Tagen lebt Elvira schon mit Lärm, Staub und zugehängten Fenstern und ein Ende ist nicht abzusehen. Die Fassade wird auch wärmegedämmt, und das macht Elvira Sorge.

»Weißt du, man liest doch so viel darüber. Dass da keine Luft mehr in die Wohnung kommt. Meine Fenster sind schon lange nicht mehr richtig dicht, aber ich fand das eigentlich ganz praktisch. Ich hab's nicht so mit dem Lüften und mit meinen Fenstern geht das ganz automatisch. Aber wenn ich in Zukunft das Lüften vergesse, dann werde ich ersticken oder verschimmeln. Und Du weißt ja, mit zunehmendem Alter wird man vergesslich.«

Elvira gehört nicht zu den alten Leuten, die klagen. Es schien also wirklich schlimm zu sein. Deshalb entschlossen wir uns, sie für eine Weile zu uns zu holen. So wie es aussieht, kann die Weile länger dauern, aber das macht nichts.

Glücklicherweise gehöre ich nicht zu den Schwiegertöchtern, die das Kreuz machen, wenn die Schwiegermutter zu Besuch kommt. Denn Elvira hat ein paar liebenswerte Eigenschaften. Erstens gehört sie nicht zu den Schwiegermüttern, die kontrollieren, ob du auch oben auf der Türfüllung Staub gewischt hast. Zweitens hält Elvira ihren Sohn nicht für einen unfehlbaren Halbgott, für den keine Frau gut genug ist. Und drittens würde sie im Fall des Falles immer zu mir halten, davon bin ich überzeugt.

Da Elvira nicht nur unternehmungslustig, sondern auch kunstbeflissen ist – eine Eigenschaft, die sie nicht an ihren Sohn weitervererbt hat –, war ich sehr froh, ihr hier in Göppingen eine tolle Chagall-Ausstellung in der neu umgebauten Kunsthalle bieten zu können. Selbst aus Holland kommen Besucher und stellen sich am Wochenende brav in die Schlange vor der Kasse. Deshalb haben wir beschlossen, unter der Woche zu gehen, da ist der Andrang nicht ganz so groß.

»Du wirst ja vermutlich nicht mitkommen wollen?«, hatte ich Manfred gefragt.

»Nicht unbedingt«, meinte er. »Aber wenn ihr Wert darauf legt, dann begleite ich euch natürlich.«

»Musst du nicht.«

Als ich diese Antwort gab, wusste ich nicht, was darauf folgen würde.

»Gut, dann mache ich mit Gisela heute Nachmittag einen Ausflug«, sagte Manfred. »Sie weiß gar nicht, wie schön es hier ist, und ich habe versprochen, ihr ein wenig die Gegend zu zeigen.«

Auch wenn ich nichts dazu sagte, ich fürchte, dass der Blick, den ich Manfred zuwarf, nicht sehr freundlich war.

Elvira war er offensichtlich nicht entgangen. Als wir später im Auto nach Göppingen fuhren, sah sie mich von der Seite an und fragte: »Etwas Ernstes?«

»Was?«

»Na ja, diese Gisela.«

Tja, da schüttete ich Elvira mein Herz aus. Bei Elvira kann man das. Sie ist eine kluge Frau mit viel Lebenserfahrung, und wie gesagt, sie steht auf meiner Seite.

»Nun, so wie du sie schilderst, wird sie ihm bald auf die Nerven gehen. Aber so lange solltest du ihn im Auge behalten. Er sucht gerade etwas, womit er die Lücke füllen kann, die sein Beruf hinterlassen hat. Das sollte nicht gerade diese Gisela sein. Vielleicht war es doch nicht so klug von ihm, sich vorzeitig pensionieren zu lassen.«

»Ach, weißt Du, die Veränderungen nach dieser Polizeireform haben ihm nicht gefallen. Er hätte jeden Tag nach Ulm fahren müssen. Neue Kollegen, ein neuer Arbeitsplatz, das war ihm alles zu viel in seinem Alter.«

»Ein Hobby wäre nicht schlecht. Vielleicht könnte er anfangen, Golf zu spielen«, schlug Elvira vor.

Da musste ich lachen, ausgerechnet Golf! Ich erzählte Elvira von unserem Dorfstreit, und dann waren wir auch schon bei der Kunsthalle angekommen.

Wir hatten Glück und fanden sogar einen freien Parkplatz auf dem kleinen Platz vor der Kunsthalle. Auch an der Kasse herrschte kein Andrang. Nachdem wir unsere Karten gekauft hatten und unseren Rundgang in der ersten Etage begannen, sagte ich zu Elvira: »Wir sind leider etwas zu spät dran. Als 11 111. Besucherin der Ausstellung hättest Du einen Chagall-Druck bekommen.«

»Schade«, meinte Elvira bedauernd, »den hätte ich schon gern gehabt.«

»Und deine zweite Chance hast du auch verpasst.«

»Gab's noch einen Druck?«

»Nein, neulich konnte man hier die Führung umsonst bekommen.«

»Und der wievielte Besucher musste man dafür sein?«, wollte Elvira wissen.

»Dafür musste man in einer Jogginghose kommen«, erklärte ich.

Sie schaute mich ungläubig an. »Das ist jetzt nicht dein Ernst. Du willst mich auf den Arm nehmen.«

Ich konnte es selbst kaum glauben, als ich darüber in der Zeitung las. Aber da weder Fasching war noch 1. April, musste es wohl stimmen. Das Ganze fand am »Tag der Jogginghose« statt. Wusstest Du, dass es so etwas überhaupt gibt? Ich wusste es bis dato nicht. Jedenfalls bekamen alle Besucher der Kunsthalle, die an diesem Tag eine Jogginghose trugen, die Führung durch die Ausstellung umsonst.

»Mein Gott«, seufzte Elvira, die, wie Du Dich vielleicht erinnerst, immer besonders schick gekleidet ist, »das ist ja unfassbar! Da treffen Chagalls Bilder auf Jogginghosen, sprich Schönheit trifft Geschmacklosigkeit, und das wird auch noch belohnt? Gut, dass ich an dem Tag nicht hier war. Es hätte mich schon sehr gekränkt, wenn man mich zurückgesetzt hätte, nur weil ich ordentlich gekleidet bin. Irgendwie passe ich nicht mehr in die heutige Zeit. Was wohl Chagall dazu gesagt hätte? Er kann sich ja nicht mehr wehren. Wer hat diese ganzen verrückten Tage eigentlich erfunden?«

Das wüsste ich auch gern. Ich habe die Journalisten in Verdacht. Vielleicht haben sie sich diese Tage ausgedacht, damit sie ein Thema haben, wenn es nicht genug Neuigkeiten gibt, um die Zeitung damit zu füllen. Dann schaut der Redakteur einfach nach, was es für ein Tag ist, und macht sich seine Gedanken dazu.

Sogar im Fernsehen kam ein Bericht zum »Tag der Jogginghose«. Angeblich ist die Jogginghose auf dem Weg, in etwas aufgepeppter Form die Laufstege zu erobern. Wie ich in dem Fernsehbericht gesehen habe, hat die Haute Couture das zerbeulte, unförmige Aussehen der Jogginghose nicht wesentlich abgemildert. Aber was soll's, wir haben in den achtziger Jahren auch die Leggings überlebt und die sahen auch nur bei den wenigsten Frauen vorteilhaft aus. Und trotzdem sind sie gerade wieder auf dem Vormarsch.

Was all diese Tage wohl für einen Sinn haben? Nun, der Valentinstag soll uns auffordern, an unsere Liebsten zu denken – oder bei Anja Blumen zu kaufen, was auch nicht schlecht ist. Und am Nikolaustag sollen wir den Kindern die Stiefel füllen. Da freuen sich dann die Kinder und die Süßwarenhersteller.

Es gibt also durchaus sinnvolle Tage. Im November gibt es zum Beispiel den »Putz-deinen-Kühlschrank-Tag«. Es ist doch nicht schlecht, an diese Dinge ab und zu erinnert zu werden. Wobei einmal im Jahr vielleicht ein bisschen wenig ist. Ein »Denk-an-deinen-Abfluss-Tag« wäre für mich ganz hilfreich, aber den konnte ich im Internet nicht finden. Den hat wohl bisher noch keiner erfunden.

Und was sagt mir der »Tag des Kusses«? Dass ich Manfred küssen soll? Das tue ich auch ohne Aufforderung und nicht nur einmal im Jahr. Oder meinen die, ich soll alle möglichen Leute küssen? Mein Manfred womöglich Gisela? Das fehlte noch! Es gibt ja auch Leute, die sich in die Fußgängerzone stellen und sich anbieten, jeden zu umarmen, dem danach ist. Oder die sich in einem Raum auf große Matten legen, um mit irgendwelchen Unbekannten zu kuscheln. Also danach ist mir nun gar nicht. Dir vielleicht?

Der »Unterhalte-dich-im-Fahrstuhl-Tag« gefällt mir nicht schlecht. Das hat was. Es ist doch wirklich blöd, wie jeder im Fahrstuhl auf seine Füße starrt oder stumm die Wand anstiert. Dieser Tag könnte zu netten Bekanntschaften führen.

Am 20. Juni dagegen dürfte in den Büros und Geschäften der Teufel los sein, denn da ist der »Nimm-Deinen-Hund-zur-Arbeit-mit-Tag«. Was wohl der Chef sagt, wenn Frau Schneiders Lumpi dem besten Kunden ans Bein pinkelt und Buchhalter Dörings Cäsar mit Frau Hämmerles Hektor Revierkämpfe im Großraumbüro ausficht?

Doch zurück zur Ausstellung. Eigentlich sollte ich Dir lieber etwas über die Chagall-Bilder erzählen als über verrückte Tage. Aber das überlasse ich besser dem Redakteur der NWZ, der hat da mehr Sachverstand als ich. Du findest den Artikel als Anhang. Und auch noch den über den »Tag der Jogginghose« in der Kunsthalle, damit Du mir auch glaubst, dass ich das nicht erfunden habe.

Viel Spaß beim Lesen
Deine Angelika

Hanna feiert Geburtstag

Liebe Susanne,

es freut mich, dass wir einer Meinung sind, was das Küssen, Umarmen und Kuscheln mit wildfremden Menschen angeht. Aber wir haben ja zum Glück auch jemanden zum Küssen, Kuscheln und Umarmen, da hat man gut reden. Im Übrigen sind wir fast immer einer Meinung, wenn es um die wichtigen Dinge des Lebens geht. Zugegeben, nicht was das Auswandern angeht, sonst würden wir uns jetzt gemeinsam in der Sonne Teneriffas aalen oder ihr noch immer nebenan wohnen, was mich sehr freuen würde – nicht nur, weil Gisela mich nervt.

Aber lassen wir dieses Thema und kommen lieber zu Hannas Geburtstag. Der fiel dieses Jahr auf einen Sonntag. Das war natürlich ein idealer Termin, um mit der Familie zu feiern.

Am Montag war dann »Tag der offenen Tür«, das heißt, dass jeder unangemeldet zum Gratulieren kommen konnte. Als ich ankam, saßen zwei Nachbarinnen auf Hannas Couch und ließen sich Kaffee und Kuchen schmecken.

»Komm, setz dich«, sagte Hanna, »und nimm dir ein Stück Kuchen.«

»Was hast du denn von deinen Kindern bekommen?«, fragte Frau Roos gerade neugierig.

»Von Dirk und Heike habe ich zwei Bücher bekommen. Eins über Bauerngärten und das andere über Ziegenhaltung und die Herstellung von Ziegenkäse.«

»Ach, du lieber Gott«, prustete Frau Roos los und Frau Eisele meinte: »Lad mich bloß nie zum Vesper mit Ziegenkäse ein. Der schmeckt ja grässlich!«

Wir anderen protestierten. Frau Roos erzählte, sie habe ein wunderbares Rezept für überbackenen Ziegenkäse auf Blattsalat.

»Und was haben dir Sven und Sandra geschenkt?«

»Einen Messerblock.«

»Das ist praktisch. Ich hab mir neulich auch einen bei Aldi gekauft«, warf Frau Roos ein.

»Also, meiner war bestimmt nicht von Aldi. Ich will gar nicht wissen, was der gekostet hat«, sagte Hanna. »Sandra meint, sie könne nicht verstehen, wie ich mit meinen Messern all die Jahre kochen konnte. Nun, bisher hat es allen bei mir geschmeckt, obwohl ich nicht wie Heike Bio und wie Sandra à la Johann Lafer und Vincent Klink koche. Von den fünf Pfund Schweinebraten mit Spätzle ist fast nichts übrig geblieben. Und die Schüssel mit der roten Grütze war auch schnell leer.«

»Und was gibt es Neues vom Haus?«, wollte ich wissen.

Hanna erzählte, dass es am Sonntag nicht sehr harmonisch bei ihr zugegangen war.

»Es ging um die Verteilung der Stockwerke. Alle wollen im Erdgeschoss wohnen, ich auch. Ich will gern meine Terrasse und meinen Garten vor der Tür haben. Als ich dann gesagt habe, wer im Erdgeschoss wohnt, der muss auch den Garten pflegen, nahm die Begeisterung merklich ab. Aber jetzt geht der Streit zwischen den jungen Familien um den ersten oder zweiten Stock.«

Dirk meint, ihm mit seinen vier Kindern stehe der erste Stock eher zu. Dafür pocht Sven auf sein Erstgeborenenrecht. »Was hat das denn damit zu tun? In welchem Jahrhundert lebst du denn?«, fragte Dirk empört.

Heike erklärte sich schließlich bereit, in den zweiten Stock zu ziehen, denn sie findet schräge Wände eigentlich ganz gemütlich, aber nur, wenn sie für ihr Schlafzimmer eine Dachgaube bekomme. »Kannst du dir gerne einbauen lassen, liebe Schwägerin«, meinte Sven, »aber zahlen müsst ihr das schon selbst.«

»Da war vielleicht was los«, seufzte Hanna, »im Wohnzimmer stritten sich die Alten und in den ehemaligen Kinderzimmern kloppten sich die Kinder.«

»Und wie ist der Streit dann ausgegangen?«, wollte Frau Roos wissen.

»Wie das Hornberger Schießen. Ich habe vorgeschlagen, dass wir jede Stunde Arbeitseinsatz aufschreiben, und wer am Ende die meisten Stunden abgeleistet hat, der darf im ersten Stock wohnen. Der Vorschlag wurde abgelehnt.«

»Na hoffentlich! Das kannst du wirklich nicht machen, Hanna«, sagte ich entsetzt. »So ein Wettkampf zwischen den Brüdern führt nur dazu, dass noch mehr Unfrieden gestiftet wird.«

»Hört, hört, es spricht die erfahrene Einzelkindmutter«, bemerkte Hanna schnippisch. »Aber es stimmt schon. Georg sieht das auch so. Dirk hat vorgeschlagen, die Stockwerke jedes Jahr zu tauschen, das sei das Gerechteste. Aber die Frauen halten das zu Recht für eine total bescheuerte Idee, schon alleine wegen des Aufwands, jedes Jahr einen Umzug zu veranstalten.«

»Außerdem sucht ihr bestimmt Tapeten aus, die wir total scheußlich finden«, sagte Sven. »Und eure Bälger ruinieren alles und wir müssen dann drin wohnen.«

Es ist tatsächlich davon auszugehen, dass die Wohnung von Sven und Sandra nach einem Jahr in einem besseren Zustand sein wird als die von Dirk und Heike. Heike hat es nicht so mit Putzen und Aufräumen, um das einmal höflich auszudrücken, Hanna regt sich des Öfteren über »den Saustall« auf. Leider nicht nur bei ihren Freundinnen. Obwohl sie großspurig verkündet, das oberste Gesetz einer Schwiegermutter laute »Mund halten!«, vor allem dann, wenn sie Söhne habe. Dann solle man seinen Mund in Gegenwart seiner Kinder und Schwiegerkinder nur noch öffnen, wenn man etwas Nettes sagen wolle. Kritik dagegen solle man ungekaut herunterschlucken, bevor sie den Mund verlassen könne. Leider fällt es Hanna schwer, sich immer an dieses »Gesetz des häuslichen Friedens« zu halten.

Frau Eisele brachte es auf den Punkt. »Ich beneide dich nicht um dein ›Projekt Großfamilie‹, Hanna.«

»Ach, du bist doch bloß neidisch, weil deine Enkel so weit weg wohnen«, gab Hanna zurück.

»Weißt du, vor ein paar Jahren hätte ich dir noch zugestimmt. Da hab ich dich wirklich manchmal beneidet. Aber zusammengezogen wäre ich mit meinen Lieben trotzdem nicht. Und inzwischen sind meine Enkel im Flegelalter, die gehen jetzt lieber mit ihren Kumpels ins Kino als mit Oma und Opa in die Wilhelma. Genieß die Zeit, solange sie noch klein sind.«

Es war nicht der fröhlichste Geburtstag, den ich bei Hanna verbracht habe. Sie ist dünnhäutig geworden, die Nerven liegen blank, und dabei fängt das Ganze erst an.

Außer einem hübschen Korb mit Frühlingsblühern habe ich Hanna einen Gutschein geschenkt. »Gutschein für Hilfe beim Räumen in Minchens Haus« stand darauf. Ich fürchte, es war ein leichtsinniges Geschenk, denn Minchens Haus ist vollgestopft mit altem Krempel. Bevor wir loslegen konnten, mussten erst alle Familienmitglieder durchs Haus gehen und aussuchen, was sie behalten wollten. Da der Geschmack der beiden Jungfamilien sich sehr voneinander unterscheidet, kam es hier nur selten zu Streitigkeiten. In diesen Fällen beanspruchte Hanna, die Besitzerin des Hauses, das von allen begehrte Stück für sich. »Nicht dass ich die alte kupferne Bettflasche von Tante Minchen wirklich haben wollte, aber bevor die sich die Köpfe einschlagen, hab ich sie genommen«, erklärte Hanna, »und wenn ich sie auf dem Flohmarkt verkaufe.«

Für den Verkauf auf dem Flohmarkt ist aber eigentlich Heike zuständig. Sie hat das schon öfter gemacht. Jetzt lächelt sie selig angesichts des vielen alten Krempels, mit dem sie ihr Auto vollgeladen hat: Übertöpfe, Figürchen, Blumenvasen, Tischdecken, Lampenschirme, Bilderrahmen, alte Postkarten … »Warum soll man das denn wegschmeißen, wenn andere noch Freude daran haben?«, ist ihre Devise, und: »Kleinvieh macht auch Mist.«

Sven meinte: »Sag bloß nicht, dass du mit uns verwandt bist, da muss man sich ja schämen«, während Sandra einwarf: »Aber das Geld nehmen wir für den Umbau. Die Sachen stammen schließlich aus Tante Minchens Haus.«

»Na super, und ich hab die Arbeit«, maulte Heike.

»Beruhige dich, die paar Kröten darfst du gern behalten und dir dafür einen Ziegenbock kaufen.«

Eine liebenswürdige Bande nennt Hanna da ihr Eigen! Ich war lange traurig, dass Anja ein Einzelkind geblieben ist, aber wenn ich mir das anschaue und anhöre, dann bin ich inzwischen froh darüber. Also, Geschwisterliebe sieht für mich anders aus.

In diesem Sinn – genießt die Ruhe in eurem Rentnerdomizil und freut euch, wenn eure Lieben euch ab und zu besuchen, aber nicht täglich auf dem Kopf herumtanzen!
Deine Angelika

PS: Da fällt mir ein, dass ich Dir die Frage aus Deiner letzten Mail, woher Hanna und ich uns eigentlich kennen, noch nicht beantwortet habe. Haben wir Dir das denn nie erzählt?

Nun, der Beginn unserer Freundschaft war eine blutige Angelegenheit. Wir trafen uns nämlich das erste Mal beim Blutspenden in Ebersbach. Während wir nebeneinander auf unseren Liegen lagen, eine Kanüle in der Armbeuge, und unsere Fäuste im Rhythmus öffneten und schlossen, damit das Blut besser fließt, kamen wir miteinander ins Gespräch. Dabei stellten wir fest, dass wir einiges gemeinsam haben: Wir haben beide die eher seltene Blutgruppe B – weshalb wir fürs Blutspenden gefragte Kandidaten sind –, wohnen beide in Neubach – allerdings an entgegengesetzten Enden – und sind beide kulturinteressiert, aber mit Männern verheiratet, die dem nicht allzu viel abgewinnen können. Aus diesen Gemeinsamkeiten und unserer gegenseitigen Sympathie entstand dann im Laufe der Zeit eine Freundschaft, die bis heute gehalten hat.

PPS: Fast hätte ich's vergessen: Von ihrer Freundin aus Karlsruhe hat Hanna mit der Glückwunschkarte zum Geburtstag das Gebet »Erhalte mich liebenswert« von Teresa von Avila zugeschickt bekommen. Teresa von Avila wurde vor 500 Jahren geboren, war Ordensgründerin, Kirchenlehrerin, Schriftstellerin, Nationalheilige der Spanier (!) und Schutzpatronin der Schachspieler – ein wichtiger Hinweis für Klaus, damit er weiß, an wen er sein Stoßgebet richten muss, wenn es bei der nächsten Partie nicht so gut läuft. Ich weiß das alles nicht, weil ich besonders fromm oder schlau bin, sondern weil ich neulich zufällig auf einen Artikel über Teresa von Avila gestoßen bin. Sie soll praktisch, handfest und lebensnah gewesen sein. Ich finde, das kommt in ihrem Gebet sehr deutlich zum Ausdruck. Klingt es nicht so, als sei es nicht vor fast 500 Jahren geschrieben worden, sondern heute? Mir scheint, der Mensch hat über die Jahrhunderte zwar große technische und wissenschaftliche Errungenschaften gemacht, aber was seine Wesensart und den Umgang mit seinen Mitmenschen angeht, scheint es keine großen Entwicklungen zu geben. Ich werde mich bemühen, mir ihre Gedanken über das Altern zu Herzen zu nehmen, fürchte aber, dass es mir nur unzureichend gelingen wird.

Ich hänge Dir das Gebet an und möchte Dir für heute noch einen anderen Spruch von Teresa von Avila mit auf den Weg geben, der mir auch aus dem Herzen spricht und den ich sicher leichter in die Tat umsetzen kann: »Tu deinem Leib etwas Gutes, damit deine Seele Lust hat, darin zu wohnen.«

Und noch einen guten Gedanken habe ich bei Teresa von Avila gefunden. Er hätte mir bei meiner ersten Begegnung mit Gisela hilfreich sein können, aber da kannte ich ihn leider noch nicht. Er heißt: »Denke daran, dass Gott zwischen den Töpfen und Pfannen da ist und dass er dir in inneren und äußeren Aufgaben zur Seite steht.« Nun, vermutlich hat Gott mir zur Seite gestanden und dafür gesorgt, dass ich die leichte Pfanne in der Hand hatte und dass mein Schlag so ausfiel, dass Gisela nicht wirklich zu Schaden kam.

Erhalte mich liebenswert

O Herr, du weißt besser als ich, dass ich von Tag zu Tag älter und eines Tages alt sein werde.

Bewahre mich vor der Einbildung, bei jeder Gelegenheit und zu jedem Thema etwas sagen zu müssen.

Erlöse mich von der großen Leidenschaft, die Angelegenheiten anderer ordnen zu wollen.

Lehre mich, nachdenklich, aber nicht grüblerisch, hilfreich, aber nicht diktatorisch zu sein. Bei meiner ungeheuren Ansammlung von Weisheit erscheint es mir schade, sie nicht ständig weiterzugeben – aber du verstehst, Herr, dass ich mir ein paar Freunde erhalten möchte.

Bewahre mich vor der Aufzählung endloser Einzelheiten und verleihe mir Schwingen, zur Pointe zu gelangen.

Lehre mich schweigen über meine Krankheiten und Beschwerden. Sie nehmen zu – und die Lust, sie zu beschreiben, wächst von Jahr zu Jahr. Ich wage nicht, die Gabe zu erflehen, mir Leidensberichte anderer mit Freude anzuhören, aber lehre mich, sie geduldig zu ertragen.

Lehre mich die wunderbare Weisheit, dass ich mich irren kann.

Erhalte mich so liebenswert wie möglich. Ich möchte kein Heiliger sein – mit ihnen lebt es sich so schwer –, aber ein alter Griesgram ist das Krönungswerk des Teufels.

Lehre mich, an anderen Menschen unerwartete Talente zu entdecken, und verleihe mir, o Herr, die schöne Gabe, es ihnen auch zu sagen.

Teresa von Avila

Elvira sucht den Mann fürs Leben

Liebe Susanne,

gestern beim Mittagessen eröffnete uns Manfred, er wolle mit Gisela wieder einen Ausflug machen.

»Prima«, sagte ich, »da können wir doch mitkommen. Ich freue mich auch, wenn ich mal rauskomme. Und Elvira findet einen Ausflug ins Grüne sicher auch ganz schön.«

Elvira nickte zustimmend.

»Also heute ist es ungeschickt«, druckste Manfred herum, »wir wollen auf die Teck. Den steilen Aufstieg schafft Mutter bestimmt nicht.«

»Nein, vielen Dank«, sagte Elvira. »Da war ich das letzte Mal vor zwanzig Jahren und schon da ist mir die Puste ausgegangen. Lieber ein andermal, wenn ihr auf der Ebene spazieren geht.«

»Na ja, hier geht's fast überall bergauf und bergab. Aber schaun wir mal.«

Ich vermute, dass Manfred mit Gisela noch viele Berge in der Umgebung erklimmen wird oder es zumindest behaupten, damit er uns nicht mitnehmen muss.

Nachmittags saßen wir gemütlich beim Kaffee. Elvira sah mir an, dass ich immer noch verärgert war.

»Reg dich nicht auf«, sagte sie und tätschelte meinen Arm. »Er kommt schon wieder zur Vernunft.«

»Fragt sich nur, wann. Weißt du, was mich freut? Der Schlag, den ich Gisela damals mit der Bratpfanne verpasst habe. Der tut mir heute noch gut. Hoffentlich hat sie die Beule noch lange gespürt.«

»Bitte was?«

Da fiel mir ein, dass Elvira die Geschichte unseres außergewöhnlichen Kennenlernens noch gar nicht kannte. Das holte ich gleich nach.

»Schadenfreude ist doch die schönste Freude«, lachte Elvira.

»Und damals war mir das so was von peinlich«, gestand ich. »Ich war Manfred auch noch dankbar, dass er seinen ganzen Charme spielen ließ, um die Situation zu entschärfen.«

»Ich will Manfred nicht in Schutz nehmen. Aber ich denke, dass ihm Giselas Bewunderung gut tut. Die lässt bei uns altgedienten Ehefrauen manchmal zu wünschen übrig. Ich nehme mich da gar nicht aus. Na ja, ich bin ja inzwischen keine Ehefrau mehr. Aber weißt du, bei Gustav und mir, da herrschte auch nicht jeden Tag Sonnenschein. Jetzt bin ich schon fast neun Jahre lang allein. Natürlich gewöhnt man sich irgendwie daran, muss man ja, aber eben nur irgendwie. Er fehlt mir. Und die Gemeinsamkeit fehlt mir. Etwas zusammen unternehmen, sich gemeinsam freuen oder auch mal schimpfen, ganz banale, alltägliche Dinge. Hin und wieder passiert es mir immer noch, dass ich bei der morgendlichen Zeitungslektüre sagen will: ›Nun hör dir das mal an!‹«

Ich fasste über den Tisch und drücke Elviras Hand.

»Neulich hab ich was ganz Verrücktes gemacht«, gestand Elvira.

Sie machte mich neugierig. »Was Verrücktes?«

»Ich hab es noch niemandem erzählt. Und du musst mir versprechen, dass du kein Wort zu Manfred sagst.«

»Versprochen. Aber nun spann mich nicht länger auf die Folter.«

Was Elvira mir erzählt hat, ist wirklich verrückt. Ich habe überlegt, ob ich Dir das überhaupt schreiben soll, aber sie hat ja nur gesagt, dass ich Manfred nichts davon erzählen soll. Und wem sollst Du es schon weitererzählen auf Teneriffa? Also, das ist Elviras verrückte Geschichte.

»Ich bin zu einem Speed-Dating gegangen. Einem Speed-Dating für Senioren. Ja, so etwas gibt es tatsächlich. Daran sieht man, dass es nicht nur junge Leute sind, die Partner suchen. Ich hatte mich schon zweimal angemeldet und wieder abgesagt. Beim dritten Mal bin ich dann tatsächlich hingegangen.

Ein netter junger Mann sprach ein paar einführende Worte und erklärte, wie die Sache vor sich gehen sollte. Die Frauen setzten sich dann an kleine Tische, die Herren ihnen gegenüber. Es ging darum, sich mit Vornamen vorzustellen und ein wenig zu unterhalten, um sich kennen zu lernen. Nach einigen Minuten läutete der junge Mann mit einem Glöckchen und die Herren gingen jeweils einen Tisch weiter. Die Frauen durften sitzen bleiben. Ich kann dir gar nicht sagen, wie aufgeregt ich war«, seufzte Elvira.

Der erste der sieben Männer war recht gutaussehend, elegant gekleidet und jünger als Elvira. Seinen Namen wusste sie nicht mehr. »Mir fallen ja schon die Namen von Leuten nicht mehr ein, die drei Häuser weiter wohnen«, erklärte sie.

Er eröffnete das Gespräch, indem er ihr von seiner Finca auf Mallorca erzählte. Er war so der Typ »mein Haus, mein Pferd, meine Yacht«. Als Elvira ihn fragte, was er hier mache, ihm müssten die Frauen doch in Scharen nachlaufen, nach dem, was er alles zu bieten habe, seufzte er: »Ach, die sind doch alle nur hinter meinem Geld her.« Na ja, wen wundert's, wenn er von nichts anderem erzählt als von seinen Besitztümern.

Nummer zwei war ein kleines Moppelchen. Er erzählte, dass er gern esse und inzwischen auch sehr gern koche. Das hätte er nach dem Tod seiner Frau gelernt. Aber alleine zu essen, das mache ihm gar keine Freude. Wenn das stimmte, dann lud er sich wohl ständig Gäste ein oder er zwang sich zum Essen, vermutete Elvira, denn er sah recht wohlgenährt aus. Als Elvira ihn fragte, was er denn so koche, sagte er: »Spiegeleier und Kässpätzle.« Auf die Frage »Selbst gemacht?« erfuhr sie, dass er die Spätzle aus dem Päckle mit dem geriebenen Käse aus dem Päckle selbst mische und selbst in den Ofen schiebe. Am Ende des Gesprächs hatte Elvira den Eindruck, dass er eine Frau suchte, die die Kartoffeln schält, die Küche aufräumt und auch den übrigen Haushalt versorgt, damit er in Ruhe seine Spiegeleier braten und essen kann, »d' beste Spiegeleier im Ländle«. »Ich werde auf sie verzichten müssen«, meinte Elvira.

»Die Nummer drei hieß Ewald«, berichtete sie, »daran erinnere ich mich, und an seine dunkelblaue Fliege, die er ständig geraderückte, obwohl sie so gerade saß wie ein strammer Soldat. Er schob sich auch ständig seine Brille mit dem Zeigefinger der rechten Hand auf die Nase. Dabei klappte er Mittel- und Ringfinger nach innen und spreizte seinen kleinen Finger ab. Und dazwischen zwinkerte er alle drei Sekunden mit den Augen und räusperte sich vor jedem Satz. Unsere spezielle Situation, die ihn sicher genauso nervös machte wie mich, verschaffte ihm mildernde Umstände, aber ich wusste, dass ich es nicht länger als diese paar Minuten aushalten würde, ihm bei all seinen Ticks zuzusehen, ohne selbst welche zu entwickeln. Also auch kein Mann fürs Leben.«

Numero vier outete sich als Katzennarr. Das war von vornherein ein K.-o.-Kriterium, denn Elvira gehört der Hunde-Fraktion an. Du weißt ja: Hund oder Katze, Tee oder Kaffee, Globetrotter oder Sofasitzer, Fenster im Schlafzimmer auf oder zu. »Und was er mir erzählte«, berichtete Elvira, »klang nicht so, als könnte ich mich an seine Katze gewöhnen, besser gesagt Katzen, Kleopatra und Saba. Im Bett wäre auch gar kein Platz für mich, das teilte er bereits mit den beiden. Davor ekle ich mich. Und vor Katzen, die über den Tisch marschieren und sich Leckerbissen vom Teller klauen. ›Des isch zu nett, des sodded Se mal sehe.‹ Lieber nicht! Ich sah schon die vielen weißen Katzenhaare, die seinen schwarzen Pullover zierten. Kein Mann für mich!«

Den Namen des Fünften hatte Elvira auch vergessen, aber sie konnte mir alle seine Krankheiten aufzählen und es waren nicht wenige: Bluthochdruck, Zucker, Asthma, Arthrose, Krampfadern, Blasenprobleme … »Hab ich etwas vergessen?«, überlegte Elvira. »Ich glaube nicht. Aber das reicht ja auch. Wenn ich mir das den ganzen Tag anhören will, dann kann ich gleich ins Altersheim ziehen, da ist es vermutlich noch unterhaltsamer, denn da verteilen sich die Krankheiten auf verschiedene Leute. Ich hatte das dumme Gefühl, der Arme suchte eine

Krankenschwester. Nichts dagegen einzuwenden, aber bitte nicht mich!«

Der Sechste eröffnete das Gespräch mit der Frage nach Elviras Familie. Das fand sie nett, denn die anderen hatten sich eigentlich relativ wenig für Elvira interessiert und dafür lieber von sich erzählt. Aber das war »Tarnen und Täuschen«. Er suchte nur einen Vorwand, um von seiner eigenen Familie zu erzählen, und die hatte es in sich: Seine Schwester hatte versucht, ihn um sein Erbe zu betrügen. Seither sprach er kein Wort mehr mit ihr. Sein Bruder hatte ihm die Frau ausgespannt, da herrschte auch Funkstille. Seine Tochter hatte sich erlaubt, den falschen Mann zu heiraten, deshalb hatten sie sich im Streit getrennt. Sein Sohn lebte mit einem Mann zusammen, das ging ja nun gar nicht, der sollte sich bloß nicht mehr blicken lassen. Und seine Enkel, die kamen nur, um Geld bei ihm zu schnorren. Undankbare Bande. Aber bei ihm war ja nichts mehr zu holen, seit sein Geschäftspartner ihn übers Ohr gehauen hatte. Seither ließen sich auch seine sogenannten Freunde nicht mehr blicken. »Ich hatte den Verdacht, dass ›der arme Teufel‹ gar nicht auf der Suche nach einer Frau war, sondern nach einem Kummerkasten«, stellte Elvira fest. »Tja, du siehst, meine Liebe, eine Pleite auf der ganzen Linie.«

»Aber das waren doch erst sechs. Was ist mit Nummer sieben?«

»Oh, Nummer sieben.« Die Erinnerung an Nummer sieben zauberte ein verlegenes Lächeln auf Elviras Gesicht. »Nummer sieben war eigentlich Nummer drei, Peter.«

»Du wolltest ihn mir unterschlagen«, vermutete ich, »und dabei ist er einer der wenigen, von dem du noch den Namen weißt.«

»Nun ja, das ist nicht schwer. Er sah Peter Weck ein wenig ähnlich, vom Äußeren, aber auch in seiner Art.«

Das klang vielversprechend. Du musst wissen, dass Elvira schon seit langem für Peter Weck schwärmt.

»Und da sagst du, es war eine Pleite auf der ganzen Linie! Was hat denn mit Peter nicht gestimmt?«

»Oh, er war nett und sehr sympathisch, höflich, interessiert, gebildet. Er war auch der Einzige, dem ich meine Telefonnummer gegeben habe.«

»Und?«

»Nun ja, wir haben öfters miteinander telefoniert und Spaziergänge gemacht. Und einmal waren wir zusammen im Konzert und zweimal essen«, erzählte Elvira.

»Und dann?«

»Dann hab ich kalte Füße gekriegt. Ich bin vierundachtzig. Das ist doch etwas anderes, als wenn man sich mit zwanzig verliebt.«

»Aber was ist denn so schlimm daran, zusammen auszugehen?«

»Gar nichts. Mir ging das alles ein wenig zu schnell. Außerdem ist er ein paar Jahre jünger als ich. Ich hab mich dann ein bisschen rar gemacht und das hat ihn wohl gekränkt. Jedenfalls hat er sich schon seit einiger Zeit nicht mehr bei mir gemeldet. Ach komm, lass gut sein. Es war eine blöde Idee, da hinzugehen. Und wehe, du erzählst Manfred davon.«

Das werde ich natürlich nicht tun. Aber es tut mir so leid für Elvira. Ich hätte mich wirklich gefreut, wenn sie noch einmal einen netten Mann gefunden hätte.

Halten wir unsere Männer also in Ehren, liebe Susanne. Du siehst ja, es ist nicht so einfach, noch einmal einen Passenden zu finden. Drück mir die Daumen, dass Manfred wieder zu Verstand kommt. Im Moment sieht es leider nicht danach aus.

Liebe Grüße
Deine Angelika

Manfred auf Abwegen

Liebe Susanne,

vielen Dank fürs Daumendrücken in Sachen Manfred. Leider hat es bislang nicht viel genützt.

Gestern erzählte er mir beim Mittagessen, Gisela habe ihn zu einem Konzert ins Alte E-Werk eingeladen, als Dankeschön für seinen Einsatz in ihrem Haus. Von meinem Einsatz mit Kaffee und Butterbrezeln war nicht die Rede. Manfred schien mir meine Verstimmung anzumerken.

»Es ist ein Jazz-Konzert. Ich hab Gisela gesagt, dass du das nicht magst.«

»Wollte sie mich denn auch einladen?«

»Nun, nicht direkt.«

Wie lädt man denn jemanden indirekt ein?

»Ich hatte ihr ja gesagt, dass das nicht so deine Sache ist.«

»Schon bevor sie dir die Karte geschenkt hat?«

»Nun sei doch nicht so spitzfindig! Stört es dich, wenn ich mit Gisela allein hingehe? Du warst doch neulich auch mit Mutter allein in der Chagall-Ausstellung.«

Na, also das ist ja mal ein Vergleich: mit der Schwiegermutter in der Gemäldeausstellung oder mit der Geliebten im Konzert! Das »Geliebte« meine ich nicht wörtlich. Ich glaube nicht, dass die zwei was miteinander haben, aber man kann sich ja nicht nur im Bett betrügen, sondern auch in Gedanken und im Herzen.

Abends verschwand Manfred für längere Zeit im Bad und kam fremd duftend wieder heraus. Er muss sich ein neues Rasierwasser zugelegt haben.

»Passt das Hemd zu der Hose?«, fragte er mich.

Manfred fragte, ob das Hemd zu der Hose passt! Normalerweise ist ihm das so was von egal. Da muss ich ihm sagen:

»Manfred, zieh dir bitte eine andere Hose an, bevor wir zum Essen gehen.«

»Was ist mit meiner Hose?«

»Mit der hast du heute schon an deinem Auto herumgeschraubt.«

»Ja und? Ich hab mich dabei kein bisschen schmutzig gemacht. Die sieht doch noch aus wie neu.«

Es muss für Manfred schlimm sein, sich umzuziehen. Er zieht morgens eine Hose an und abends wieder aus, egal, ob er damit die Garage ausfegt oder ins Kino geht. Ich ziehe morgens eine Hose an, mit der putze ich. Dann ziehe ich eine andere Hose an, mit der gehe ich einkaufen. Nachmittags ziehe ich meine Gartenhose an und wenn wir abends ausgehen, eine schicke.

Aber mir scheint, dass Elvira es nicht gut findet, wie ich mich kleide.

»Du musst Gisela mit ihren eigenen Waffen schlagen. Hast du mal gesehen, wie schick die immer angezogen ist?«

Elvira hat gut reden. Soll ich im Kostüm im Garten graben und mit der weißen Bluse Tomatensoße kochen? Gisela wird sich wohl jedes Mal umziehen, bevor sie Manfred zum Arbeitseinsatz ruft. Vielleicht lässt sie ja auch kochen und graben, so wie sie reparieren lässt. Und außerdem ist sie sechzehn Jahre jünger als ich. Wo bleibt da die Chancengleichheit, von der immer die Rede ist!

Ich habe Gisela noch nicht im Bikini gesehen, aber was ich von ihr sehen kann, das sieht alles noch recht straff aus, während bei mir an verschiedenen Stellen schon die Macht der Erdanziehung zugeschlagen hat. Meine Haare werden dünner und meine Hüften dicker – warum kann es nicht umgekehrt sein? Außerdem sind meine Haare zu kurz: Heute habe ich in der Zeitung gelesen, dass es den Stars gelingt, auch ohne chirurgisches Lifting zu einem straffen Hals zu kommen. Sie kleben sich einfach ein Klebeband in den Nacken. Aber um das zu verdecken, braucht man eben lange Haare. Als Manfred neulich aus dem Haus war, habe ich es vor dem Spiegel ausprobiert, es klappt tatsächlich! Aber ich habe beschlossen, mir die Haare trotzdem nicht wachsen zu lassen. Und um die schlaffe Haut an den Armen zu straffen – Du weißt schon, die Winkeärmchen –, empfiehlt ein Fitnesstrainer und Wellness-Coach die Zweckentfremdung eines Hämorrhoiden-Mittels. Zu seinen Kundinnen zählt auch Jennifer Lopez. Aber auch dieses Geheimmittel will ich nicht ausprobieren.

Doch zurück zu Manfred. Er fragt mich also, ob sein Hemd zur Hose passt. Nein, es passt nicht, es passt überhaupt nicht. Selbst ein Farbenblinder würde bei diesem Anblick frösteln. Manfreds Frage bringt mich in einen echten Zwiespalt. Ich möchte gern mit dem Kopf nicken und sagen: »Super, passt prima! Chic siehst Du aus« und Manfred unmöglich angezogen aus dem Haus gehen lassen. Aber ich kann es einfach nicht. Es widerspricht meiner langjährigen Solidarität mit Manfred und meinem guten Geschmack. Also gehe ich an seinen Kleiderschrank, nehme ein farblich passendes Hemd heraus und sage: »Zieh lieber das an.«

Und was sagt Manfred? »Prima, danke, was würde ich nur machen, wenn ich dich nicht hätte?«

Dann, lieber Manfred, würdest du geschmacklos angezogen zu deiner geliebten Gisela gehen. Und du hättest es verdient, wenn sie denken würde: »Mein Gott, wie läuft der Mann denn rum? Das nächste Mal suche ich mir einen anderen Begleiter.«

Schon bevor Manfred die Tür hinter sich zugezogen hat, bereue ich meine Solidarität. Es wäre eine gute Chance gewesen, ihm eins auszuwischen. Ich setze mich frustriert vor den Fernseher, sehe mir einen Bericht über die Krankheiten des Alters an und gehe deprimiert ins Bett. Diese Sendung hätte sich lieber Gisela anschauen sollen, damit sie weiß, was mit einem wesentlich älteren Partner in ein paar Jahren auf sie zukommen kann. Aber Gisela amüsiert sich lieber im Konzert.

Auch Hanna klage ich mein Leid.

»Du musst Yoga machen«, lautet ihr Rezept.

»Du meinst, damit ich eine bessere Figur bekomme?«

»Quatsch! Wenn schon, dann höchstens, damit du eine bessere Figur *machst.* Atem- und Entspannungsübungen, die nötige Gelassenheit, die richtige Weltsicht ...«

»Und wie viele Jahre soll das dauern?«, frage ich.

»Was?«

»Na ja, diese ganzen Übungen. Du machst das jetzt seit drei Jahren, und wenn ich sehe, wie du dich manchmal über Kleinigkeiten aufregst, dann scheint es lange zu dauern, bis man das beherrscht. Bis dahin hat Manfred mit Gisela schon ganz andere Entspannungsübungen gemacht.«

»War ja nur ein Vorschlag«, sagt Hanna und zuckt gekränkt mit den Schultern.

Hanna will mich schon lange dazu überreden, mit ihr zum Yogakurs zu gehen. Aber ich habe sie im Verdacht, dass sie in erster Linie wegen des Lehrers da hingeht. Du solltest mal sehen, wie ihre Augen leuchten, wenn sie mir erzählt, wie straff und biegsam sein Körper ist und welche »Aura« er verströmt. Das wäre natürlich auch eine Möglichkeit: Wie du mir, so ich dir! Aber ich fürchte, da wären meine Chancen gleich null. Ihr Lehrer ist fast zwanzig Jahre jünger als ich, und meine Verbiegungen würden mit Sicherheit nicht schön und geschmeidig aussehen, sondern eher stümperhaft. Er hat schließlich die Auswahl in seinen vielen Kursen, sich den attraktivsten Körper auszusuchen. Nein, ich fürchte, das ist auch nicht die Lösung.

Dabei hat Hanna auch Eheprobleme, wenn auch ganz anderer Art. Sie hat beschlossen, ihre Ernährung umzustellen. Es kam einiges zusammen. Sie hatte im Fernsehen abschreckende Berichte über Massentierhaltung und Tiertransporte gesehen, im Yoga und von Heike über die Vorteile der vegetarischen Ernährung gehört, und gelesen, dass der Verzicht auf tierische Produkte Besserung bei Arthrose verspricht, unter der Georg seit Jahren leidet.

Also machte Hanna sich schlau und besorgte sich ein vegetarisches Kochbuch. Sie hat mir den Speiseplan der ersten Woche vorgelesen und von den Folgen erzählt.

Montag – Penne rigate mit Peperoni-Mango-Sauce. Georg isst gern Nudelgerichte, aber die Mischung von scharf und fruchtig ist nicht nach seinem Geschmack. Er mag lieber Spaghetti bolognese oder Spaghetti alla carbonara. Aber Hackfleisch und Speck sind von der Speisekarte gestrichen.

Dienstag – Orecchiette mit Balsamico-Linsen. Dass es schon wieder Nudeln gab, störte Georg nicht, und Linsen sind sein Leibgericht. Aber die Ankündigung »Morgen gibt es Linsen« war von Hanna nicht besonders klug gewählt, denn unter Linsen versteht Georg als Schwabe etwas ganz anderes und die Enttäuschung war groß.

Mittwoch – Spinatknödel mit Walnüssen. Georg bevorzugt Nüsse im Kuchen und wartete vergeblich auf die Fleischbeilage zu den Knödeln.

Donnerstag – Couscous mit buntem Gemüse. Georg stocherte missmutig in seinem Essen herum und fragte, ob bei Edeka »der vernünftige Reis« ausgegangen sei.

Freitag – Gemüsereis mit Zimt und Nelken. Diesmal also »richtiger Reis«, aber die Mischung mit Zimt und Nelken mutete Georg doch sehr exotisch an. Außerdem gab es schon wieder kein Fleisch, wie er enttäuscht feststellte.

Freitag: Nudelauflauf mit Tomatensoße. Das mag Georg, das gab es früher auch schon, aber diesmal fehlte der Schinken im Auflauf.

Dann las Hanna in einer Illustrierten, wie schlecht Kohlehydrate seien, vor allem am Abend. Nun war ihre vegetarische Küche ohnehin schon recht kohlehydratlastig, und das Brot am Abend sollte die Pfunde geradezu auf die Hüften schaufeln, was weder für Georg mit seiner Arthrose noch für Hannas Linie vorteilhaft war. Also wurde das von beiden so heiß geliebte Brot am Abend ebenfalls vom Speiseplan gestrichen. Damit hatte Hanna den Bogen überspannt. Der sanfte, harmoniebedürftige Georg schlug auf den Tisch.

»Jetzt reicht's! Ich habe eine Frau geheiratet, die gut kochen kann. Ich bin ein Mann, und ich brauche ab und zu ein

Stück Fleisch auf dem Teller und ein Saitenwürstle und ein Stück Speck zu den Linsen. Wie soll ich in jeder freien Minute auf der Baustelle arbeiten, wenn ich nichts Vernünftiges in den Magen bekomme! Entweder du besinnst dich auf deine alten Kochkünste oder ich lege mir ein Bratkartoffelverhältnis zu.«

»Bratkartoffeln kannst du auch bei mir bekommen.«

Das war natürlich ein ganz dummer, provozierender Einwurf von Hanna. Sie sollte nicht mit dem Feuer spielen. Man sieht ja an Manfred, wie schnell das gehen kann.

Inzwischen ist in Hannas Ehe wieder Frieden eingekehrt. Sie kocht wieder wie gehabt. Nicht nur Georg scheint erleichtert zu sein, sondern auch Hanna. Ein Schnitzel in die Pfanne zu hauen, wenn's pressiert, geht halt schneller als allerlei Gemüse zu schnippeln und fremdartige Gewürze zu kaufen. Und wenn einem nach der vielen Arbeit ein Mann mit einem mäkeligen Gesicht gegenübersitzt, der missmutig in seinem Essen herumstochert, dann ist das auch nicht sehr befriedigend. Hanna bemüht sich, weniger Fleisch auf den Tisch zu bringen, und beruhigt sich damit, dass sie das Fleisch beim ortsansässigen Metzger kauft, der selbst schlachtet und seine Tiere von Höfen aus der Umgebung bezieht. Und auf sein »tägliches Brot« am Abend muss Georg auch nicht mehr verzichten, Hanna bringt das Abendessen zur Gewissensberuhigung etwas früher auf den Tisch. Auch das soll gegen überflüssige Pfunde helfen.

Ach, Susanne, wenn mein Problem mit Manfred doch auch so leicht zu lösen wäre. Drück mir die Daumen, dass in unserer langjährigen, so wunderbar eingefahrenen Ehe endlich wieder Normalität einkehrt. Und wenn Du nachts einmal nicht schlafen kannst, dann bedaure mich bitte ein bisschen.

In diesem Sinn
Deine Angelika

Hochzeitstag mit Hindernissen

Liebe Susanne,

Freitag, der 6. März, unser 40. Hochzeitstag. Blauer Himmel und Sonnenschein ließen ahnen, dass der Frühling nicht mehr weit sein kann.

Manfred benahm sich beim Aufstehen wie immer. Kein »Alles Gute zum Hochzeitstag«, kein »Schön, dass du es so lange mit mir ausgehalten hast«, auch keine kleine, hübsch verpackte Schachtel, nichts. Bestimmt hat er sich etwas Besonderes ausgedacht, dachte ich. Schließlich hat Manfred noch nie unseren Hochzeitstag vergessen, in vierzig Jahren nicht. Ich hätte ihn gestern daran erinnern können, aber ich wollte testen, was ihm unsere Liebe noch wert ist.

Auf dem hübsch gedeckten Esstisch stand ein wunderschöner Frühlingsstrauß mit orangefarbenen Ranunkeln, meinen Lieblingsblumen. Ich atmete erleichtert auf. Er hatte es also nicht vergessen.

»Gefällt er dir? Ich habe ihn bei Anja geholt«, sagte Elvira.

Es ist so lieb von ihr – und ich bin so enttäuscht, dass der Strauß nicht von Manfred ist.

In dem Moment ging die Tür auf und Manfred kam herein. »Was ist denn hier los? Hat jemand Geburtstag?«

»Nein, Hochzeitstag.«

»Ach, du Schreck!«, entfuhr es Manfred. »Ist heute der Sechste? Ich dachte, heute sei erst der Fünfte.«

»Ist ja nicht schlimm«, sagte ich und küsste ihn. »Dann holst du eben schnell dein Geschenk und änderst die Tischreservierung auf heute Abend.«

»Welche Reservierung?«

»Na ja, du hast doch sicher einen Tisch bestellt. Wir gehen am Hochzeitstag doch immer abends essen.«

»Klar, den Tisch. Das mach ich nachher gleich.«

»Wo gehen wir denn hin?«, wollte ich wissen.

»Überraschung. Und das ... also das Geschenk ..., das hatte ich bestellt. Das muss ich heute Nachmittag noch abholen. Ich hatte ja gedacht, dass der Hochzeitstag erst morgen ist.«

Klar, wenn man die Gedanken bei der lieben Gisela hat! Ich fürchte nur, dass sogar die Verwechslung des Datums eine faule Ausrede ist und dass Manfred den Hochzeitstag total vergessen hat.

»Kommt, jetzt wollen wir erst mal gemütlich frühstücken. Ist ja kein Beinbruch«, versuchte Elvira die Stimmung zu heben.

Nun ja, tröstete ich mich, man kann ja wirklich mal etwas vergessen. Für Männer spielt dieser Tag vielleicht nicht die gleiche Rolle wie für uns Frauen. Und es ist das erste Mal in vierzig Jahren, dass Manfred ihn vergessen hat. Aber das ist es ja gerade. Gäbe es Gisela nicht, dann würde ich darüber lachen und Manfred noch eine Weile damit aufziehen. Oder ich hätte ihn vorher daran erinnert. Aber ich wollte ihn ja unbedingt prüfen. Das hatte ich nun davon. Dass ich selbst ein Päckchen für Manfred hatte, brachte ihn noch mehr in Verlegenheit.

Nach dem Frühstück machte er sich gleich auf den Weg. »Ich muss noch was erledigen.«

»Nimm's nicht so schwer«, tröstete mich Elvira. »Du siehst doch, wie leid es ihm tut. Wenn ihm nichts mehr an dir liegen würde, dann wäre das sicher nicht so. Ich bin aber auch zu blöd, dass ich ihn nicht daran erinnert habe.«

»Ich wette, er geht jetzt erst mal zu Anja und fragt sie, wie er die Sache wieder geradebiegen kann«, sagte ich.

»Da könntest du recht haben«, lachte Elvira. »Gut, wenn man eine Tochter hat.«

Abends fuhren wir zu fünft nach Kirchheim.

»Einen Hochzeitstag feiert man doch zu zweit«, meinte Anja.

»In unserem Alter nicht mehr. Da freut man sich, wenn die liebe Familie mitfeiert. Vorausgesetzt, man hat eine liebe Familie, und die habe ich ja.«

Marie würde bei einer Freundin übernachten. Normalerweise nehmen wir sie mit zum Essen. Aber Anja meinte, es könne heute Abend ein bisschen später werden.

»Warum denn das?«

»Lass dich überraschen.«

Eine Überraschung war es dann tatsächlich, denn Manfred führte mich ins »Feli(c)xita«. Erinnerst Du dich an das nette kleine Lokal an der Alleenstraße? Ich war überrascht, weil ich gedacht hatte, Manfred würde für heute Abend etwas ganz Besonderes aussuchen, ein vornehmes Restaurant, das wir nicht häufig besuchen, weil es uns eigentlich zu kostspielig ist.

Aber kaum war ich durch die Tür getreten, da freute ich mich. Ich mag die gemütliche Atmosphäre dort und ich mag Felix und seine Freundin Pia, die Besitzer der kleinen Vinothek. Wir wurden wie immer herzlich begrüßt.

Felix führte uns zu einem Tisch, der für fünf Personen gedeckt war. Mitten auf dem Tisch stand ein Strauß dunkelroter Rosen.

»Die sind von mir«, sagte Manfred, »vierzig, für jedes Jahr eine.«

»Ach, Manfred«, sagte ich gerührt, »du spinnst.«

»So ist sie.« Manfred verdrehte in gespielter Empörung die Augen. »Ich schenke ihr einen Rosenstrauß, und was sagt sie zu mir? ›Du spinnst.‹ Findet ihr nicht, dass ich mir den Tapferkeitsorden verdient habe, weil ich es so lange mit ihr ausgehalten habe?«

Die Küchentür öffnete sich und Pia und die italienische Küchenhilfe Maria erschienen.

»Herzlichen Glückwunsch zum Hochzeitstag«, sagte Pia, schüttelte uns die Hand und umarmte Anja und Tom.

Ihr Babybäuchlein war ein ganzes Stück gewachsen, seit wir sie das letzte Mal gesehen hatten.

»Nehmt euch gute Beispiel an die beide«, sagte Maria zu Pia und Felix, und zu uns: »Sind immer noch nichte geheiratet. Arme bambino.«

»Bambini, Maria, es werden zwei, das weißt du doch«, stellte Pia richtig und streichelte liebevoll ihren Bauch. »Wir sind eine rationelle Familie. Bei uns ist die Familienplanung mit einer Schwangerschaft abgeschlossen. Und Hochzeit und Taufe werden zusammen gefeiert, das spart Kosten.«

»Iste traurig«, meinte Maria, »Feste mit die famiglia sinde so schön. Kann man nicht oft genug feiere. Oh, scusi, habe ganz vergesse, congratulazione«, sagte sie dann und schüttelte uns die Hand.

»Ist heute etwas Besonderes?«, fragte ich mit Blick auf die beiden Hocker und die Akustikgitarren, die in einer Ecke standen.

»Ja, Gitarrenkonzert, extra für dich bestellt«, erklärte Manfred.

Das stimmte natürlich nicht. Das Konzert war schon lange für den heutigen Abend angekündigt gewesen. Aber es passte natürlich wie bestellt. Es wurde ein ganz besonderer Abend. Zuerst ein leckeres Drei-Gänge-Menü und anschließend ein wunderbares Konzert bei Kerzenschein und Rotwein. »Ein Stück Musik von Hand gemacht«, wie es bei Reinhard Mey heißt. Die beiden Gitarristen spielten wunderbar, viel temperamentvolles Südamerikanisches, aber auch klassische Stücke und Balladen. Eine Musik, die Manfred genauso gern mag wie ich, die in die Füße und manchmal auch direkt ins Herz geht. Wir waren begeistert.

»Das war eine tolle Idee von dir, hierherzukommen«, sagte ich und schmiegte mich zu den sanften Klängen von »Che sera« an Manfreds Schulter.

»Ich hab noch eine Überraschung für dich.« Manfred schob ein Kuvert zu mir herüber. »Du wirst es bei der schummrigen Beleuchtung nur schlecht lesen können.«

Weißt Du, was die Überraschung war? Eine Wochenendreise nach Rom!

»Oh Manfred, das wünsche ich mir schon so lange!«

Das stimmt. Seit ich als Abiturientin meine Klassenfahrt nach Rom gemacht habe. Es war Liebe auf den ersten Blick! Was für eine Stadt! Damals kannte ich Manfred ja schon und schrieb ihm schwärmerische Briefe und nahm mir fest vor, eines Tages mit ihm hinzufahren. Aber nie konnte ich ihn dafür erwärmen. Und jetzt, nach mehr als vierzig Jahren, würde mein Traum endlich wahr werden.

Heute Morgen hätte ich noch nicht gedacht, dass ich Manfred einen so liebevollen Kuss geben würde.

»Das ist eine wunderbare Idee.«

»Nun«, sagte Manfred ein wenig verlegen, »nachdem Anja und Tom mir so vorgeschwärmt haben, dachte ich, ich könnte mir die Stadt ruhig einmal anschauen.«

»Das heißt, mir allein hast du nicht geglaubt?«

»Dir glaube ich doch immer«, schwindelte Manfred.

Am nächsten Tag, bei hellem Licht besehen, las ich, dass die Buchung des Reisebüros an unserem Hochzeitstag ausgestellt worden war. Vielleicht hatte Manfred mir das Kuvert deshalb bei Kerzenlicht zugeschoben. Aber ganz egal, ob lange geplant oder kurz entschlossen, ob auf Manfreds Mist gewachsen oder von Anja ausgedacht, es war eine wunderbare Idee und ich freue mich wie ein kleines Kind auf unsere zweite Hochzeitsreise.

Wir haben Elvira gefragt, ob sie uns begleiten wolle, aber die hat rundweg abgelehnt.

»Das kommt gar nicht in Frage. Also, eine Hochzeitsreise macht man zu zweit und nicht mit der Schwiegermutter zusammen, auch wenn es die zweite Hochzeitsreise ist. So eine Städtereise wäre mir inzwischen auch viel zu anstrengend. Und ich bin euch ohnehin lange genug zur Last gefallen, es wird Zeit, dass ich wieder nach Hause gehe.«

Wir schlossen einen Kompromiss. Wir würden zu zweit nach Rom fliegen und Elvira würde inzwischen unser Haus hüten, die Ruhe und den Sonnenschein hinter den unverhüllten

Fensterscheiben genießen und nach unserer Rückkehr noch ein paar Tage bei uns bleiben.

Marie hat verkündet, sie werde ihre Hochzeitsreise mit Luca auch einmal nach Rom machen. Luca ist ein halbes Jahr jünger als Marie, ein lieber, schüchterner kleiner Junge. Anfangs ging Marie gar nicht gern in den Kindergarten, jeden Morgen gab es Tränen. »Ich komme mir vor wie die letzte Rabenmutter, ich glaube, ich melde Marie wieder ab«, sagte Anja. »Marie heult im Kindergarten und ich hier zu Hause. Wo soll denn da der Sinn sein?« Aber dann kam Luca, und von diesem Tag an ging Marie gern in den Kindergarten. Sie nahm ihn an die Hand, im wörtlichen und im übertragenen Sinn, zeigte ihm die kleinen Toiletten und Waschbecken, die ihr so gut gefallen, die Puppenecke und die Schaukel. Und jeden Mittag kommen die beiden Hand in Hand aus dem Kindergarten.

»Weiß Luca denn schon, dass ihr eure Hochzeitsreise nach Rom machen werdet?«, wollte Manfred wissen.

»Nein, aber das sag ich ihm schon noch. Ist ja noch ein bisschen Zeit.«

Das ist die neue Frauengeneration, Susanne, von der können wir etwas lernen. Kein Zweifel, in dieser Verbindung hat Marie die Hosen an und Luca scheint sich sehr wohl dabei zu fühlen.

Wenn wir von unserer Reise zurück sind, werde ich Dir berichten, ob Rom noch immer so schön ist wie damals in den siebziger Jahren.

Bis dahin
Deine Angelika

Arrivederci Roma

Liebe Susanne,

ich hasse es zu fliegen. Dabei verliere ich buchstäblich den Boden unter den Füßen. In Physik war ich nie besonders gut, und wenn ich dieses riesengroße Flugzeug sehe und die vielen Menschen, die hineinsteigen, dann wird mir ganz anders. Wie, um Himmels willen, kann sich so etwas in der Luft halten? Luft ist nichts, das kann man nicht einmal sehen. Manfred erklärt mir etwas von Aerodynamik, Antrieb und Auftrieb. Ich glaube ihm jedes Wort, denn Manfred versteht etwas von solchen Sachen, aber mein Bauchgefühl und mein gesunder Menschenverstand sagen mir: Es funktioniert, jedenfalls meistens, aber eigentlich ist es unmöglich.

Manchmal ist schon das Fahren mit dem Aufzug eine Herausforderung für mich. »Maximal vier Personen«, lese ich, und wenn sich in letzter Sekunde noch ein Fünfter hineinquetscht, fange ich an, die Mitfahrer zu taxieren und ihr Gewicht zu schätzen, denn die maximale Traglast beträgt 300 kg. Ob ich den Dicken in der Ecke wohl mit meinem Gewicht ausgleichen kann? Leider war ich auch in Mathematik nicht besonders gut. Meine Fluchtreflexe schlagen Salti, aber der fünfte Mann versperrt die Tür, die sich in diesem Augenblick schließt. Ich steige gerne Treppen und das hält mich gesund.

Das Schlimmste beim Fliegen sind Start und Landung. Aber die Liebe erträgt viel, heißt es, und ich liebe Rom, und deshalb werde ich diesen Flug auf mich nehmen. Und wenn etwas schiefgeht, dann habe ich Manfred an meiner Seite. Ist es nicht das, was sich alle sich liebenden Paare wünschen: gemeinsam aus dieser Welt gehen zu dürfen? Aber bitte noch nicht jetzt!

Damals, als ich mit meiner Klasse nach Rom fuhr, haben wir den Zug genommen. Jeweils sechs Mädchen in einem Liegewagen. Mein Gott, war das eng und lustig. Geschlafen haben wir nicht viel, dafür eine Menge gegackert und gelacht. Aber wenn man nur ein Wochenende in Rom verbringen will, dann ist der Zug keine Alternative. Also, auf zum Flugplatz!

Wir haben einen frühen Flug gebucht. Dann sind wir bereits gegen elf in Rom und haben noch den halben Tag zur Verfügung. Aber wir haben die Rechnung ohne den Wirt gemacht, besser gesagt ohne die Piloten. Die streiken mal wieder! Ausgerechnet dann, wenn ich nach über vierzig Jahren trotz bangen Herzens nach Rom fliegen will!

Am Schalter erklärt man uns, es gäbe einen Notplan. In »Notplan« steckt das Wörtchen »Not« und das klingt nach Entbehrung und Unglück. Das stimmt mich nicht wirklich fröhlich.

»Es kommt eine Maschine, die nach München fliegt«, erklärt uns die freundliche Dame am Schalter. »Von dort aus können Sie dann weiterfliegen nach Rom. Auf die Maschine nach München warten wir allerdings noch, die steht noch in Berlin. Achten Sie einfach auf die Durchsage.«

Na, wenn's weiter nichts ist! Wir checken ein, setzen uns in den Wartebereich und warten. Wir warten ziemlich lange. Aber Hauptsache, der Pilot ist kein Notpilot, und Hauptsache, wir erreichen in München unseren Anschlussflieger nach Rom.

Zum Glück habe ich einen Optimisten erster Ordnung an meiner Seite. Nicht auszudenken, wenn er jetzt neben mir sitzen würde wie der Miesepeter hinter mir, der seiner Frau, die schließlich auch nichts dafür kann, ständig in den Ohren liegt: »Das ist doch eine Unverschämtheit! Wenn ich mir vorstelle, was die verdienen! Und dann kriegen sie den Hals nicht voll und schikanieren arme Leute, die sich eine Reise vom Mund abgespart haben und ein paar Tage ausspannen wollen!«

Manfred und ich sehen uns an, dann stehen wir in stillem Einvernehmen auf und setzen uns ein paar Reihen weiter nach hinten. Das ist der Vorteil, wenn man vierzig Jahre miteinander verheiratet ist. Vieles klappt auch ohne Worte.

Unsere Maschine nach München kommt endlich. Aber leider fliegt sie nicht schnell genug. Jedenfalls hat der Flieger nach Rom abgehoben, fünf Minuten bevor unser Flugzeug gelandet ist. Als kleine Entschädigung für die Unannehmlichkeiten hat man uns einen Verzehrgutschein über acht Euro in die Hand gedrückt.

»Ich sehe nur eine Möglichkeit, heute noch nach Rom zu kommen«, meint die nette Dame am Schalter. »Ich kann Sie auf eine Maschine nach Lyon umbuchen.«

Moment mal: Lyon? Habe ich die Landkarte falsch im Kopf? Kann schon sein. In Erdkunde war ich auch keine Leuchte. Die Dame am Schalter meint es jedenfalls ernst. Und wenn es unsere einzige Chance ist, nach Rom zu kommen, dann fliegen wir eben über Lyon.

»Sie müssten dann allerdings Ihr Gepäck abholen und am Air-France-Schalter neu einchecken. Das geht leider nicht anders, weil es eine andere Fluggesellschaft ist. Ihre Maschine geht in fünfundzwanzig Minuten.«

Nun, das sollte wohl zu schaffen sein. Denkste, so einfach ist das leider nicht. Es gibt nämlich ein Problem: Unser Gepäck ist nicht da! Wir stehen und warten, das Gepäckband läuft unermüdlich seine Runde, obwohl es längst abgeräumt ist, wir starren hoffnungsvoll auf das schwarze Loch, das die Gepäckstücke ausspuckt – es hat ausgespuckt. Wir müssen wohl akzeptieren, dass unser Gepäck nicht da ist, und sollten nicht noch mehr Zeit mit sinnlosem Warten verbringen.

Also rennen wir zum Schalter für verschwundene Gepäckstücke. Dort stellen wir fest, dass wir unser Missgeschick mit anderen teilen, was uns in diesem Fall nicht wirklich tröstet, denn die vier Leute in der Schlange vor uns stehlen uns kostbare Zeit. Ich schaue im Minutentakt auf die Uhr und stelle fest, dass wir jetzt eigentlich in Rom landen würden – wenn die Piloten sich nicht entschlossen hätten, heute zu streiken. Leider sagt niemand zu uns: »Möchten Sie vorgehen?«, so wie ich das manchmal sage, wenn ich mit vollem Einkaufswagen bei Edeka an der

Kasse stehe und der Mann hinter mir nur eine Flasche Cola und eine Zeitung in der Hand hat.

Schließlich steht nur noch ein Mann vor uns, aber der hat es in sich.

»Das passiert mir jetzt das dritte Mal, dass mein Gepäck nicht ankommt«, schimpft er. »Das erste Mal war, als wir nach Florida zu meinem Vetter geflogen sind. Der Koffer von meiner Frau war da, aber meiner nicht.«

»Ich rate den Leuten immer, auf Flugreisen gemischte Koffer zu packen, wenn sie gemeinsam auf Reisen gehen. In jeden Koffer von beiden etwas, dann ist im Zweifelsfall von jedem nur die Hälfte weg. Es kommt eher selten vor, dass beide Koffer nicht ankommen«, sagt Herr Hoffmann hinter dem Schalter, so steht es wenigstens auf dem Schildchen an seiner Brust.

Wie bei uns, denke ich. Wir sind also ein seltener Fall. Auch nicht tröstlich. Ich wäre lieber ein seltener Fall von »im Lotto gewonnen« als von »Koffer weg«.

»Soll das heißen, Sie planen verschwundene Koffer von vorneherein ein? Na, das sind ja vielleicht Zustände hier! Zum Glück konnte ich mir damals was zum Anziehen von meinem Vetter ausleihen. Jeden Tag sind wir zum Flughafen gefahren, jeden Tag umsonst. Das war vielleicht ein Urlaub!«

Für den armen Vetter sicher auch. Er tut mir im Nachhinein noch richtig leid. Das tröstet mich ein wenig über mein eigenes Unglück hinweg, aber nur ein wenig. Ich schaue auf die Uhr und trete ungeduldig von einem Fuß auf den anderen.

»Wir waren schon eine Woche wieder in Deutschland, da kam der Koffer endlich an.«

»Wie schön«, sagt Herr Hoffmann, »dann haben Sie ihn ja wiederbekommen.«

»Sagen Sie mal, wollen Sie mich verarschen?«

Zum Glück ist Herr Hoffmann ein Multitalent. Er kann nicht nur unserem Vordermann zuhören und freundliche Kommentare geben, sondern sich nebenher auch noch bemühen, das verschwundene Gepäckstück aufzutreiben.

»Und das zweite Mal, da sind wir nach Mallorca geflogen. Und da ...«

Weiter kommt er nicht. Geschichte Nummer zwei zum Thema »Verschwundener Koffer« bleibt uns Gott sei Dank erspart, denn Herr Hoffmann hat inzwischen etwas auf einen Zettel geschrieben, den er dem Fluggast jetzt zuschiebt. Ich hätte ihn küssen können, nicht den Fluggast, Herrn Hoffmann natürlich.

»Da können Sie Ihr Gepäck abholen.«

»Na bitte, geht doch. Man muss nur Deutsch reden mit den Leuten«, sagt unser Vordermann zufrieden, dreht sich um und geht ohne ein Dankeschön davon.

Ich weiß in diesem Moment, was Fremdschämen ist.

Endlich sind wir an der Reihe. Wir schildern unser Problem und Herr Hoffmann beginnt herumzutelefonieren.

»Das verstehe ich nicht«, sagt er. »Da beide Koffer fehlen, hätten sie bei der Sammelstelle für fehlgeleitete Gepäckstücke sein müssen. Aber ich versuche es weiter.«

Ich höre ständig die Uhr in meinem Kopf ticken. »Bitte beeilen Sie sich. Unser Flugzeug geht in dreizehn Minuten«, sage ich.

»Hören Sie, dann nehmen Sie doch Ihren Flieger. Wir schicken Ihnen Ihr Gepäck mit der nächsten Maschine, die nach Rom fliegt, nach. Sie werden dann in Ihrem Hotel verständigt und können das Gepäck am Flughafen abholen.«

Wir würden an diesem Wochenende mehr Zeit auf Flughäfen als auf römischen Straßen zubringen. Aber es ist wohl unsere einzige Alternative.

»Ohne mich«, sagt da Manfred. »Glauben Sie denn, dass das klappt? Wenn unser Gepäck sich schon hier in Deutschland nicht auftreiben lässt, wo ich mich verständigen kann und alles gut organisiert ist, wie soll das denn dann in Italien funktionieren? Ich fliege mit Koffer oder gar nicht.«

Jetzt bin ich wirklich am Rande eines Nervenzusammenbruchs. Da träume ich vierzig Jahre lang von Rom, stehe kurz davor, meinen Traum Wirklichkeit werden zu sehen, und dann machen mir erst die Piloten, dann das Bodenpersonal und jetzt auch noch mein eigener Mann einen Strich durch die Rechnung. Ausgerechnet Manfred, mein Berufsoptimist, glaubt nicht daran, seinen Koffer in Rom wiederzubekommen, und beleidigt so ganz nebenbei auch noch die Italiener, die uns immerhin zu unserem zweiten Enkelkind verholfen haben. Schön, ich gebe zu, dass das Organisieren wirklich nicht zu ihren hervorstechendsten Eigenschaften gehört. Aber wie man sieht, klappt das auch bei uns nicht immer.

Wenn *ich* nicht ohne Koffer fliegen wollte, das würde ja noch einen Sinn ergeben, aber ausgerechnet Manfred, der so ungern seine Hose wechselt. Eine Zahnbürste und ein frisches Unterhöschen haben wir sowieso im Handgepäck, und zwei neue T-Shirts würden sich in Rom wohl auftreiben lassen. Klar, um mein schönes neues Nachthemd, das ich eingedenk Elviras Worten noch vor der Reise gekauft habe, ist es schade, aber dafür würde ich mir in Rom etwas anderes Hübsches kaufen. Rom ist schließlich als Stadt der Mode bekannt.

Nun, vielleicht ist es das, was Manfred befürchtet.

»Und was willst du stattdessen tun?«, frage ich ihn. »Hier auf dem Flughafen herumsitzen und warten, bis irgendwann ein Flieger zurück nach Stuttgart geht, und unsere schöne Reise verfallen lassen?«

»Ich versuch's noch mal. Die Koffer müssten wirklich bei der Stelle sein, bei der ich zuerst angerufen habe«, sagt Herr Hoffmann.

Er tut's – und er hat Erfolg! Dieser Mann hat Durchblick und Hartnäckigkeit und er lässt uns nicht im Stich. Ich hätte ihn schon zum zweiten Mal küssen können. Er hat sicher keinen einfachen Job. Wer ist schon erfreut, wenn er feststellen muss, dass er ohne sein Gepäck gelandet ist. Und wer kriegt den Frust ab? Nicht der, der den Koffer verschlampt hat, sondern Herr Hoffmann. Trotzdem bleibt Herr Hoffmann freundlich und bemüht. Und dabei verdient er sicher nicht einmal die Hälfte von dem, was ein Pilot verdient. Er hätte eine Gehaltserhöhung wirklich verdient.

Herr Hoffmann beschreibt uns, wo wir die Koffer abholen können. »Ich habe Bescheid gesagt. Die Koffer stehen schon bereit. Beeilen Sie sich!«

Das tun wir. »Vielen Dank, vielen Dank, Sie sind ein Engel!«, rufe ich Herrn Hoffmann schon im Rennen über die Schulter zu.

Wir erreichen das Flugzeug nach Lyon in allerletzter Sekunde, aber wir sind drin.

»Jetzt haben wir unseren Verzehrgutschein nicht eingelöst«, fällt mir ein.

»Willst du noch einmal aussteigen?«, fragt Manfred.

Wir lachen.

Es ist eine kleine Maschine, wir bekommen sogar etwas zu essen, und wir haben eine herrliche Sicht aus dem Fenster. Auf dem tiefblauen Meer unter uns taucht eine Insel auf. Ich tippe auf Elba, aber leg mich nicht fest! Erdkunde gehörte wie gesagt auch nicht zu meinen beliebtesten Fächern.

Endlich sind wir in Rom. Drei Starts und Landungen an einem Tag liegen hinter mir und ich habe sie alle überlebt.

Aber noch sind wir nicht in unserem Hotel.

Wir haben uns gründlich auf diese Reise vorbereitet und herausgefunden, dass vom Flugplatz ein Zug bis zum Hauptbahnhof »Termini« fährt, und von dort aus können wir die U-Bahn Richtung »Spagna«, sprich Spanischer Treppe, nehmen.

So weit unser Plan. Unser Gepäck ist tatsächlich mit uns zusammen in Rom angekommen und der Zug bringt uns bequem und schnell vorbei an den römischen Vororten in die Innenstadt. Die römische U-Bahn kannte ich bisher noch nicht. Bei meinem ersten Rombesuch wurden wir mit dem Bus von Sehenswürdigkeit zu Sehenswürdigkeit transportiert, aber da habe ich auch wirklich nichts versäumt. Nichts ist vollkommen, und so schön Rom ist, so hässlich ist seine U-Bahn. Außerdem kommen wir jetzt genau in die Rushhour und die Bahn ist entsprechend überfüllt. Da es nur drei U-Bahn-Linien gibt, gestaltet sich unsere weitere Reise unkompliziert, jedenfalls weitaus unkomplizierter als die vor einiger Zeit in Berlin, wo wir die Hilfe einer ausgesprochen freundlichen Einheimischen in Anspruch nehmen mussten, um an unser Ziel zu gelangen. Wir wissen, dass wir mit der Linie A nur drei Stationen fahren müssen, dann sind es von unserer U-Bahn-Station nur noch ein paar hundert Meter bis zu unserem Hotel in der Nähe der Spanischen Treppe. Mit zwei kleinen Rollenkoffern kein Problem. Von der Enge im Zug abgesehen, klappt alles wunderbar, bis zu dem Moment, als Manfred sagt: »Wir fahren in die falsche Richtung.« Ich hätte gern an seiner Behauptung gezweifelt, aber Manfred ist im Gegensatz zu mir ein guter Pfadfinder. Also heißt es, bei der nächsten Station aussteigen und sich in die Bahn hineinquetschen, die in die Gegenrichtung fährt.

Hundemüde kommen wir gegen neun Uhr abends endlich in unserem Hotel an. Es ist klein und schnuckelig mit viel dunklem Holz, einem wunderschönen Marmorbad, und es verfügt über eine Pianobar und eine Dachterrasse.

»Das hast du wunderbar ausgesucht«, sage ich zu Manfred, als ich müde auf mein Bett sinke. »Aber bitte versprich mir, dass wir am Sonntag ein Taxi zum Flugplatz nehmen, egal was es kostet. Ich möchte dieses finstere, hässliche Loch nicht als letzten Eindruck von Rom mit nach Hause nehmen.«

Und so haben wir es dann auch gemacht, und es war nicht einmal so teuer. Auch als Schwabe soll man nicht am falschen Fleck sparen. Aber dazwischen lagen noch anderthalb herrliche Tage und zwei Abende in Rom. Rom hat uns für alle Strapazen entschädigt. Unser Aufenthalt war zwar um einen halben Tag kürzer als geplant, aber dafür hatten wir herrliches Wetter. Was hätte uns ein zusätzlicher halber Tag bei Regen genützt? Du siehst, Manfreds Optimismus färbt auf mich ab, nicht immer, aber immer öfter.

Die meiste Zeit waren wir zu Fuß unterwegs, denn die römische Altstadt ist gar nicht so groß, wie man denkt. Und ich finde, eine Stadt muss man erlaufen, hören, riechen, spüren. Man muss auf Plätzen sitzen und die Leute beobachten und nicht nur von einer Sehenswürdigkeit zur nächsten hetzen. Die zwei Blasen an meinen Füßen, obwohl ich meine bequemsten Schuhe dabeihatte, haben sich zum Glück erst zuhause bemerkbar gemacht.

Eine Reise mit Anlaufschwierigkeiten liegt hinter uns, eine Reise, an die wir uns immer gern erinnern werden. Selbst die Ärgernisse bekommen im Rückblick eine heitere Note. Da hat man wenigstens etwas zu erzählen, wenn man wieder nach Hause kommt. Auch wenn unsere vielen Missgeschicke vielleicht unglaubwürdig klingen, ich schwöre Dir, dass sie sich genau so zugetragen haben. Die Geschichten, die das Leben schreibt, sind oft die unglaublichsten. »Bin ich froh, dass ich nicht mitgekommen bin«, seufzte Elvira erleichtert. »Hier auf eurem Sofa war es so gemütlich.«

Und weißt Du was? Ich habe die ganze Zeit kein einziges Mal an Gisela gedacht. Ich hoffe, Manfred auch nicht.

Im Glück
Deine Angelika

Roms nette Toilette

Liebe Susanne,

Du beschwerst Dich in Deiner letzten Mail, dass ich Dir zwar eine Menge über unsere Pleiten-Pech-und-Pannen-Anreise berichtet habe, aber so gut wie nichts über unseren Aufenthalt in Rom. Du hast recht. Das hat zwei Gründe: Erstens waren meine Finger am Ende meiner Mail schon reichlich müde vom Tippen, und zweitens wollte ich Dich nicht mit einem Reisebericht langweilen. Aber wenn Du es ausdrücklich wünschst, dann sollst Du ihn natürlich bekommen. Schließlich ist es nicht nur auf Teneriffa schön, und vielleicht kann Dir das, was ich erzähle, Lust auf eine Romreise machen.

Am Abend unserer Anreise reichten unsere Kräfte gerade noch zum Kofferauspacken, zu einem Abendessen in einem hübschen, kleinen Ristorante in der Nähe unseres Hotels und einem Glas Rotwein in der kuscheligen Pianobar.

Am nächsten Morgen starteten wir rechtzeitig nach dem Frühstück, um möglichst viel von Rom zu sehen. Während die Italiener in der Regel nur mit einem Espresso – oft in einer Bar im Stehen getrunken – und einem Cornetto, einem Hörnchen, in den Tag starten, haben sich die Hotels den Wünschen der Touristen angepasst und bieten ein reichhaltiges Frühstücksbüfett an.

Wir begannen den Morgen beim nahegelegenen Monte Pincio. Von dort hatten wir im klaren Morgenlicht einen herrlichen Blick über die Piazza del Popolo bis zur Kuppel des Petersdoms. Als Nächstes war ein Besuch bei meinem Lieblingsplatz in Rom, der Spanischen Treppe, angesagt. Und danach ging es vorbei an den Schaufenstern der eleganten Modegeschäfte, die rund um die Spanische Treppe angesiedelt sind. Allerdings haben mich die Auslagen kein bisschen in Versuchung geführt: zu wenig Gelegenheit, in Neubach ein Kleid von Armani, Gucci oder Valentino zu tragen, keine Zeit zum Anprobieren, aber vor allem – nicht genug Scheine in der Brieftasche.

Als nächstes Ziel lockte der berühmte Trevi-Brunnen. Als ich das erste Mal dort war, war ich erstaunt, wie klein der von hohen Häusern umgebene Platz ist, aber dann nahm mich der Brunnen mit dem Meeresgott Oceanus und den beiden Pferden in seiner ganzen Pracht gefangen. Natürlich habe ich auch diesmal eine Münze hineingeworfen, ganz vorschriftsmäßig: Mit geschlossenen Augen, den Rücken dem Brunnen zugewandt, muss das Geldstück über die Schulter geworfen werden. Dann, heißt es, würde man wiederkommen. Das erste Mal hat es geklappt, wenn auch mit einiger Verspätung. Das nächste Mal sollte es schneller gehen.

Vor dem Pantheon haben wir eine kleine Kaffeepause eingelegt. Dann ging es weiter zur Piazza Navona, wo wir Berninis Vier-Ströme-Brunnen mit den vier Flussgöttern bewunderten. Auch das gehört zum römischen Pflichtprogramm. Ach, Susanne, Rom ist meine Stadt! Allein die Brunnen und Plätze sind zum Verlieben! Aber wir hatten leider viel zu wenig Zeit, um lange zu verweilen.

Über die Tiberbrücke machten wir uns auf den Weg zum Petersdom. Schließlich mussten wir »Franz Papst« für unser zweites Enkelkind danken, und wo konnten wir das besser als in seiner großen Kirche. Die Engelsburg ließen wir links, besser gesagt rechts liegen. Die hat mir bei meiner ersten Reise nach Rom schon nicht gefallen, und an diesem kurzen Wochenende wollten wir uns nur auf die meiner Meinung nach schönsten Seiten Roms konzentrieren. Das Einzige, was mich damals an der Engelsburg faszinierte, war die Geschichte von dem geheimen Gang, der angeblich vom Vatikan zur Engelsburg führt. Sie wird ja auch die Fluchtburg der Päpste genannt. Im Reiseführer ist von einem überdachten Gang die Rede. Das klingt eher nüchtern und nicht so abenteuerlich, wie ich mir den geheimen

Tunnel vorgestellt habe. Vielleicht haben sich hier bei mir auch Phantasie und Wirklichkeit vermischt.

Und dann standen wir auf dem Petersplatz. Der große ellipsenförmige Platz vor dem Petersdom ist beeindruckend, vor allem, wenn man ihn wie wir an diesem Tag in seiner ganzen Schönheit ohne Menschenmassen auf sich wirken lassen kann. Natürlich haben wir uns auch auf eine der kleinen Marmorplatten gestellt, die sich rechts und links des Brunnens befinden. Von hier aus betrachtet verschmelzen die vier Säulenreihen zu einer einzigen.

Den »Sittenwächter« vor dem Eingangsportal habe ich diesmal vermisst. Vielleicht war er im Urlaub oder im Streik oder kurz für kleine Jungs, aber vielleicht hat man ihn auch ganz abgeschafft. Damals – es war die Zeit des Minirocks – hatte er ein strenges Auge auf die Besucher und verwehrte jedem Mann in kurzen Hosen und jeder Frau mit einem ärmellosen Kleid den Eintritt.

Die schiere Größe dieses größten Gotteshauses der Welt ist beeindruckend. Auf dem Fußboden zeigen Markierungen, bis zu welcher Stelle andere Kirchenschiffe reichen würden, könnte man sie in den Petersdom stellen. Bei der Markierung für den Kölner Dom hat man das Kirchenschiff des Petersdoms noch nicht einmal zur Hälfte durchschritten.

Auf einen Besuch der Vatikanischen Museen und die Besichtigung der Sixtinischen Kapelle verzichteten wir aus Zeitgründen. Obwohl es mich schon interessieren würde, wie die Sixtinische Kapelle nach ihrer Restaurierung in den neunziger Jahren aussieht. Ich habe Michelangelos Jüngstes Gericht damals noch in seinen vom vielen Kerzenruß verdunkelten Farben besichtigt, während es heute in seinen ursprünglichen Farben erstrahlt, die alle Welt in Erstaunen versetzt haben. Die Schlange an der Kasse war zu lang – ein anderes Mal. Draußen lockten die Sonne und viele andere Sehenswürdigkeiten.

Ich wollte mit Manfred lieber einen anderen der sieben Hügels Roms erklimmen, den Monte Gian… irgendwas. Mich lässt schon wieder mein Gedächtnis im Stich. Jedenfalls ist es der, auf dem das Reiterstandbild von Garibaldi steht. Auch von hier oben hat man einen traumhaften Blick über die Dächer von Rom, die einen mit ihren alten Ziegeln in vielen Braunschattierungen zum Malen animieren könnten – wenn man malen könnte! In meinem Fotoalbum klebt ein Bild von meinem ersten Besuch dort oben. Ich vor einer steinernen Balustrade, im kurzen Rock, jung und hübsch, aber nicht halb so hübsch wie die ewige Stadt im Hintergrund. Die sieht vor allem nach über vierzig Jahren noch ziemlich genauso aus.

Auf halbem Weg nach oben befindet sich ein Kloster, das ich mir gerne anschauen wollte. Das hatten wir bei meinem ersten Rombesuch nicht besichtigt, aber ich hatte in einem Reiseführer gelesen, der Dichter Stendhal hätte diesen Platz zum Sterben schön gefunden. Das machte mich neugierig. Wir waren schon ziemlich weit oben, als ich feststellte, dass wir die Abzweigung zum Kloster wohl übersehen hatten. Also jagte ich den armen Manfred den Berg wieder ein Stück hinunter – viel schlimmer noch, nachher auch wieder hinauf! –, um mir dieses einmalige Kloster anzuschauen. Ich liebe Kreuzgänge, und auch dieser war sehr schön, aber ich fand ihn nicht unbedingt beeindruckender als andere, die ich schon gesehen habe. Vielleicht war meine Erwartung einfach zu hoch, weil jemand dort sterben wollte. Jedenfalls bin ich schon an Plätzen gewesen, an denen ich lieber sterben würde, im Bambuswald im Garten von André Heller am Gardasee zum Beispiel. Das Gefühl, wenn man dort zwischen den meterhohen Bambusstämmen steht und nach oben in den durch die zarten Blätter schimmernden Himmel schaut, ist unbeschreiblich. Für mich ist das ein magischer Ort. Den würde ich mir aussuchen. Aber das ist natürlich Geschmackssache wie so vieles im Leben, und übers Sterben wollte ich an diesem schönen Tag wirklich nicht nachdenken.

Also stiegen wir den Hügel ein zweites Mal nach oben. Ich war dankbar, dass Manfred nicht motzte, weil ich ihn noch einmal nach unten geschickt hatte. Der Blick von hier oben auf die sonnenbeschienene Stadt entschädigte uns für die Strapazen des Aufstiegs. Allein dafür hat es sich gelohnt, wiederzukommen. Er konnte allerdings nicht verhindern, dass ich ein menschliches Bedürfnis verspürte – die zwei Tassen Tee zum Frühstück.

Kennst Du die »nette Toilette«, die es jetzt in einigen Städten und Gemeinden gibt, überall da, wo öffentliche Toiletten rar oder gar nicht vorhanden sind? Geschäfte und Restaurants zeigen mit einem entsprechenden Schild an der Eingangstür an, dass man hier die Toilette benutzen darf, auch ohne dort einzukaufen oder etwas zu verzehren. Für diesen Kundendienst werden die Lokalitäten mit einem Obolus von den Städten oder Gemeinden unterstützt.

In Italien ist das nicht nötig. Hier ist jede Toilette eine »nette Toilette«. In den Bars sind sie allerdings meistens abgeschlossen und man muss an der Theke nach dem Schlüssel, dem »chiave«, fragen, der einem dann auch anstandslos ausgehändigt wird. Oft gibt es keine getrennten Toiletten für Männlein und Weiblein. Das bewahrt einen vor der Verlegenheit, vor zwei Türen zu stehen, beschriftet mit den Worten »signore« und »signori«. Welche ist die richtige? Ich will es Dir verraten: die mit der Aufschrift »signore«, denn das ist die Mehrzahl von »signora«, und dass wir so heißen, wissen wir ja schon vom Besuch eines italienischen Restaurants in Deutschland. Dort gehört es schließlich zum guten Ton, mit »Signora« angesprochen zu werden, auch wenn der Kellner in Deutschland aufgewachsen ist.

Hier oben gab es einen großen Pavillon mit Getränken und Kleinigkeiten zum Essen und einem großen bestuhlten Freiluftbereich. Die Signora an der Theke erklärte mir, die Tür sei offen, und zeigte mir den Weg zur Toilette an der Rückseite des Gebäudes. Als ich die Tür öffnete, stand ich in einer relativ großen Rumpelkammer. Aufgestapelte Stühle an der Wand, Sonnenschirme in einer Ecke, Getränkekisten und Kartons überall. Zuerst dachte ich, ich hätte die falsche Tür geöffnet, aber dann entdeckte ich ganz hinten an der Wand, der Tür genau gegenüber, eine einsame, verloren dastehende Toilettenschüssel. Das Einzige, was ich nicht fand, war eine Möglichkeit, die Tür von innen zu verriegeln. Leider befand sie sich viel zu weit von der Toilette entfernt, um gleichzeitig die Tür zuzuhalten und meinem dringenden Bedürfnis nachkommen zu können. In meiner Not rief ich Manfred zur Hilfe.

»Du musst hier vor der Tür stehen bleiben. Und wenn einer kommt, dann sagst du ›occupato‹, das heißt ›besetzt‹.«

Gesagt, getan. Was sich draußen abspielte, während ich drinnen beschäftigt war, erzählte Manfred mir später. Ein Mann näherte sich forschen Schrittes der Toilettentür und wurde von Manfred wie abgesprochen mit dem Ruf »occupato« aufgehalten.

»Was isch los?«, fragte der Mann.

»Oh, Sie sind Deutscher. Meine Frau ist da drin, aber man kann die Tür nicht abschließen. Ich stehe hier Wache, bis sie fertig ist«, erklärte Manfred.

»Des isch praktisch. Da könned Se bei mir nachher au glei stande bleibe. Mir Landsleut müssed doch zsammehalte. Von wo kommed Se denn?«

»Von Neubach, das liegt bei Göppingen«, erklärte Manfred.

»Des brauched Se mir net sage«, lachte der Schwabe. »I komm aus Jebehause. D' Welt isch wirklich kloi.«

»Und die Schwaben überall«, sagte Manfred.

»Da hen Se Recht. Saged Se mal, hen Sie zufällig des Spiel von ›Frisch Auf!‹ am vergangene Samstag gsehe? Also, des war doch spannend wie en Krimi.«

Als ich meine Rumpelkammer verließ, standen die beiden Männer fachsimpelnd vor der Tür.

Wir schoben wie versprochen für unseren Landsmann Wache und verabschiedeten uns anschließend per Handschlag voneinander wie alte Freunde.

»Vielleicht sieht mr sich ja mal wieder«, meinte der Schwabe.

Wer weiß? Die Welt ist klein, und Göppingen noch viel kleiner.

Nach dem Abstieg vom Monte Dingsbums landeten wir in Trastevere, einem besonders hübschen Viertel von Rom mit verwinkelten Gässchen, in denen man eine bunte Mischung aus Tante-Emma-Läden, Antiquitätengeschäften, Galerien, Kneipen und Cafés findet. Überall auf den Straßen und Plätzen stehen Tische und Stühle. Auf einer kleinen Piazza mit Blick auf eine der Kirchen gönnten wir uns noch einmal einen Espresso und Cappuccino und etwas Süßes dazu. Hier gelten, wie in vielen Städten Italiens, zweierlei Preise. An der Theke getrunken kostet der Espresso weniger als draußen auf den Stühlen im Sitzen genossen. Ich finde das ganz in Ordnung, und die Pause für unsere Füße und der Blick auf das Treiben rundum war uns den Mehrpreis wert.

Bei unserem Bummel durch die Gassen entdeckten wir ein nettes Lokal und beschlossen, am Abend hier zu essen.

Der Wirt schaute uns ein wenig seltsam an, als wir bereits um sechs Uhr auftauchten und fragten, ob es schon etwas zu essen gäbe. Wir waren müde, hungrig und die Füße taten uns weh. Das Essen war wunderbar, trotzdem blieben wir lange die einzigen Gäste. Ob es den anderen hier nicht schmeckte? Weit gefehlt, die tauchten ab neun Uhr auf, mit Kind und Kegel, laut und fröhlich. Die Italiener haben eben andere Essenszeiten als wir Schwaben.

»Wir können ja diese schöne Stadt mal wieder besuchen«, sagte Manfred, als wir schließlich müde, zufrieden, aber auch ein wenig wehmütig am Tisch saßen.

Natürlich werden wir wiederkommen. Schließlich habe ich sicherheitshalber eine Münze in den Trevi-Brunnen geworfen.

Als wir bezahlt hatten, stellte der Wirt eine Flasche Grappa und zwei Gläser auf den Tisch.

»Meint der, wir sollen die ganze Flasche austrinken?«, fragte ich Manfred verwundert.

Dass man beim Italiener nach dem Essen ein Glas Grappa oder Ramazzotti spendiert bekommt, ist mir geläufig, aber gleich eine ganze Flasche?

»Bloß nicht«, lachte Manfred, der von dieser Sitte schon einmal gelesen hat. »Das wäre ausgesprochen unhöflich. Jeder nur ein Glas.«

Also schenkten wir uns ein und stießen auf unsere zweite Hochzeitsreise an.

Für den kommenden Vormittag hatten wir nur einen Spaziergang durch den Park der Villa Borghese eingeplant. Hier konnten wir nicht nur die prächtige, gepflegte Parkanlage genießen, sondern auch römisches Familienleben beobachten. Du solltest mal sehen, wie die Italiener ihre Kinder herausputzen, wenn sie sonntags bummeln gehen, egal ob im Park oder auf der Piazza. Dort flanieren sie im Zweifelsfall auch mit Regenschirm auf und ab, denn das Flanieren und das Bella-figura-Machen gehört in Italien zum Lebensgefühl. Die Kinder sind angezogen wie kleine Lords und Prinzessinnen und scheinen sich davon nicht belästigt zu fühlen. Früh krümmt sich, was ein Häkchen werden will, oder: Früh macht sich chic, was ein rechter Italiener werden will.

Den Modegeschäften bei der Spanischen Treppe konnte ich ohne Probleme widerstehen, aber vor den Schaufenstern der Geschäfte für Kindermode war es um mich geschehen. So etwas Hübsches kannst Du Dir gar nicht vorstellen! Eins muss man den Italienern lassen: Geschmack und Sinn für Schönheit haben sie. Das haben sie wohl von ihren Vorfahren gelernt, die schon vor hunderten von Jahren prächtige Kirchen, Paläste und Brunnen gebaut haben. Wenn man zwischen so viel Kunst und Schönheit aufwächst, dann geht sie einem vermutlich in Fleisch und Blut über. Eine Kunstausstellung in Jogginghosen zu besuchen, das kann ich mir in Italien beim besten Willen nicht vorstellen.

Ich konnte nicht anders, als für Marie ein bezauberndes weißes Kleidchen zu kaufen. Manfred hat entsetzt die Augen verdreht und gefragt: »Wann soll sie das denn anziehen? Das wird ja schon vom Angucken schmutzig!« Zugegeben, zum Klettern auf dem Spielplatz ist es nicht geeignet, aber wir feiern ja in einigen Monaten Taufe. Ich habe das Kleid extra eine Nummer größer gekauft, damit es ihr bis dahin noch passt.

Anja hat sich mit ihrem Urteil zurückgehalten, sie kann sich wohl denken, dass das Kleid nicht ganz billig war – das ist die Untertreibung des Jahrhunderts! Aber Marie hat sich sehr gefreut. Sie findet es passend, zur Taufe ihres »italienischen Schwesterchens« ein Kleid aus Rom zu tragen. Es gab auch noch ein Paar Söckchen mit Häkelspitze am Rand dazu. Die Schühchen hab ich mir verkniffen. Nicht auszudenken, wenn ich die teuren Dinger gekauft hätte und Maries Füße hätten bis zur Taufe einen Schub gemacht.

Die Postkarte, die ich für Marie erstanden habe, war erfreulich günstig – im Vergleich zu Kleid und Söckchen. Der Petersdom und der Papst sind darauf zu sehen. Allerdings habe ich sie nicht in Rom in den Briefkasten gesteckt, sondern eigenhändig in Anjas hauseigenen Kasten. Ich hege ein gewisses, wohl nicht unbegründetes Misstrauen gegen die Geschwindigkeit der italienischen Post und habe befürchtet, die Karte könne erst ankommen, wenn Maries kleine Schwester sie schon selbst lesen kann. Jetzt hängt die Karte an der Wand über Maries Bett und jeden Abend schaut Marie in das freundlich lächelnde Gesicht von Papst Franziskus und sagt: »Vielen Dank, Franz Papst, dass du mir eine kleine Schwester geschickt hast. Amen.« Da Franz Papst so ein tüchtiger Kollege vom lieben Gott ist, steht ihm auch ein »Amen« zu, findet Marie. Und anschließend schüttelt sie die Schneekugel, so dass der kleine Petersdom, der sich darin befindet, unter einem wilden Schneegestöber verschwindet.

»Wie kann man so einen Touristennepp kaufen!«, hatte Manfred geschimpft. Aber ich wusste, dass das Marie gefallen würde. Ich musste ihr doch etwas mitbringen. Ein Kleid, noch dazu eins, das man nicht schmutzig machen darf, ist schließlich kein Mitbringsel für ein kleines Kind. Das hatte ich wohl in erster Linie mir selbst geschenkt. Und Spielzeug hat sie weiß Gott genug. Ganz abgesehen davon, dass sich das meiste Spielzeug in Italien durch drei Eigenschaften auszeichnet: Es ist bunt, blinkt und macht Krach. Das wollte ich uns allen nicht antun. Außerdem sollte es etwas sein, was es nur in Rom gibt. Was konnte da besser passen als ein kleiner Petersdom, der »Wohnsitz« von Franz Papst?

Am Ende unserer Reise haben wir die kleine Vinothek ganz in der Nähe unseres Hotels aufgesucht, die Felix für sein »Feli(c)xita« Pate gestanden hat. Sie haben wirklich Ähnlichkeit miteinander. Wir haben uns zwischen den vielen Weinregalen an den kleinen quadratischen Tischchen bei italienischem Wein und leckeren Antipasti sehr wohl gefühlt. Es war ein schöner Abschluss unserer Reise.

Ich hoffe, dieser ausführliche Reisebericht hat Dich nicht gelangweilt. Falls doch, so hast Du es Dir selbst zuzuschreiben. Du weißt, ich wollte es Dir ersparen. Zugegeben, ich hätte mich vielleicht kürzer fassen können, aber wenn man von seiner großen Liebe erzählt, dann gibt es kein Halten mehr, dann geht die Begeisterung mit einem durch und man kommt ins Schwärmen.

Bei meinem ersten Besuch in Rom habe ich in jugendlichem Überschwang beschlossen, später einmal hier zu leben. Aber daraus ist nichts geworden. Vielleicht ist das auch gut so. So bleibt die Liebe erhalten, die im Alltag vielleicht bröckeln würde wie manch andre Liebe auch – nicht die zu Manfred natürlich! Aber was hält uns davon ab, wiederzukommen?

Ciao
Deine Angelika

Manfred bekommt den Jägerblick

Liebe Susanne,

wenn Elvira uns besucht, lässt sie es sich nicht nehmen, wenigstens einen Nachmittag in Franziskas Buchcafé zu verbringen. Sie liebt Franziskas Kuchen und sitzt gern bei einer Tasse Kaffee zwischen den Bücherregalen. Ihr Lieblingsplatz ist auf dem grünen Sofa mit Blick in den Garten. Da saß sie auch gestern. Marie hatte sich ein Märchenbuch aus dem Regal geholt, sich neben sie gekuschelt und war dabei, die bunten Bilder zu betrachten. Es war nicht allzu viel Betrieb im Café und so hatte Franziska Zeit, sich zu uns zu setzen.

»Angelika, du bist doch bei den Landfrauen«, sagte sie. »Ich hab mir da was überlegt. Ich nehme mal an, dass ihr auch eher für die Streuobstwiesen als für den Golfplatz seid.«

Das konnte ich bestätigen.

»Die Golfplatz-Fraktion fährt ja ordentliche Geschütze auf«, fuhr sie fort. »Überall im Ort die großen Plakate, dann die Sache mit dem getürkten Schreiben an Frieder und jetzt die Schmierereien an seinem Gartenhaus. Ich finde, das ist starker Tobak.«

In der Nacht hatte jemand bei Frieder und dem anderen Besitzer, der seine Wiese nicht verkaufen will, »Idiot« mit schwarzer Farbe an die Wand geschrieben.

»Wir wissen doch gar nicht, ob das einer von der Golfplatz-Fraktion war«, warf ich ein. »Das kann auch ein Dumme-Jungen-Streich sein. Solche Schmierereien gibt's doch überall.«

»Aber noch nie bei uns.«

Und dann erzählte Franziska, was sie so alles mitbekommt, wenn ihre Gäste sich unterhalten.

Frau Wagner vom NABU hat neulich Besuch bekommen, besser gesagt ihr Mann. Du erinnerst Dich? Er ist der

Gemeinderat, der bei der Gemeinderatssitzung zunächst für den Golfplatz, dann nach Einspruch seiner Frau dagegen gestimmt hatte. Als seine Frau in der vergangenen Woche zum Einkaufen in Göppingen war, hat er Besuch von Herrn Klein bekommen. Der hatte natürlich mitbekommen, wie die Sache damals gelaufen war, und glaubte, mit Herrn Wagner das schwache Glied in der Kette gefunden zu haben. Die Abstimmung war zwar mit einer Stimme Mehrheit für den Golfplatz ausgegangen, aber es war ja nicht die endgültige Abstimmung, und außerdem gab es noch zwei Unentschlossene. Die Sache war also noch lange nicht in trockenen Tüchern. Herr Klein hatte an Herrn Wagners Verantwortung für den gesamten Ort appelliert.

»Ich denke, Sie sind doch Manns genug, selbst eine Meinung zu haben und nicht so abzustimmen, wie Ihre Frau das will. Wie ein Pantoffelheld sehen Sie nicht aus. Schließlich sind Sie von der Gemeinde gewählt worden. Sonst hätte man ja gleich Ihre Frau wählen können. Und seien Sie mal ehrlich: Eigentlich sind Sie doch auch für den Golfplatz, oder nicht?«

Es war natürlich nicht besonders klug von Herrn Wagner, seiner Frau das Gespräch später genauso wiederzugeben. Sie hat den Schnaps, den Herr Klein mitgebracht hatte, daraufhin empört in den Ausguss gekippt.

»Es war Sünd und schad«, seufzte sie, »die Flasche war noch fast voll. Und außerdem war's ein Obstler von unseren Streuobstwiesen. Aber ich wäre an einem einzigen Tropfen von diesem Judaslohn erstickt, und mein Wolfgang, der hat auch nichts davon trinken sollen. Wolfgang, hab ich zu ihm gesagt, wenn du in der nächsten Gemeinderatssitzung für den Golfplatz stimmst, dann sind wir geschiedene Leute.«

»Des gibt's ja net«, hatte sich da Frau Hämmerle eingemischt.

Auch ihr Mann hatte Besuch bekommen. Allerdings nicht von Herrn Klein, sondern von einem anderen Mitglied der Golfplatz-Fraktion, dem eine große Wiese auf dem geplanten

Golfplatzgelände gehört. Herr Hämmerle war einer der beiden Gemeinderäte, die sich enthalten hatten.

»Der hat mitkriegt, dass mir unser Wohnzimmer tapeziere lasse wolled und d' Fenster frisch streiche. Er wär doch Maler, hat 'r gsagt, und er däd uns des gern mache, zum Vorzugspreis, versteht sich. Erst han i gar net verstande, was der will. Aber wo 'r na gsagt hat: ›Oi Hand wäscht doch d' andre‹, da han i's na scho kapiert. ›Sie hen doch mit Enthaltung gstimmt. Na isch's Ihne doch eh egal. Na könned Se doch au für de Golfplatz stimme und da drfür streich i Ihne Ihre Fenster für de halbe Preis. Isch des a Agebot?‹ Mei Hans hat en hochkant nausgschmisse. ›Bisher han i wirklich net gwisst, wie i abstimme soll, aber jetzt woiß i's‹, hat 'r gsagt. ›Gwieß net im Sinn von dem Gauner.‹ So kann en Schuss nach hinten losgange.«

»Ich finde, wir sollten auch mal aktiv werden und nicht nur brav unsere Unterschriftenlisten auslegen. Das bringt doch nichts«, beendete Franziska ihren Bericht.

»Wir sollten nicht noch Öl ins Feuer gießen«, war meine Meinung. »Außerdem, so unschuldig ist unsere Fraktion auch wieder nicht. Da drehe ich die Hand nicht rum. Letzte Woche hat mir Frau Ziegele von der Metzgerei ihr Leid geklagt. Es gibt wohl Kunden, die ihr Fleisch inzwischen lieber im Supermarkt oder im Nachbarort kaufen, weil der Metzger auch eine Wiese hat, die er verkaufen will. Aber sie hätten einfach keine Energie mehr, wenn sie abends oder am Samstagnachmittag aus ihrem Laden kommen, noch auf ihrem Stückle zu schaffen, hat sie mir erklärt. Aber verkommen lassen könne man es schließlich auch nicht. Ich kann das ehrlich gesagt verstehen.«

Aber Franziska ging es gar nicht darum, die Fronten noch mehr zu verhärten. Sie hatte eine Sympathiewerbung für die Streuobstwiesen im Sinn.

»Die Jahreszeit ist natürlich nicht optimal. Aber wir können nicht bis zum Herbst warten. Bis dahin ist es zu spät. Du kennst doch das Apfelfest, das alle zwei Jahre in Schlat gefeiert wird. So ähnlich hab ich mir das gedacht. Nicht so groß aufgezogen natürlich. Aber wir könnten den Leuten Produkte vorstellen, die von unseren Streuobstwiesen stammen. Ich dachte daran, die Landfrauen, die Gartenfreunde und die Imker ins Boot zu holen. Ich würde an diesem Tag Kuchen von Obst anbieten, das auf unseren Streuobstwiesen wächst.«

»Und was sollen wir Landfrauen machen?«

»Nun, das überlasse ich euch. Aber ich dachte an Quittengelee und Zwetschgenmus, an Saft, Likör oder Schnaps. Das Problem ist natürlich, das Obst für die Herstellung zu bekommen. Es sollte ja auch tatsächlich von unseren Wiesen stammen. Aber ich denke, jeder von uns hat noch Obst vom letzten Jahr in der Kühltruhe oder auch fertige Marmeladengläser und Flaschen im Keller. Was meinst du?«

Ich fand die Idee nicht schlecht.

»Sprich doch mal mit deinen Frauen, was sie davon halten. Zu den Gartenfreunden und Imkern würde ich Kontakt aufnehmen.«

In dem Moment ging die Tür auf und Trudi kam hereingestürmt. Na ja, gestürmt ist vielleicht nicht der richtige Ausdruck, denn Trudi ist nicht mehr allzu flott auf den Beinen, aber im Kopf ist sie noch hellwach, und sie hilft auch immer noch bei Franziska in der Küche, wenn Not am Mann ist. Viel lieber sitzt sie aber inzwischen nachmittags im Café und unterhält sich mit den Gästen.

»Die hen grad dr Frieder abgholt«, vermeldete sie atemlos.

»Abgeholt? Wer? Die Polizei?«

Mit seiner Sturheit war Frieder der Golfplatz-Fraktion ein Dorn im Auge, aber er hatte bislang nur passiv Widerstand geleistet und sich nichts zuschulden kommen lassen.

»Ha noi, doch net d' Polizei, dr Krankewage!«

»Mein Gott, was ist denn passiert?«, fragte Franziska besorgt.

»Des woiß i net so genau. Sei Schwiegerdochter hat en wohl gfunde. Er isch im Flur glege, unte an seiner Trepp, und hat am Kopf blutet«, berichtete Trudi.

Mehr wusste sie auch nicht.

Das öffnete Spekulationen Tür und Tor. Frieder könnte ganz einfach gestolpert und unglücklich gestürzt sein.

»Vielleicht hat 'r au en Herzinfarkt kriegt vor lauter Aufregung wege dera Schmiererei an seim Häusle und isch na d' Trepp raghagelt«, vermutete Trudi.

Ich beschloss, heute Abend Anja anzurufen. Vielleicht hatte sie etwas gehört. Ihr Laden war immer Umschlagplatz für Dorfklatsch und Neuigkeiten. Allerdings wusste man nie so genau, was man davon glauben konnte und was nicht. An eine Fortsetzung unseres Gesprächs von vorhin war im Moment jedenfalls nicht mehr zu denken.

Anja wusste auch nicht viel mehr, nur dass man Frieder ins Krankenhaus gebracht hatte und er bewusstlos gewesen war, als man ihn fand.

Manfred reagierte sehr betroffen auf die Nachricht. »Ich werde morgen mal in der Klinik vorbeischauen. Vielleicht darf ich ihn besuchen.«

Mehr konnten wir im Moment nicht tun.

Heute Mittag kam Manfred unverrichteter Dinge aus dem Krankenhaus zurück. Da er kein Angehöriger ist, wollte man ihm keine Auskunft erteilen. Frieder sei immer noch auf der Intensivstation und dürfe keinen Besuch empfangen. Das hörte sich nicht gut an.

Manfred stellte ein Paket mit Kuchen auf den Küchentisch.

»Oh«, sagte ich erfreut, »wie kommen wir zu der Ehre?«

»Für heute Nachmittag zum Kaffee, damit ihr keine Entzugserscheinungen bekommt, nachdem ihr gestern bei Franziska wart.«

»Nett von dir«, sagte ich und gab ihm einen Kuss.

»Bin ich doch immer.«

Das stimmt schon, jedenfalls meistens. Aber irgendetwas war komisch an der Sache, aber was? Es war nur so ein Gefühl. Schließlich kenne ich Manfred schon eine Weile.

Als er hinausgegangen war, fragte Elvira: »Sag mal, die Tochter von euerm Bäcker, arbeitet die nicht im Krankenhaus?«

»Das ist es. Manfred versucht, über sie Informationen zu kriegen! Du bist ein Genie, Elvira.«

»Nein, ich kenne nur meinen Sohn. Er hat wieder diesen Blick in den Augen, so wie früher, wenn er etwas herausbekommen wollte, diesen Jägerblick.«

Nun, vielleicht wissen wir morgen schon ein bisschen mehr.

Ich halte Dich auf dem Laufenden
Deine Angelika

Auf Spurensuche

Liebe Susanne,

Elvira kommt in der Regel nicht vor neun zum Frühstück herunter.

»Weißt du, ich war fast fünfzig Jahre mit einem Frühaufsteher verheiratet. Wenigstens einen kleinen Vorteil muss es doch haben, wenn man schon allein leben muss.«

Heute wirft sie einen erstaunten Blick auf den Frühstückstisch. »Oh, frische Brötchen und Brezeln. War Manfred schon beim Bäcker? Lass mich raten: Er hat nicht nur Brötchen mitgebracht, sondern auch Neuigkeiten aus dem Krankenhaus.«

»Kluges Mädchen«, sage ich und gieße uns Kaffee ein. »Er hat Glück. Sabrina, also die Tochter vom Bäcker Nägele, ist befreundet mit einer Krankenschwester, die auf Frieders Station arbeitet. Frieder hat einen Schädelbruch und sie haben ihn in ein künstliches Koma versetzt. Er war, seit es passiert ist, nicht wieder bei Bewusstsein. Die Kopfwunde könnte von einem Schlag herrühren. Aber man geht im Moment davon aus, dass er sich die Verletzung bei einem Sturz von der Treppe zugezogen hat. Das Seltsame ist nur, dass er keinerlei andere Verletzungen aufweist, Brüche oder Prellungen.«

»Der arme Kerl«, sagt Elvira mitleidig, »der wird gerade arg gebeutelt, erst die Sache mit der Wiese und seinem Häuschen, dann der Streit mit seinen Kindern und jetzt auch noch das. Wo ist Manfred eigentlich? Bei Gisela?«

Ich kann ein Grinsen nicht unterdrücken. »Nein. Die hat heute Morgen schon angerufen. Es sei so schönes Wetter, ob sie nicht einen Ausflug machen wollten.«

»Und?«

»Manfred hat gesagt: ›Tut mir leid, heute hab ich keine Zeit.‹ Er ist zu Anja in den Laden gegangen. Er hofft, dass er dort ein bisschen Dorftratsch und Informationen auffangen kann.«

»Na siehst du, ich hab's dir doch gesagt. Jetzt hat Manfred etwas anderes, das die Lücke ausfüllt, die seine Pensionierung hinterlassen hat. So hat jedes Ding zwei Seiten. Für Frieder ist die Sache schlimm, aber für dich und Manfred ist sie gut«, sagt Elvira und beißt genüsslich in ihr Brötchen.

»Also hör mal ...«, wende ich empört ein.

»Ich sag doch nicht, dass ich mich freue über das, was Frieder passiert ist«, stellt Elvira richtig. »Aber wenn es schon passiert ist, dann ist es doch erfreulich, wenn wenigstens auch etwas Gutes dabei herauskommt. Man muss bei jeder Sache im Leben nach etwas Gutem suchen.«

Also, ich gestehe, dass mir das nicht immer gelingt.

Beim Mittagessen fragt Manfred scheinheilig: »Sag mal, hättet ihr nicht Lust, heute Nachmittag zu Franziska zu gehen?«

»Zu Franziska? Aber da waren wir doch erst.«

»Na und? Es soll ältere Damen geben, die gehen jeden Tag ins Café.«

»Da gehöre ich aber nicht dazu«, stellt Elvira klar. »Da würde ich ja total aus dem Leim gehen.«

»Also, in deinem Alter ...«

»... spielt das keine Rolle mehr? Na, vielen Dank! Pass auf, was du sagst, Junge!«

»Warum sollen wir denn unbedingt zu Franziska gehen?«, will ich wissen.

»Nun, ich dachte, ihr trefft da vielleicht Paula.«

»Ach, daher weht der Wind.«

Langsam wird mir klar, was Manfred im Schilde führt.

»Könnte mich mal jemand aufklären?«, sagt Elvira. »Wer ist denn diese Paula?«

»Paula ist Franziskas beste Freundin. Sie hilft manchmal im Café beim Kuchenbacken und Bedienen. Und Uli, ihr Mann, ist

Polizist. Und wir sollen sie jetzt vermutlich ein bisschen ausfragen. Ist es so?«

»Genau.«

»Aber diese Paula darf doch gar nichts sagen. Also, eigentlich darf sie nicht einmal etwas wissen. Gibt es da nicht so eine Art Schweigepflicht bei der Polizei?«, gibt Elvira zu bedenken.

»Nun ja, offiziell ist das schon so. Aber in der Realität wird das im engsten Kreis nicht immer so streng gehandhabt. Ihr müsst euch beim Fragen halt ein bisschen geschickt anstellen. Ich kenne Uli nicht besonders gut. Wir waren zwar Kollegen, aber auf verschiedenen Revieren. Und heute bin ich Ex-Kollege, da würde sich Uli vermutlich auch mir gegenüber an seine Schweigepflicht halten. Ich würde ja selbst versuchen, über Paula etwas zu erfahren, aber so von Frau zu Frau klappt das sicher besser und erregt keinen Verdacht. Frauen tratschen doch ohnehin gern.«

»Du hast wohl heute deinen charmanten Tag«, beschwert sich Elvira. »Sei vorsichtig, schließlich willst du einen Gefallen von uns. Da solltest du deine Worte etwas klüger wählen.«

»Also, macht ihr's?«

Ich sehe Elvira an und grinse: »Es wird uns ausgesprochen schwer fallen, schon wieder Kuchen zu essen. Aber um dir einen Gefallen zu tun, werden wir das Opfer bringen. Was meinst du, Elvira?«

»Einverstanden.«

Marie haben wir heute nicht mitgenommen. Manchmal sitzt sie ganz still neben uns. Das ist für Marie so ungewöhnlich, dass es passieren kann, dass wir ihre Anwesenheit beim Reden glatt vergessen. Und das hat sich als gefährlich erwiesen, denn während sie für uns unsichtbar wird, wachsen ihre kleinen Ohren auf Elefantengröße und bekommen alles mit. Das wäre heute ungünstig, denn wir wollen nicht, dass sie von dem, was wir vielleicht erfahren werden, etwas weitererzählt.

Wir haben Glück. Paula ist da und kommt sofort, um unsere Bestellung aufzunehmen.

»Ist das nicht eine schreckliche Geschichte mit Frieder? Der arme Kerl«, eröffne ich das Gespräch. »Wenn man nur wüsste, wie es passiert ist. Da wird dein Uli sicher sehr im Stress sein, um die Sache aufzuklären.«

»Noi, noi, da gibt's nix zum Aufkläre«, erklärt uns Paula. »'s gibt koinerlei Spure im Haus, die auf en Eibruch oder Überfall hindeuted. So wie's aussieht, isch dr Frieder gstürzt und hat sich da drbei am Kopf verletzt. Oi Gück, dass en sei Schwiegerdochter gfunde hat. Aber wie lang 'r da glege isch, des woiß mr net.«

»Ich dachte, seine Kinder würden nicht mehr mit ihm reden? Haben sie sich denn versöhnt?«

»Seine Kinder net. Aber sei Schwiegerdochter, d' Claudia, des isch a Nette. Die isch net so hinterm Geld her wie die andre. Dr Frieder und d' Claudia möged sich. Dr Frieder hat mal zu mr gsagt: ›Die isch besser zu mr als mei eigene Dochter.‹ Des isch doch schlimm, wenn mr des sage muss.«

»Das ist wie bei Angelika und mir«, stellt Elvira fest.

»Du hast doch gar keine Tochter«, werfe ich ein.

»Stimmt. Na egal. Aber wenn ich eine hätte, dann wärst du bestimmt netter als sie.«

Manchmal kann Elvira ganz reizende Sachen sagen.

»D' Claudia isch älls heimlich zum Frieder gange, damit se koin Ärger mit de andre kriegt. Sie guckt beim Frieder nach em Rechte und macht em d' Wäsch, seit sei Ilse gstorbe isch. Jetzt muss mr halt abwarte, bis dr Frieder wieder aufwacht und verzähle ka, wie's bassiert isch.«

»Hoffentlich wacht er wieder auf.«

»Und hoffentlich kann er sich erinnern. Manchmal verlieren die Leute durch so einen Sturz ihr Gedächtnis.«

»Des kann mr bloß hoffe. Also, was derf i euch denn heut bringe?«

Manfred lobt uns, als wir ihm die Neuigkeiten erzählen.

»Das habt ihr gut gemacht. Aber dass Uli so schnell aufgibt. Na ja, ist wohl das Bequemste, von einem Sturz auszugehen.«

»Du glaubst nicht daran?«

»An einen Treppensturz ohne blaue Flecken und Prellungen? Ist wohl eher unwahrscheinlich. Ich weiß auch schon, wer's war.«

»Was?«

»Na ja, ich kenne da jemanden, der ganz gekonnt mit der Bratpfanne Schläge auf den Kopf austeilen kann«, grinst er.

Elvira lacht.

»Das ist nicht lustig«, schimpfe ich. »Außerdem solltest du dich da nicht einmischen, Manfred. Du bist pensioniert, denk dran. Das geht dich nichts mehr an.«

»Das bin ich Frieder schuldig.«

Das Telefon klingelt. Es ist schon wieder Gisela. Ihr Hahn in der Küche tropft.

Als ich die Nachricht an Manfred weitergebe, sagt er ein wenig unwirsch: »Sag ihr, sie soll den Klempner holen. Ich hab jetzt keine Zeit.«

Ich richte es Gisela mit Vergnügen aus.

Elvira schaut mich an, zieht die Augenbrauen nach oben und grinst. Und als Manfred das Zimmer verlassen hat, sagt sie: »Na, was hab ich dir gesagt?«

Fortsetzung folgt, liebe Susanne. Für heute viele Grüße
Deine Angelika

Sherlock Holmes lässt grüßen

Liebe Susanne,

Manfred hat Witterung aufgenommen. Vorgestern hat er die Schwiegertochter von Frieder aufgesucht und sie zu dem Vorfall befragt.

»Hat sie dich denn nicht erkannt?«, wundere ich mich.

»Nein, woher auch. Frieder und ich waren zwar ein paar Jahre zusammen auf der Schule, aber zu seiner Familie hatte ich nie Kontakt.«

»Und sie hat dich einfach so hereingelassen und deine Fragen beantwortet?«

Manfred schmunzelt. »Nun ja, so ein Polizeiausweis macht noch immer Eindruck auf die Leute und öffnet Tür und Tor.«

Ein Polizeiausweis? Ich dachte, er hätte gar keinen mehr!

»Irrtum«, sagt Manfred. »Erinnerst du dich, dass ich vor Jahren mal meinen Dienstausweis verloren hatte?«

Und ob ich mich erinnere! Es ist nicht so schlimm, wie als Polizist seine Pistole zu verlieren, aber schlimm doch allemal, denn der Ausweis könnte ja den falschen Leuten in die Hände fallen. Es war damals ein ziemliches Theater. Ich habe sämtliche Anzugs-, Hosen- und Jackentaschen umgestülpt und überall gesucht. Auch zu Antonius, dem Heiligen der Vergesslichen und Schlamper, habe ich gebetet, ihm sogar Geld in das Spendenkässchen neben seiner Statue in der Kirche in Ottenbach gesteckt. Er hat mir schon oft geholfen, wenn ich etwas verloren habe, aber diesmal hat es nichts genutzt. Der Ausweis blieb verschwunden und Manfred hat einen neuen bekommen.

»Nun, er war gar nicht verloren, ich hatte ihn nur verlegt. Drei Wochen nachdem ich den neuen Ausweis bekommen hatte, habe ich ihn wiedergefunden.«

Also hatte der heilige Antonius uns gar nicht im Stich gelassen. Er war wohl nur so überlastet, dass es ein wenig länger gedauert hat.

»Und du hast mir nichts davon gesagt? Wo war er denn?«

»Und du hast ihn nicht zurückgegeben?«

Elvira und ich haben fast gleichzeitig gesprochen.

»Er lag ganz unten in meiner Sporttasche. Und ich habe ihn aus zwei Gründen nicht zurückgegeben. Erstens wollte ich mir das dämliche Grinsen der Kollegen und den ärgerlichen Blick des Chefs ersparen. Und zweitens dachte ich, er könnte mir vielleicht einmal nützlich sein. Und das ist er ja jetzt auch«, erklärt Manfred mit Triumph in der Stimme.

»Du weißt aber schon, dass du dich damit strafbar machst?«

»Klar, ich war ja mal Polizist. Aber wo kein Kläger, da kein Richter. Und der Zweck heiligt die Mittel. Wenn die Polizei sich doch nicht um die Sache kümmert!«

»Ich stelle fest, dass ich einen Kriminellen großgezogen habe«, sagt Elvira. Ihrem Tonfall entnehme ich, dass sie das nicht besonders beunruhigt. »Aber jetzt erzähl schon, was ist bei dem Gespräch mit der Schwiegertochter denn herausgekommen?«

Manfred hatte den Zeitpunkt für seinen Besuch so gewählt, dass er Claudia allein zu Hause antraf.

»Sie sagt, sie hätte Frieder besuchen wollen und ihn blutend am Treppenabsatz gefunden. Mehr war nicht aus ihr herauszukriegen.«

»Was soll denn auch herauszukriegen sein?«, frage ich. »Glaubst du denn, dass sie lügt?«

»Sie verschweigt etwas, ganz bestimmt. Nach so vielen Verhören kriegt man ein Gespür dafür, wenn jemand nicht die Wahrheit sagt. Ich bin dann noch mit ihr in Frieders Wohnung gegangen. Es gibt keinerlei Spuren für ein gewaltsames Eindringen. Falls Frieder niedergeschlagen wurde, muss er also den Täter gekannt oder ihm die Tür geöffnet haben. Auf der Treppe und an der Wand sind keine Spuren von einem Sturz zu finden.«

»Was willst du denn auch finden?«, fragt Elvira. »Frieder wird bei seinem Sturz nicht gleich ein Loch in die Treppe geschlagen haben.«

»Na, Blutspuren zum Beispiel. Ich habe Claudia extra gefragt, ob sie die Treppe sauber gemacht hat, aber das hat sie verneint. Nur unten vor der Treppe, da, wo sie Frieder gefunden hat, sei Blut gewesen, das hätte sie aufgewischt.«

»Es kann doch auch sein, dass er sich die Kopfverletzung erst zugezogen hat, als er unten aufgeschlagen ist«, werfe ich ein.

»Es kann aber auch sein, dass Frieder gar nicht die Treppe heruntergestürzt ist, sondern niedergeschlagen wurde.«

Glaub mir, Susanne, das ist eine Berufskrankheit bei Manfred. Überall wittert er ein Verbrechen, auch da, wo gar keins ist.

»Als ich Claudia gefragt habe, ob irgendetwas in der Wohnung fehlt, hat sie mich ganz erschrocken angeschaut und den Kopf geschüttelt.«

»Du meinst, sie hätte etwas gestohlen?«

»Nein, so schätze ich sie nicht ein. Aber irgendetwas stimmt nicht. Ich muss unbedingt noch einmal in Frieders Wohnung, aber allein«, sagt Manfred. »Und die Nachbarn will ich auch befragen. Vielleicht haben sie etwas gesehen oder gehört.«

»Ich finde, du solltest die Sache den zuständigen Leuten überlassen und dich da raushalten. Also, ich werde dich jedenfalls nicht im Gefängnis besuchen, das bilde dir mal nur nicht ein!«, schimpfe ich.

»Und ob du das wirst, mein Schatz, da bin ich mir ganz sicher«, sagt Manfred. Und er hat natürlich recht. »Aber keine Angst, so weit wird's nicht kommen. Ich passe schon auf. Bin doch ein alter Hase.«

Sein Wort in Gottes Ohr!

Da war mir der heilige Antonius diesmal wirklich keine Hilfe. Wenn er es schon nicht zeitnah auf die Reihe kriegt, wie das heute so schön auf Neudeutsch heißt, dann wäre es besser gewesen, der verschwundene Ausweis wäre gar nicht mehr aufgetaucht. Aber ich will ihm keinen Vorwurf machen, vermutlich sind auch Heilige heutzutage im Stress. Die Sache mit dem heiligen Antonius hat sich nämlich inzwischen auch in evangelischen Kreisen herumgesprochen. Die Zahl der Hilfesuchenden wird also immer größer.

In großer Sorge
Deine Angelika

Hannas Traum vom Zauberfix

Liebe Susanne,

Zufälle gibt's! Es freut mich, dass ich Dir ganz unabsichtlich mit meiner Erzählung vom heiligen Antonius geholfen habe. Allerdings hätte ich nie gedacht, dass Du an so etwas glaubst. Ich hätte geschworen, dass Du das als Aberglaube abtun würdest. Aber in der Not greift man bekanntlich nach jedem Strohhalm. Hauptsache, es hat geholfen und Du hast den Schlüssel wiedergefunden. Schlimm genug, wenn man den eigenen Schlüssel verliert, aber wenn es der Schlüssel der Nachbarin ist, dann ist es natürlich noch schlimmer. Ein Glück, dass Du ihn gefunden hast, bevor sie aus dem Urlaub zurückkam und Du es ihr beichten musstest. Dem guten Antonius sei Dank! Da ist Manfreds Ausweis, der mir so viel Sorge bereitet, doch noch für etwas gut. Ohne ihn hätte ich Dir schließlich nicht vom Heiligen der Vergesslichen und Schlamper erzählt. Ich kann Dir nachfühlen, wie groß der Stein war, der Dir vom Herzen gefallen ist.

Doch nun zu den neuesten Nachrichten aus Neubach. Letzte Woche habe ich den Traum aller Hausfrauen kennengelernt. Nein, keinen gutaussehenden Mann mit Charme und Humor, auch keinen Pelzmantel oder Brillantring. Er heißt Zauberfix und ist ein Küchengerät.

Mir persönlich liegt es fern, von einem Küchengerät zu träumen, aber Hanna hat sich von dem Virus anstecken lassen, der derzeit in Hausfrauenkreisen grassiert. Hannas Anruf erreichte mich vergangenen Dienstag. Wie so oft, wenn das Telefon klingelt, befand ich mich gerade in der Waschküche. Meistens reagiere ich erst beim zweiten Klingelton, schleudere dann meine Schuhe von den Füßen und nehme auf der Treppe zwei Stufen auf einmal, denn nach dem fünften Klingeln schaltet sich mein Anrufbeantworter ein. Völlig unnötig, ich weiß, ich könnte ja auch zurückrufen. Aber ich betrachte das als mein persönliches Fitnesstraining. Hanna überbrachte mir die erfreuliche Nachricht einer Einladung zum Abendessen. Drei Minuten später erfuhr ich, dass das Menü zunächst einmal gemeinsam gekocht werden müsse, und weitere zwei Minuten später, dass sie mich zu einer Vorführung des »Zauberfix« bei sich zuhause einladen wolle.

»Du meinst so einer Art Tupper-Party?«, fragte ich misstrauisch.

In Sachen Tupper-Party bin ich ein gebranntes Kind. Mit den Tupper-Schüsseln, die ich Hanna zuliebe gekauft habe, damit sie ihre Punkte für das ersehnte Kaffeeservice zusammenbekam, könnte ich problemlos ein Haushaltswarengeschäft mittlerer Größe eröffnen.

»Na ja, das Prinzip ist ähnlich«, gab Hanna zu. »Aber du musst bei der Vorführung nichts kaufen oder bestellen, nur dabei sein.«

Hanna hofft, dass sie als Gastgeberin den ersehnten Zauberfix, auf den man derzeit elf Wochen warten muss, etwas früher oder vielleicht sogar billiger bekommt.

»Was kostet das Teil denn?«, wollte ich wissen.

»Über tausend Euro«, gab Hanna kleinlaut zu.

Mir blieb glatt die Spucke weg.

»Gibt es solche Geräte jetzt nicht auch bei Aldi, aber wesentlich günstiger?«, fragte ich.

»Stimmt«, bestätigte Hanna, »im Prinzip sind diese Maschinen ähnlich, aber eben nicht gleich. Und wenn, dann will ich schon das Original haben. Außerdem will ich mich nicht drum prügeln müssen. Hast du das in der Zeitung gelesen? In einer Aldi-Filiale hat eine 64-jährige Frau eine andere Frau einfach niedergerungen und ihr den Karton mit der Küchenmaschine weggeschnappt. Und in einer anderen Filiale ist es beim Streit um die Geräte auch zu Tätlichkeiten zwischen Kunden gekommen. Mitarbeiterinnen haben die Polizei gerufen, und es kam zu Anzeigen. Verletzte beim Kampf um eine Küchenmaschine – das muss man sich mal vorstellen!«

»Nicht zu fassen. Was sagt denn Georg dazu?«

»Na, was soll er schon sagen? Er findet's auch unglaublich.«

»Ich meine doch nicht, was er zu den Schlägereien sagt, sondern dazu, dass du dir den Zauberfix kaufen willst«, stellte ich richtig.

Ich erinnerte mich an Georgs Erfahrungen mit der vegetarischen Küche und konnte mir nicht vorstellen, dass er einem neuen Küchenexperiment besonders aufgeschlossen gegenüberstand, noch dazu zu diesem Preis.

Hanna erklärte mir, der Zauberfix sei ein Küchengerät, bei dem auch Männer Spaß am Kochen bekommen könnten.

»Es funktioniert ähnlich wie ein Computer. Man füttert den Zauberfix per Chip mit Rezepten. Jeder Schritt wird dann auf einem Display genau vorgegeben. Du weißt doch, wie Männer sich für so etwas begeistern können. Das wäre vielleicht auch etwas für Manfred. Bring ihn doch einfach mit! Kochen ist ein schönes Hobby für Männer im Ruhestand. Es würde dich entlasten und ihn vielleicht von eurer Nachbarin Gisela ablenken.«

Das war durchaus ein überdenkenswerter Aspekt. Andererseits könnte es natürlich auch sein, dass Manfred das Kochen gemeinsam mit Gisela entdeckt. Denn in meiner Küche ist Manfred nur gern gesehen, wenn er den Duft lobt, der meinen Töpfen entströmt, oder zum Geschirrtuch greift – was eher selten vorkommt.

»Vergiss es, Hanna. Manfred und ich gemeinsam in der Küche, das ist ein Minenfeld, da kriegen wir uns nur in die Wolle. Neulich wollte er mir beim Kochen helfen. Während ich den Salat putzte, briet er das Fleisch. Ich wurde ganz kribbelig, als ich ihm dabei zusah. Er nimmt viel zu viel Fett zum Anbraten, und er ruiniert die Pfannen, weil er zu lange auf hoher Temperatur brät. Nachher ist alles verspritzt und die Küche sieht aus wie ein Schlachtfeld. Und rate mal, wer dann abspülen und aufräumen darf?«

Jetzt kam Hanna richtig in Fahrt. Deshalb sei der Zauberfix genau das Richtige für Manfred. Da gäbe es nur einen Topf und einen Garaufsatz für alles, also nach dem Kochen keine Berge von schmutzigem Geschirr. Und angebraten werde gar nichts, deshalb werde auch kein Fett verspritzt und keine Pfanne ruiniert.

»Es gibt Leute, die sind so begeistert, dass sie ihren Zauberfix sogar mit in den Urlaub nehmen. Da kannst du dann in deiner Ferienwohnung Brötchen backen und Eis zubereiten wie zuhause«, schwärmte Hanna mir vor.

Alles, nur das nicht! Ich kaufe meine Brötchen beim Bäcker und mein Eis im Supermarkt – zuhause und im Urlaub erst recht! Ein Teil meines Urlaubsglücks besteht ja gerade darin, dass ich nicht kochen muss.

Aber ich konnte Hanna nicht im Stich lassen und ein bisschen neugierig war ich inzwischen auch, was den Traum aller Hausfrauen anging. Manfred würde ich allerdings zuhause lassen. Schließlich wollte ich keine schlafenden Hunde wecken.

»Willst du nicht Anja mitbringen?«, schlug Hanna vor. »Das würde unseren Altersdurchschnitt senken.«

Nun, Anja und Tom müssen gerade ihre Groschen zusammenhalten, und wer weiß, vielleicht würde Anja der Zauberfix ja gefallen? Wozu ihr unnötig lange Zähne machen.

»Warum lädst du nicht deine Schwiegertöchter ein?«, fragte ich Hanna.

Ich erfuhr, dass Sandra so ein Wundergerät bereits in ihrer Küche stehen hatte und dass Heike schon bei einer Vorführung gewesen war, sich aber nicht dafür begeistern konnte. Heike steht auf althergebrachte Handarbeit.

Vielleicht würde ich Elvira mitnehmen. Im Gegensatz zu mir ist sie allem Neuen gegenüber sehr aufgeschlossen.

»Superidee«, freute sich Hanna, »bring sie nur mit.«

Damit war die Sache beschlossen.

Wie nicht anders zu erwarten, war Elvira die Eleganteste an diesem Abend. Hanna beäugte besorgt ihren hübschen Rock mit dem farblich passenden Leinenjäckchen und fragte: »Soll ich dir eine Schürze bringen?«

Elvira winkte ab. Sie hatte nicht vor, sich hinter einer Schürze zu verstecken. Wozu hatte sie sich denn fein gemacht? Sie würde sich im Hintergrund halten und den anderen Frauen bei der Küchenarbeit zuschauen. Sie fand, das stehe ihr in ihrem Alter zu.

Anders Frau Krause. Sie war gleich in der Schürze von nebenan herübergekommen. Den Eindruck von Fleiß und Schaffensfreude zu vermitteln, war für eine gute Schwäbin keine Schande, im Gegenteil.

Frau Maier-Rettenberger, die das Gerät vorführte, war eine flotte junge Frau in Anjas Alter mit blondem Pferdeschwanz und adretter Bluse. Eine Schürze sei nicht vonnöten, erklärte sie uns, denn beim Kochen mit dem Zauberfix mache man sich nicht schmutzig.

Frau Krause runzelte ungläubig die Stirn und sagte: »Wer woiß! Sicher isch sicher. Grad Tomateflecka ganged saumäßig schwer raus.«

Der Star des Abends war inzwischen ausgepackt worden und stand, bestaunt, als handle es sich um den Heiligen Gral, in unserer Mitte. Er sah ziemlich futuristisch aus.

Zunächst machte uns Frau Maier-Rettenberger mit dem Gerät bekannt. Sie sprach von mehr als 10 000 Umdrehungen in der Minute, die der Zauberfix erreichen konnte, was der Geschwindigkeit eines Sportwagens entspricht. Diese Information hätte sicher unsere Männer interessiert, aber auch Georg war der Veranstaltung fern geblieben. Wir erfuhren außerdem, dass der Edelstahltopf eine Waage besaß, einen Einsatz zum Garen, einen Aufsatz zum Rühren und ein Messer, das von der Zwiebel bis zu Getreidekörnern alles zerkleinern konnte.

Das Schroten von Körnern führte Frau Maier-Rettenberger uns auch gleich vor, denn wir sollten zunächst einmal Brötchen backen. Sie hatte uns vorgewarnt, was die Lautstärke anging, aber mit diesem Höllenlärm hatten wir nicht gerechnet. Elvira drehte erschrocken am Ausknopf ihres Hörgeräts und schrie mir ins linke Ohr: »Manchmal ist so ein Hörgerät echt praktisch. Aber in dem Fall hilft es auch nicht viel, dass man's ausschalten kann.« Zum Glück dauerte das Ganze weniger als eine Minute und das Ergebnis konnte sich sehen lassen: Wir konnten feinstes Mehl bestaunen. Zusammen mit den Zutaten Hefe, Salz, Zucker und Öl, die bis aufs Gramm abgewogen wurden, knetete der Zaubermix einen Hefeteig zusammen.

»Und jetzt«, erklärte Frau Krause, ganz stolz, dass sie das Prinzip verstanden hatte, »muss mr uff dem Touchscreen d' richtige Temperatur und Zeit eigebe. Na kommed nachher d' fertige Weckle raus, gell?«

Aber da musste Frau Maier-Rettenberger sie enttäuschen.

»Nobody is perfect«, erklärte sie, »obwohl unser Zauberfix fast alles kann. Zum Backen müssen die Brötchen in den Backofen. Aber das ist ja nun keine große Sache mehr. Alles andere hat uns unser tüchtiger Helfer ja schon abgenommen.«

Auch das Waschen, Schälen und Zerkleinern von Obst und Gemüse in kleine Portionen muss man dem Zauberfix abnehmen, aber den Rest macht er dann wirklich fast allein. So schnippelten wir, füllten den Topf mit allerlei Zutaten, warteten auf die angenehme Tonfolge, die uns verkündete, dass der Vorgang beendet war, und wuschen den Topf dann aus, denn er wurde ja gleich für die Herstellung des nächsten Gangs gebraucht. Der Nachtisch sollte schließlich nicht nach Knoblauch schmecken.

Für altmodische Hausfrauen wie mich gibt es auch ein dickes Kochbuch. Für die moderne Generation, die statt Briefen E-Mails schreibt und statt der Zeitung die Nachrichten im Internet liest, gibt es den idiotensicheren Chip, der jeden Arbeitsschritt genau vorgibt.

»Und das Tollste«, schwärmte Frau Maier-Rettenberger, »das Gerät kocht für Sie, während Sie gemütlich vor dem Fernseher die Beine hochlegen oder mit Ihrer Freundin telefonieren. Sie können ganz entspannt bleiben, denn es kann nichts überkochen oder anbrennen.«

»Des kann i au«, meldete sich jetzt Frau Krause. »Wenn i mein Herd runterdreh, köchelt mei Supp friedlich vor sich na, während i ebbes anders mach.«

Frau Maier-Rettenberger hatte es nicht leicht mit uns.

Aber da kam ihr die einzige junge Frau in der Gästerunde, Frau Götz, zur Hilfe. Sie war erst vor wenigen Wochen in Hannas Nachbarschaft gezogen und hatte sich gefreut, als Hanna sie eingeladen hatte.

»Also, ich finde das toll«, schwärmte sie. »Mir ist schon manchmal etwas angebrannt, wenn ich am Telefon oder am Computer die Zeit vergessen habe. Mit dem Zauberfix kann praktisch nichts schiefgehen. Und dass man alles in einem Gerät hat, die Waage und den Rührer und die anderen Teile, das ist doch echt praktisch. Eine Freundin von mir hat auch einen Zauberfix und die tauscht sich dann übers Internet mit anderen aus. Sie sagt, das macht richtig Spaß.«

Frau Maier-Rettenberger strahlte und nickte bestätigend mit dem Kopf. Aber ihre Freude währte nicht lange, denn Elvira meldete sich zu Wort.

»Also, ich weiß nicht. Kochen sollte doch auch ein sinnliches Vergnügen sein. Ich höre gern, wenn das Fleisch zischt und brutzelt, und ich rieche gern, wie angeschmortes Gemüse duftet. Das schmeckt auch ganz anders, als wenn man es nur gart oder kocht. Und zwischendurch probiere ich und schmecke ab. Oft verändere ich auch ein Rezept oder erfinde etwas Neues, wenn ich Reste verbrauchen will. Es ist doch spannend, wenn es nicht immer gleich schmeckt. Kochen ist ja etwas Kreatives – eigentlich.«

Hanna seufzte. Sicher wünschte sie sich in diesem Moment, dass ich Elvira zuhause gelassen hätte. Aber Frau Maier-Rettenberger ließ sich nicht aus der Ruhe bringen. Sie verströmte weiterhin Begeisterung und Freundlichkeit. Bestimmt hörte sie solche Einwände nicht das erste Mal. Sie lobte die erfahrene Hausfrau und erzählte uns dann von jungen Leuten, die dank des Zauberfix' statt ungesunder Fertiggerichte Gemüseeintöpfe und Salate verzehrten und von Rentnern, die ihre Frauen mit leckeren selbstgemachten Menüs verwöhnten.

Wir kochten und staunten und aßen stundenlang, und als wir uns auf den Heimweg machten, stand der kleine Zeiger meiner Uhr kurz vor zwölf. Manfred schnarchte schon zufrieden vor sich hin, als ich neben ihm unter die Bettdecke schlüpfte.

So kam unser Gespräch erst am nächsten Morgen auf unseren Kochabend.

»Und, wie war's?«, fragte Manfred, während er sich Honig auf sein Brot strich.

»Interessant. Dir würde es bestimmt Spaß machen, so gern, wie du auf deinem Handy herumdrückst. So ähnlich funktioniert das nämlich auch. Und es ist ziemlich idiotensicher«, erklärte Elvira.

»Was willst du denn damit sagen? Das ist übrigens kein Handy, sondern ein Smartphone, und ich drücke nicht darauf herum, ich hole mir Informationen.«

Elvira gluckste in ihre Kaffeetasse.

Ich erklärte: »Dieser Zauberfix kann wirklich eine ganze Menge: mahlen, wiegen, rühren, kneten, schneiden, garen ...«

»Kann er auch Schnitzel machen?«, wollte Manfred wissen.

»Nein, Schnitzel kann er nicht.«

»Dann ist er nichts für uns.«

Manfred meinte damit sich selbst, denn Schnitzel mit Kartoffelsalat sind sein Leibgericht.

»Ich finde, wenn sich etwas bewährt hat, dann sollte man dabei bleiben. Und was du kochst, das ist doch ganz in Ordnung.«

»Oh Gott«, stöhnte Elvira und verdrehte die Augen. »Also, an deinen Komplimenten solltest du noch ein wenig arbeiten. Ich nehme jedenfalls an, dass das ein Kompliment sein sollte, eins von der schwäbischen Sorte, gemäß dem Motto: ›Wenn i nix sag, isch's globt gnug.‹«

Manfred protestierte gekränkt: »Wieso? Ich hab doch was gesagt. Ich hab gesagt, dass Angelika prima Schnitzel machen kann und wir diesen Zauber-Dingsbums deshalb nicht brauchen.«

»Na, dann sind wir uns ja einig«, lachte Elvira.

Nun bin ich gespannt, was sich im Hause Pfäffle abspielen wird, wenn Hanna in absehbarer Zeit ihre Familie mit Gerichten aus dem Zauberfix verwöhnen wird. Sie will auch einen Zeitungsartikel über unseren Kochabend schreiben. Vielleicht kann ich Dir den schon an meine nächste E-Mail an Dich anhängen.

Herzliche Grüße für heute
Deine konservative Angelika

PS: Weißt Du, was es heute bei uns zu essen gab? Genau, Schnitzel mit Kartoffelsalat, zubereitet in bewährter Form in einer stinknormalen Pfanne. Manfred haben die Schnitzel wie immer geschmeckt und er hat mich sehr gelobt. Er hat sich Elviras Bemerkung über schwäbische Komplimente wohl zu Herzen genommen.

PPS: Gestern habe ich mir einen hübschen Rock gekauft. Er hing bei Frey im Schaufenster und hat mich beim Vorbeigehen angelacht. Ich hab gedacht, nachdem ich jetzt so viel Geld gespart habe, ist der Rock ein echtes Schnäppchen. Für 1000 Euro kann ich mir viele Schnäppchen kaufen. Ist das nicht schön?

Gemeinderatssitzung, die zweite

Liebe Susanne,

es freut mich, dass meine E-Mail Dich dazu animiert hat, wieder einmal Schnitzel mit echt schwäbischem Kartoffelsalat zu machen. Bitte grüße Klaus zurück. Es war mir ein Vergnügen, ihm damit ganz unabsichtlich eine Freude zu machen. Dass es nicht einfach ist, auf Teneriffa die dafür passenden Kartoffeln aufzutreiben, kann ich mir vorstellen. Der Gemüsehändler wird Dich vermutlich unverständig anschauen, wenn Du nach »Sieglinde-Kartoffeln« verlangen solltest. Aber Probieren geht über Studieren, und wie Du schreibst, hat der Kartoffelsalat ja sehr gut geschmeckt.

In Hinblick auf unseren »Dorfkrieg« gibt es Neuigkeiten. Kannst Du Dir mein Erstaunen vorstellen, als ich am Freitag das Blättle aus dem Briefkasten nahm und gleich auf der ersten Seite die Einladung unseres Bürgermeisters las? Die Einladung zu einer erneuten Gemeinderatssitzung in Sachen Golfplatz.

Ich war nicht die Einzige, die sich wunderte. Im Ort rumorte es in der Gerüchteküche. Sollte endlich ein Knopf an die Sache gemacht werden? Hatte der Gemeinderat eine Entscheidung gefällt? Vielleicht wollte Jörg auch den geplanten Bürgerentscheid ankündigen. Oder war an dem Gerücht doch etwas dran, dass noch eine weitere Gemeinde bei der Planung des Golfgeländes im Rennen war? Angeblich ging es um die Nachbargemeinde Altenbach. Zwar war noch nichts öffentlich bekanntgegeben, aber natürlich gibt es zwischen den Nachbargemeinden familiäre und freundschaftliche Verbindungen. Da lässt sich so etwas nicht lange geheim halten.

Wir waren jedenfalls gespannt und machten uns mit vielen anderen am Donnerstagabend auf den Weg zum Rathaus.

Pünktlich um acht stellte Bürgermeister Jörg sich hinters Mikrofon.

»Meine sehr geehrten Damen und Herren, liebe Mitbürgerinnen und Mitbürger, ich sehe die Spannung in Ihren Gesichtern und will Sie deshalb gar nicht lange auf die Folter spannen. Noch ist keine Entscheidung in Sachen Golfplatz gefallen, aber es hat sich inzwischen wohl schon herumgesprochen, dass sich die Golf-Gesellschaft nicht nur für Gelände auf Neubacher Gemarkung interessiert, sondern auch für unsere Nachbargemeinde Altenbach. Nur eine Gemeinde kann das Rennen machen. Und …«

Der Rest seiner Rede ging in lautem Stimmengewirr unter.

»Da hat mei Schwager a Wies. Hoffentlich kaufed se die net. Des könnt i net verwinde, wenn der jetzt 's dicke Geld eistreicht«, sagte eine Stimme hinter mir.

»Und wer zahlt unser Reis nach Florida, wenn die Altebacher de Zuschlag krieged? Die Reis han i doch scho bucht, weil i mit dem Geld für unser Wies grechnet han!«, schrie der Mann vor mir seiner Frau empört ins Ohr.

»Des kommt drvo, wenn mr Geld ausgibt, bevor mr's hat«, gab seine Frau zurück.

»Klar, du woisch ja immer alles besser.«

Jörg klopfte ein paar Mal laut gegen das Mikrofon und schaffte es schließlich, wieder einigermaßen für Ruhe zu sorgen.

Die Entscheidung, ob es einen Golfplatz in Neubach oder in Altenbach gebe, treffe letztendlich die Golf-Gesellschaft. Aber ob die Neubacher überhaupt einen solchen Golfplatz wollten, das entschieden die Neubacher natürlich selbst. Eine allgemeine Bürgerbefragung sei in Planung. Zunächst aber wolle er wissen, ob es inzwischen eine klare Entscheidung im Gemeinderat gebe. Er bitte deshalb die Gemeinderäte um ihre Abstimmung. Die Spannung bei den Zuhörern stieg. Wie bei der letzten Abstimmung waren sechs Gemeinderäte für den Golfplatz. Es gab diesmal aber keine Enthaltungen. Der Druck, den die Golfplatz-Fraktion auf die beiden unentschiedenen Gemeinderäte ausgeübt hat, wie wir bei Franziska gehört hatten, hat wohl das Gegenteil bewirkt. Sie stimmten gegen den Golfplatz. So hätten die Gegner des Golfplatzes jetzt eigentlich eine Stimme mehr gehabt. Aber einer der fünf Gemeinderäte, die letztes Mal mit nein gestimmt hatten, hatte sich krank gemeldet. Die Abstimmung hat deshalb ein klares Patt von sechs zu sechs ergeben.

»Dr Hans wär bestimmt au drgege«, sagte einer der Gemeinderäte, die gegen den Golfplatz waren. »Der hat letschdes Mal au mit noi gstimmt.«

»Mr kann ja sei Meinung au ändern«, meinte jetzt ein anderer.

»I glaub, der isch gar net krank, sondern feig.«

»So, wie ihr d' Leut unter Druck setzed, ka mr des niemand verdenke.«

»Was willsch denn jetzt da drmit sage?«

Wieder gab es Tumult im Saal, bis Jörg sich Ruhe verschaffte.

»Ich sehe, es hat sich nicht viel geändert. Warten wir also ab, was die Bürgerbefragung und die Untersuchungen der Golf-Gesellschaft ergeben. Ich möchte aber an die Fairness aller appellieren. Man kann verschiedener Meinung sein, aber man muss auch eine andere Meinung gelten lassen.«

»Net, wenn's um en Haufe Geld goht. Da hört beim Schwob dr Spaß uff!«

Dieser Ausspruch wurde von einigen mit Lachen quittiert.

»Haben Sie noch Fragen?«, wollte Jörg wissen.

Wir hatten keine. Und da wir in einer der letzten Reihen auf den äußersten Plätzen saßen und der Meinung waren, das Wichtigste gehört zu haben, entschlossen wir uns zu gehen.

»Was sagt ihr dazu?«, fragte Manfred.

»Ehrlich gesagt hoffe ich, dass Altenbach den Zuschlag bekommt. Das würde zwar einige Leute verärgern, aber die wären dann sauer auf die Golf-Gesellschaft und nicht auf ihre Nachbarn.«

Manfred lachte. »Und du könntest weiterhin durch die Streuobstwiesen vor unserer Haustür spazieren gehen.«

»So ist es. Und es wäre endlich wieder Frieden im Dorf.«

»Vielleicht gibt es ja schon vorher Frieden im Dorf«, meinte Elvira. »Wenn man einen gemeinsamen Gegner hat, schweißt das zusammen.«

»Aber die Streuobst-Fraktion ist ja für und nicht gegen Altenbach«, sagte Manfred. »Ich glaube viel eher, dass der Riss jetzt nicht nur durch unsere Gemeinde geht, sondern auch noch durch die Nachbargemeinde. Du hast ja den Mann gehört, der seinem Schwager nicht den möglichen Verkauf seiner Wiese gönnt. Beim Geld hört die Freundschaft eben auf.«

Tja, so ist diese Gemeinderatssitzung ausgegangen wie das Hornberger Schießen. Aber die Gemeinde hat wieder neuen Gesprächsstoff.

Bis bald
Deine Angelika

Elvira bekommt Besuch

Liebe Susanne,

Gisela scheint sich getröstet zu haben. Vor ihrem Haus parkt jetzt des Öfteren ein roter Porsche, dem ein sportlicher Mann Mitte dreißig entsteigt, um in Giselas Haus zu verschwinden. Ob er bei Gisela auch den Wasserhahn repariert, weiß ich nicht.

»Hast du schon gesehen?«, frage ich Manfred.

»Mhm, vermutlich ihr Bruder«, brummt er.

Ich sehe Elvira an und grinse. »Vermutlich.«

Hauptsache, mein Manfred gehört wieder ganz mir.

Am Montagvormittag klingelte mein Telefon. Eine angenehme Männerstimme meldete sich und fragte, ob er mit der Schwiegertochter von Elvira spreche.

»Sie müssen meinen Anruf entschuldigen. Elviras Nachbarin hat mir Ihre Telefonnummer gegeben.«

Diese Aussage beunruhigte mich. »Ist etwas mit Elviras Wohnung?«

»Oh, nein, nein, es ist alles in Ordnung«, beruhigte mich der Herr, dessen Namen ich nicht richtig verstanden hatte. »Soweit man das im Moment sagen kann. Die Handwerker sind noch immer zu Gange und so, wie es aussieht, wird das auch noch eine Weile dauern. Ich hatte mir nur Sorgen gemacht, weil ich Elvira so lange telefonisch nicht erreichen konnte. Ich dachte schon, es sei etwas passiert und sie sei womöglich im Krankenhaus. Dann bin ich einfach bei ihr vorbeigefahren, und da hat ihre Nachbarin mir gesagt, dass sie bei Ihnen zu Besuch ist. Das hat mich sehr erleichtert.«

»Wie nett, dass Sie sich Sorgen um sie gemacht haben. Ich kann Sie leider nicht mit ihr verbinden, sie ist gerade mit meinem Mann bei unserer Tochter. Entschuldigen Sie, ich habe vorhin Ihren Namen nicht richtig verstanden.«

»Bischoff, Peter Bischoff.«

»Sie sind Peter?«

»Hat Elvira von mir gesprochen?«, fragte er erstaunt.

Was klang da in seiner Stimme? Nur Verwunderung oder auch ein wenig Hoffnung?

»Nun, sie hat mir erzählt, wie Sie sich kennen gelernt haben.«

»Oh, das ist mir wirklich peinlich.«

»Peinlich? Warum denn das?«

»Nun ja, ein Speed-Dating und das in meinem Alter.«

Ich versicherte Peter, dass daran nichts Anrüchiges oder Peinliches sei. Er erklärte mir, eigentlich sei er seinem Freund zuliebe mitgegangen, der habe sich alleine nicht getraut. Ich überlegte, welcher von den anderen sechs Kandidaten wohl sein Freund war. Der Großkotz mit der Finca? Nein, das konnte ich mir nicht vorstellen. Dann schon eher der Katzenfreund oder das Moppelchen mit den besten Spiegeleiern im Ländle. Ich hätte Peter gern gefragt, aber das ging mich nun wirklich nichts an.

»Nun ja, ich will ehrlich sein«, gestand Peter, »wir haben uns wohl gegenseitig Mut gemacht. Eine verrückte Vorstellung, sich einzubilden, man könne in wenigen Minuten den Menschen fürs restliche Leben finden.«

»Warum? Angeblich entscheiden die ersten Sekunden darüber, ob man einen Menschen sympathisch und attraktiv findet.«

»Stimmt, bei mir war das so, als ich Elvira gesehen habe. Aber es gibt natürlich romantischere Plätze, um sich kennen zu lernen, eine Parkbank zum Beispiel oder den Friedhof.«

»Ausgerechnet den Friedhof?«

Der fiel bei mir nicht unter die zehn romantischsten Plätze der Welt.

»Nun ja, auf dem Friedhof trifft man oft alte Menschen, wenn sie ihre Lieben begießen. Aber da hätten Elvira und ich keine Chance gehabt, uns über den Weg zu laufen. Elviras Mann liegt auf dem Waldfriedhof und meine Frau auf dem Hauptfriedhof.«

Ich fand es nett, mich mit Peter zu unterhalten. Es war so, als würden wir uns schon lange kennen. Ich konnte verstehen, dass Elvira ihn sympathisch fand, und sicher nicht nur, weil er Peter Weck ähnlich sah.

»Entschuldigen Sie, ich rede und rede. Sicher haben Sie am Montagmorgen etwas Besseres zu tun, als sich mit einem alten Mann zu unterhalten.«

»Durchaus nicht. Ich freue mich, dass Sie angerufen haben.«

Dann kam mir eine Idee. Es war gefährlich, das wusste ich. Manfred würde sagen: »Angelika, halte dich da raus, das geht dich nichts an.« Er hat recht, aber ich finde, manchmal muss man dem Glück ein wenig auf die Sprünge helfen, oder es zumindest versuchen.

»Sagen Sie, hätten Sie vielleicht Lust, Elvira zu besuchen?«

Ein paar Sekunden war es still am anderen Ende der Leitung.

»Sie meinen, bei Ihnen?«

»Ja.«

»Wäre Ihnen das denn recht?«

»Na, sonst hätte ich es nicht vorgeschlagen.«

»Und Elvira?«

Diese Frage war schwieriger zu beantworten.

»Um ganz ehrlich zu sein: Ich weiß es nicht. Elvira mag Sie, da bin ich mir ziemlich sicher. Aber mir scheint, dass sie Angst vor ihrer eigenen Courage bekommen hat. Vielleicht wäre es das Beste, sie zu überrumpeln. Ich würde mich diskret zurückziehen«, lachte ich, »und Sie könnten sich in aller Ruhe miteinander unterhalten. Ich würde Elvira nichts von Ihrem Anruf und dem geplanten Treffen erzählen. Was halten Sie davon?«

Wieder war es still am anderen Ende.

»Entschuldigen Sie, ich mische mich da in Dinge ein, die mich wirklich nichts angehen«, ruderte ich zurück. »Ich hoffe,

Sie nehmen mir das nicht übel. Aber ich mag Elvira und ich würde ihr so sehr wünschen, dass sie noch einmal das Glück findet.«

»Elvira scheint jedenfalls Glück gehabt zu haben bei der Verteilung der Schwiegertöchter«, lachte Peter. »Also, ich nehme Ihre Einladung gerne an. Wann wäre es Ihnen denn recht?«

»Morgen Nachmittag gegen drei?«, schlug ich vor. »Soll ich Ihnen beschreiben, wie Sie zu mir kommen?«

»Die Adresse genügt«, meinte Peter, »ich habe ein Navi. Nochmals vielen Dank und dann bis morgen.«

Ich war gespannt. Und ich hatte ein wenig Bauchweh, wie Elvira reagieren würde. Hoffentlich hatte ich mit meinem Vorschlag keinen Fehler gemacht.

»Du backst?«, stellte Elvira erstaunt fest, als sie am nächsten Morgen die Küche betrat. »Erwartest du Besuch?«

»Nein, nein«, log ich, »aber du weißt doch, wie gern Marie Muffins mag. Und ich habe gerade Zeit.«

Ich hatte geahnt, dass Elvira erstaunt wäre, wenn ich mitten in der Woche einen Kuchen backte, deshalb hatte ich mich für Muffins entschieden, die lieferten mir eine glaubwürdige Ausrede.

Peter klingelte pünktlich um drei mit zwei hübschen Blumensträußen in der Hand. Er hatte wirklich eine gewisse Ähnlichkeit mit Peter Weck. Mit einem gewinnenden Lächeln reichte er mir einen der Sträuße, der andere war wohl für Elvira.

»Nochmal vielen Dank für die Einladung.«

Ich versicherte, dass es mir ein Vergnügen sei, bedankte mich für den Strauß und wollte Peter gerade ins Wohnzimmer führen, als Elvira die Treppe herunterkam. Sie blieb überrascht stehen.

»Peter, was machen Sie denn hier?«

»Ich wollte Sie besuchen. Wir haben uns lange nicht gesehen. Ich habe mir Sorgen gemacht, weil ich Sie zuhause nicht erreichen konnte.«

»Geht doch schon mal ins Wohnzimmer«, unterbrach ich. »Wir müssen uns ja nicht im Flur unterhalten. Ich stelle nur die Blumen ins Wasser und bringe dann gleich den Kaffee.«

»Und die Muffins für Marie«, sagte Elvira und warf mir einen vielsagenden Blick zu.

»Eine Notlüge.«

»Wo war die Not?«, wollte Elvira wissen.

»Die Not war, dass du das Treffen sicher abgeblasen hättest, wenn ich dir davon erzählt hätte.«

»Da kannst du recht haben.«

Als Elvira Peters unsicheren Blick auffing, nahm sie ihn beim Arm, führte ihn Richtung Wohnzimmer und fügte mit einem Lächeln hinzu: »Aber jetzt freue ich mich.«

Einige Minuten später kam sie zu mir in die Küche, um sich Wasser für ihren Blumenstrauß zu holen.

»Das hast du ja fein eingefädelt«, sagte sie.

»Bist du mir böse?«

»Nein, gar nicht. Aber wenn du mir Bescheid gesagt hättest, dann hätte ich Peter nicht in Hausschuhen empfangen.«

Ich warf einen Blick auf ihre Füße und stellte fest, dass sie inzwischen in ihre schwarzen Pumps geschlüpft war. Das Alter hatte Elviras Eitelkeit nichts anhaben können. Ich musste lächeln.

»Ich weiß doch, dass du sehr hübsche Hausschuhe hast«, gab ich zur Antwort.

Und das stimmt. Elviras Stoffballerinas mit Strasssteinchen können sich durchaus sehen lassen.

»Du leistest uns doch beim Kaffee Gesellschaft?«

Ich erklärte Elvira, dass ich Peter versprochen hatte, sie beide allein zu lassen. »Ihr habt sicher einiges zu bereden.«

»Wir machen nachher einen Spaziergang. Das Wetter ist so schön heute. Da haben wir genug Zeit zum Reden. Ich möchte, dass du Peter kennenlernst. Und Peter möchte das auch.«

Nun, ich ließ mich nicht lange bitten, schließlich war ich neugierig auf Elviras Freund. Mein Eindruck am Telefon hatte mich nicht getäuscht. Ich konnte Elvira nur beglückwünschen und hoffen, dass sie ihr Glück beim Schopf packte und es diesmal festhielt.

Abends eröffnete mir Elvira, sie wolle am Donnerstag wieder nach Hause fahren.

»Peter hat gesagt, das Haus sei immer noch eine Baustelle«, warf ich ein, obwohl ich mich bei aller Sympathie für Elvira auch wieder auf ungestörte Zweisamkeit mit Manfred freute.

»Also, so lange, bis die Baustelle fertig ist, kann ich euch wirklich nicht zur Last fallen. Außerdem muss ich zuhause mal wieder nach dem Rechten sehen. Und du weißt doch, dass alte Leute am liebsten in ihrem eigenen Bett schlafen. Kann sein, dass ich euch nochmal heimsuche, wenn mir die Baustelle wieder den letzten Nerv raubt.«

»Du bist uns immer willkommen, das weißt du. Aber vielleicht hast du bis dahin ja ein ganz anderes Ausweichquartier.«

»Du meinst Peter? Oh nein, so weit sind wir noch lange nicht. Aber es ist schön, dass er sich wieder gemeldet hat.« Elvira strahlte. »Ich dachte schon, ich hätt's versemmelt. Er kommt mich am Donnerstagnachmittag abholen. Ist das in Ordnung?«

»Natürlich. Aber Manfred kann dich auch nach Hause fahren.«

Elvira wiegelte ab. »Nein, nein, das braucht er nicht. Peter macht das gern. Und er ist ein guter Autofahrer, da fühle ich mich ganz sicher.«

Ich nahm Elvira in den Arm und flüsterte ihr ins Ohr: »Ich freu mich so für dich.«

»Alte Kupplerin«, lachte Elvira.

Ich muss mich erst wieder an die Stille im Haus gewöhnen. Es fällt mir besonders auf, weil Manfred gerade sehr schweigsam ist. Ich merke, dass ihn etwas beschäftigt, und ich vermute, dass es die Sache mit Frieder ist. Der ist immer noch nicht aufgewacht. Ich fürchte, dass Manfred in der Sache keine Ruhe geben wird. Die Katze lässt das Mausen nicht, und das, obwohl meine Katze schon seit einigen Monaten pensioniert ist. Ich werde Dich auf dem Laufenden halten.

Für heute viele Grüße
Deine Angelika

Elfriede geht wirklich nicht

Liebe Susanne,

vorgestern saß ich mit Anja und Marie bei Kaffee und Kakao in der Küche, als Anja mir ein Foto über den Tisch zuschob. Marie rutschte auf der Eckbank neben mich.

»Das ist ein Foto vom Baby. Es ist ein Mädchen, siehst du?«, erklärte sie wichtig.

Ich sah ehrlich gesagt nicht viel auf dem Ultraschallbild, auch wenn Marie mir geduldig zeigte, wo angeblich der Kopf, die Beine und die Arme zu erkennen sind.

»Und weil man kein Spitzle sieht, weiß man, dass es ein Mädchen ist. Diesmal hat Mama es richtig bestellt.«

Was für ein Glück, aber diesmal hat ja auch Franz Papst mitgeholfen.

»Mama will das Bild in das Fotoalbum fürs Baby kleben. In meinem Fotoalbum ist auch so ein Bild von mir drin, das hast du doch schon gesehen.«

Ja, das habe ich, und jetzt ist Marie schon fünf! Kaum zu glauben, wie die Zeit vergeht.

Ich freue mich, dass es wieder ein Mädchen ist. Natürlich hätte ich mich auch über einen Jungen gefreut, aber Mädchen sind angeblich leichter zu erziehen. Und sie spielen in der Regel leiser. Prinzessinnen sind eben zurückhaltendere Wesen als Piraten. Das sehe ich deutlich an Hannas Enkelkindern. Aber da liegt es vielleicht nicht nur am Geschlecht, sondern auch an der unterschiedlichen Erziehung. Die beiden Mädchen von Sven wachsen sehr wohlerzogen und behütet auf, manchmal ein bisschen zu behütet für meinen Geschmack. Da ist jeder Schritt gut überwacht und wenn es nur vom Handy ist, über das sie jederzeit erreichbar sind. So stelle ich mir eine unbeschwerte Kindheit auch nicht vor.

Die drei Jungs und das kleine Mädchen von Dirk dagegen wachsen sehr frei auf. Da wäre eine etwas strengere Hand manchmal nicht schlecht. Aber es ist eben nicht so einfach, den goldenen Mittelweg zu finden, auch nicht in der Erziehung. Ich finde, dass Anja und Tom ihre Sache gut machen. Und Geschlecht hin oder her, Hauptsache, das kleine Menschenkind ist gesund, und unsere Marie ist mit der Bestellung ihrer Eltern zufrieden.

»Freust du dich, dass es ein Mädchen wird?«, fragte ich Anja, die mir strahlend gegenübersaß.

»Schon«, sagte Anja. »Aber eigentlich ist es mir egal. Ich bin so froh, dass es überhaupt endlich geklappt hat.«

Marie rutschte von der Eckbank. »Ich guck mal, wo Opa ist.«

Gut so, dann können wir Frauen uns ohne ihre kleinen Elefantenohren unterhalten.

»Na ja, Tom hätte schon gern einen Jungen gehabt.« Anja drehte ihre Kaffeetasse zwischen den Händen. »Männliche Verstärkung für Männeraktivitäten. Fußball gucken, an seinem Motorrad rumschrauben und so. Wenn er das bloß endlich aufgeben würde. Gestern haben wir richtig miteinander gestritten. Er hat inzwischen Verantwortung für eine Familie. Tom sagt, er fährt vorsichtig. Aber was heißt das schon!«

Ich verstand Anja. Mir wäre es auch lieber, Tom würde sich ein ungefährlicheres Hobby zulegen. Aber ich versuchte sie zu beruhigen.

»Zurzeit streiten wir dauernd«, sagte Anja. »Gestern ging's um Namen. Wir waren uns schon lange einig, dass das Kind Johanna heißen soll, wenn es ein Mädchen wird. Jetzt will er plötzlich eine Elfriede.«

»Elfriede? Du lieber Himmel!«, entfuhr es mir.

»Ja, so hab ich auch reagiert. Das arme Kind! Toms Großmutter hat so geheißen. Und an der hing er. Ich hing auch an Oma. Aber deshalb würde ich meine Tochter doch nicht Henriette nennen. Toms Mutter bestärkt ihn drin. Von wegen Familientradition und so.«

»Na ja, Henriette finde ich jedenfalls besser als Elfriede. Das klingt ein bisschen adelig. Henriette von ...«

»Hepperle«, ergänzte Anja.

Wir mussten beide lachen.

»Ich meine, alte Namen sind ja gerade wieder angesagt. Emma, Pauline, Emilia, Anna ..., aber Elfriede? Vielleicht könnte man den Namen ja abkürzen: Ella oder Elly oder Frieda ...«, schlug ich vor.

»Oder Friedale. Lass gut sein, Mama. Ich will keine Elfriede«, erklärte Anja energisch.

Ich auch nicht. Bei aller Sympathie für Tom: Elfriede ist eine Schnapsidee.

»Du hast Recht. Wie man's dreht und wendet: Elfriede geht wirklich nicht. Aber vielleicht überlegt Tom es sich ja noch anders. Es dauert schließlich noch einige Wochen, bevor die Kleine geboren wird.«

Anja seufzte. Sie klagte, dass sie in letzter Zeit immer müde sei. Das neue Gartencenter mache ihr Sorgen, wegen der Golfplatzgeschichte seien einige Kunden abgesprungen, Marie sei gerade auch reichlich anstrengend. Und Tom ... Tom sei wortkarg, verschlossen und reizbar und nicht bereit, sich bei der Hausarbeit und Maries Betreuung einzubringen.

»Wir haben uns so über das Baby gefreut und jetzt gehen wir nur noch aneinander hoch.«

Anja standen Tränen in den Augen. Ich streichelte ihren Arm und sagte, eine Schwangerschaft mache empfindlich. Da bekomme man vieles in den falschen Hals. Und das sei dann auch für den Partner nicht einfach. »Das weißt du doch noch von deiner Schwangerschaft mit Marie.«

»Glaubst du, dass Tom eine andere hat?«, fragte Anja kläglich.

»Du liebe Zeit, wie kommst du denn darauf?«

»Er ist so anders«, sagte sie. »Na ja, und schau mich doch mal an. Ich sehe aus wie eine Wassermelone auf zwei Beinen.«

Ich musste lachen. »Ich finde, du siehst sehr hübsch aus. Die Schwangerschaft bekommt dir.«

Das stimmt. Anja ist im Gesicht voller geworden, ihre Haare glänzen und ihre Haut schimmert rosig.

»Bei Marie war ich nicht so dick«, klagte Anja.

»Nun, beim zweiten Kind trägt man anders, breiter.«

»Na, du musst es ja wissen«, amüsierte sich Anja, das Einzelkind.

»Außerdem wird Tom sich freuen, jedes Mal, wenn er deinen dicken Bauch sieht. Denk mal dran, wie lange ihr auf diese Schwangerschaft gewartet habt!«

»Und warum ist er dann so komisch?«, wollte Anja wissen.

»Nun, vielleicht hat er Stress in der Firma.«

Das war nur die halbe Wahrheit. In Toms Firma stehen Entlassungen an, und Tom hat Angst dabei zu sein. Aber das darf ich Anja in ihrem Zustand nicht sagen. Tom hat uns seine Sorgen unter dem Siegel der Verschwiegenheit erzählt.

Dann hatte ich eine Idee.

»Was hältst du davon, wenn ich dir ein bisschen im Laden helfe? Vielleicht am Montag und Freitag, wenn die Blumen und Pflanzen angeliefert werden. Blumensträuße kann ich nicht binden, jedenfalls keine, die jemand dir abkaufen würde«, lachte ich. »Aber es gibt ja genug andere Arbeit, die ich dir abnehmen kann. Und ich käme ein bisschen raus. Weißt du, Papa und ich, das ist auch nicht immer nur Friede, Freude, Eierkuchen. Dass Papa jetzt immer zuhause ist, ist eine ganz schöne Umstellung für mich.«

»Warum, geht er dir auf die Nerven?«, fragte Anja schmunzelnd.

»Na ja, manchmal schon. Er erklärt mir, wie der Fernsehkoch die Bratkartoffeln macht. Und wie die Frau, die die prima Putztipps im Dritten Programm gibt, ihre Fenster streifenfrei bekommt. Wahrscheinlich ist es blöd von mir, wenn ich das als Kritik auffasse. Man kann ja immer noch was dazulernen, auch als altgediente Hausfrau. Aber Papa hat sich vierzig Jahre lang nicht in den Haushalt eingemischt. Das war mein Ressort, da hat er mir nicht reingeredet.«

»Aber es ist doch schön, dass ihr jetzt mehr Zeit zusammen verbringen könnt«, meinte Anja.

»Klar ist es schön, ich genieße es ja auch. Aber nicht immer aufeinanderzuhocken, sondern auch noch eigene Wege zu gehen, finde ich ganz wichtig. Könntest du dir denn vorstellen, dass ich dir im Laden ein bisschen zur Hand gehe? Ich verspreche auch, dass ich es nicht wie Papa machen und dir Tipps aus der Sendung ›Grünzeug‹ geben werde. Was meinst du?«

Anja war von der Idee begeistert. »Ich überlege ja schon länger, jemanden einzustellen. Aber so wie der Laden gerade läuft, ist ein zusätzliches Gehalt nicht drin. Das gilt leider auch für dich.«

»Soll das ein Witz sein? Du glaubst doch wohl nicht im Ernst, dass ich Geld dafür nehmen würde! Wenn ich allerdings einschlage wie eine Bombe und das Geschäft deshalb entsprechend brummt, dann möchte ich das natürlich schon honoriert sehen«, fügte ich im Spaß dazu.

»Das versteht sich wohl von selbst«, lachte Anja. »Obwohl du mir ja gerade erklärt hast, dass ich dir einen Gefallen tue, wenn du bei mir arbeiten darfst.«

Wir sind uns also einig.

Bei der nächsten Mail werde ich Dir sicher schon berichten können, wie ich mich als Hilfsfloristin mache. Hoffentlich habe ich dann noch Zeit, Dir zu schreiben.

Bis dahin herzliche Grüße
Deine Angelika

Fundstücke oder: Manfred lässt das Mausen nicht

Liebe Susanne,

warum bin ich bloß nicht früher auf die Idee gekommen, Anja im Laden zu helfen? Du weißt, dass ich Blumen liebe. Und jetzt habe ich einen Arbeitsplatz, bei dem ich von Blumen umgeben bin. Ich kann Anja bei der Arbeit zusehen, sie ist wirklich begabt. Du müsstest ihre Sträuße und Tischdekorationen sehen! Das ist ihr großes Plus. Da kann das neue Gartencenter nicht mithalten. Es verkauft nur fertig gebundene Sträuße, und die sehen mehr oder weniger alle gleich aus. Wenn im Laden gerade nichts los ist, setzen wir uns an das rote Tischchen und reden miteinander. So viel gemeinsame Zeit haben wir schon lange nicht mehr zusammen verbracht und Anja tun die Pausen gut. Manchmal unterhalte ich mich auch mit Kunden, während Anja einen Strauß bindet. Ihr Verbrauch an Kaffeepulver ist gestiegen, seit ich mithelfe, aber dafür bringe ich manchmal ein Päckchen mit. Anja schimpft dann mit mir, aber sicher würde sie es nicht anders machen, wenn sie an meiner Stelle wäre. Abends bin ich rechtschaffen müde, aber sehr zufrieden.

Doch jetzt will ich Dir erzählen, was es im Fall Frieder Neues gibt. Gestern Nachmittag klingelte es an der Tür. Es war Karl.

»Hallo Karl, du willst sicher zu Manfred.«

»Ja, i wollt en abhole. Hat ’r nix gsagt?«

»Kein Wort. Wo wollt ihr denn hin?«, fragte ich neugierig.

»Dr Manfred hat mi engagiert als sein Assistent«, berichtete Karl stolz.

Ich dachte an Hannas Baustelle und daran, dass Karl früher Schreiner gewesen war, aber da lag ich ganz falsch.

»Noi, doch net in dr Minchen ihrem Haus. Mir ganged zur Dochter vom Frieder.«

Jetzt verstand ich. »Du meinst, du bist so etwas wie der Assistent von Kommissar Derrick, der, von dem es heißt: ›Harry, hol schon mal den Wagen‹?«

»Genau«, lachte Karl. »Mei Wage steht scho drauße. Dr Manfred hat gsagt, für so ebbes kann 'r net jeden brauche, da muss mr a bissle gschickt sei. Während dr Manfred sich mit dr Dochter vom Frieder unterhält, soll i mi unauffällig a bissle umgucke.«

»Du meinst, nach dem Bad fragen und dann im Haus rumschnüffeln?«

»Woher woisch du des? Hat dr des dr Manfred verzählt?«

»Nein, ich gucke ab und zu Krimis im Fernsehen. Manfred hat gar nichts erzählt. Der weiß, dass ich das nicht gutheiße, was er da treibt. Die arme Familie hat genug Sorgen mit Frieder, da sollte Manfred sie nicht auch noch unter Generalverdacht stellen. Außerdem kann er in Teufels Küche kommen, wenn er die Leute mit seinem alten Ausweis an der Nase herumführt.«

Karl lachte. »Des isch doch a Mordsglück, dass dr Manfred sein alte Ausweis no gfunde hat, nachdem 'r scho sein neue ghett hat.«

Da konnte man geteilter Ansicht sein. Mir wäre es lieber gewesen, er hätte ihn nicht gefunden.

»Kannst du Manfred denn nicht dazu überreden, dass er die Sache bleiben lässt?«, fragte ich hoffnungsvoll, aber da war ich an den Falschen geraten.

»Aber des will i doch gar net. Des isch doch toll. Mir macht des en Mordsspaß. Und wenn dr Manfred den Täter findet, na isch des doch gut.«

»Und wenn es gar keinen Täter gibt? Wenn Frieder ganz einfach die Treppe heruntergefallen ist?«

Wie aufs Stichwort kam in dem Moment Manfred die Treppe herunter.

»Da bist du ja schon«, sagte er zu Karl. »Also, dann gehen wir. Tschüss, Angelika.«

Er hauchte mir einen flüchtigen Kuss auf die Wange und zog die Tür hinter sich zu, bevor ich ihm sagen konnte, was er nicht hören wollte.

Zwei Stunden später waren die beiden wieder da, sehr vergnügt und aufgekratzt.

»Mir zwoi sen a tolles Team, gell, Manfred?«, schwärmte Karl.

Als ich ihn fragte, ob er zum Vesper bleiben wolle, es gäbe heute Wurstsalat, strahlte er noch mehr.

»I glaub, heut isch mei Glücksdag. Wurstsalat isch doch mei Lieblingsesse!«

Als wir um den Tisch versammelt saßen, jeder mit einem Glas Bier und einem Teller Wurstsalat vor sich, begannen die beiden zu erzählen.

Frieders Enkel, ein schlaksiger Teenager von vierzehn oder fünfzehn Jahren, hatte ihnen die Tür geöffnet und Manfreds alten Polizeiausweis gründlich gemustert, bevor er sie hereingelassen hatte.

»Der hat nix gmerkt, Kunststück, der Ausweis isch ja au echt, wenn au scho a bissle älter«, stellte Karl zufrieden fest.

»Dass der Junge da war, war ein Glücksfall«, erzählte Manfred. »Ich hab an seinem Pullover einen Fleck entdeckt und ihn gefragt, ob er irgendwo entlanggestreift sei. Seine Mutter fühlte sich wohl in ihrer Hausfrauenehre gekränkt, denn sie versicherte eifrig, den Pullover schon dreimal gewaschen zu haben, der Fleck gehe einfach nicht heraus. ›Nun ja, Farbe ist eben hartnäckig‹, hat sie gesagt.

Bei Farbe hat's bei mir klick gemacht, vor allem als der Junge einen knallroten Kopf bekam und sagte, er habe in der Schule geholfen, ein Klassenzimmer zu streichen. Mit schwarzer Farbe! Das klang nicht besonders glaubwürdig.«

»Dr Manfred hat mr na des verabredete Zeiche gebe und i han die Frau nach em Klo gfragt. ›Im Flur die letzte Tür rechts‹, hat se gsagt. Weil der Junge au nausgange isch, bin i wirklich erst mal im Klo vrschwunde, und kaum war i drin, hat mei Handy Laut gebe. Ausgerechnet jetzt, han i denkt, aber 's war a SMS vom Manfred«, übernahm Karl wieder das Gespräch.

»Eine SMS von Manfred?«

»Genau«, bestätigte Manfred. »Ich hab zu Frieders Tochter gesagt, ich müsste meinem Chef eine kurze Mitteilung machen, und dann hab ich Karl die SMS geschickt.«

»Und was stand drin?«

»›Such nach einer schwarzen Farbdose. Aber nicht zeigen, unauffällig mitnehmen‹«, berichtete Karl. »Also, i nix wie naus aus em Klo. Farbdose? Keller oder Garasch, han i kombiniert. Und wo i die letzte Dür am Ende vom Gang aufmach, was kommt drhinter zum Vorschein?«

»Die Treppe in den Keller?«, riet ich.

»Noi, d' Garasch.«

»I han die Dür hinter mir zuzoge und me umguckt. En alter Golf isch da gstande, Gartegeräte, en Rasemäher, a BMX-Rad, en Sack Erde, leere Blumetöpf, aufgschichtete Holzscheit ...«

»Karl, lass gut sein! Du musst jetzt wirklich nicht alles aufzählen, was in der Garage stand«, beschwerte sich Manfred.

»I han's doch bloß a bissle spannender mache welle. Aber gut. Schließlich seh i auf ma Regalbrett a schwarze Farbdos stande. Bloß, was mach i jetzt drmit? Net zeige, unauffällig mitnehme, hat dr Manfred gschriebe. Der hat gut rede. Wo hätt i's denn verstecke solle? In meira Hosedasch? Aber zum Glück bin i ja net bled. Also han i leise d' Hausdür uffgmacht und han die Dos hinter ma große Pflanzkübel nebe 'm Eigang versteckt.«

Karl schien sehr zufrieden mit sich zu sein.

»Und da haben wir sie uns später wieder geholt«, ergänzte Manfred.

»Und wozu das Ganze?«

Offensichtlich hatte ich in den langen Jahren an der Seite eines Polizisten noch nicht genug gelernt.

»Die Schmiererei an Frieders Hütte«, half Manfred mir auf die Sprünge. »Ich kann zwar keine Fingerabdrücke von der Farbdose und dem Jungen nehmen, aber ich habe eine Farbprobe am Häuschen genommen. Und ich hab noch Kontakt zu Johannes, der arbeitet im Polizeilabor und der macht mir bestimmt einen Vergleich, ob es sich um die gleiche Farbe handelt.«

Ich meldete meine Zweifel an. Selbst wenn der Junge das Häuschen seines Opas beschmiert hatte, was bewies das schon, außer dass sich so einen Enkel wohl niemand wünschte. Außerdem war ja nicht nur Frieders Häuschen beschmiert gewesen.

»Ablenkungsmanöver«, klärte Manfred mich auf.

»Aber des isch ja no net alles«, erzählte Karl stolz. »Im Flur, nebe dr Haustür, isch a Schlüsselbrett ghängt, und an oim Schlüssel war a Schildle dra, da isch ›Opa Frieder‹ druffgstande. Und wo isch dr Schlüssel jetzt?« Triumphierend zog Karl ihn aus seiner Hosentasche und ließ ihn am Schildchen hin und her baumeln. »I glaub, an mir isch en Polizist verlore gange. Jetzt könned mr jederzeit im Frieder sei Wohnung und uns in Ruh umgucke.«

»Diebstahl und Einbruch! Ich glaube wirklich, ihr tickt nicht mehr richtig!«, empörte ich mich.

Karl setzte ein Schmollgesicht auf und Manfred sagte: »Ich hab dir doch gesagt, von Angelika kannst du dir keine Unterstützung erhoffen.«

Da hat Manfred vollkommen recht.

»Aber Wurstsalat kann se mache«, stellte Karl versöhnlich fest.

Na bitte, das ist doch auch was. Vielleicht nicht so spannend, aber total ungefährlich, sofern man sich dabei nicht in den Finger schneidet.

Mir kommen die beiden vor wie zwei Lausbuben, die Detektiv spielen. Ich hoffe sehr, dass Frieder endlich aufwacht. Seinetwegen, aber auch, damit Manfred wieder zu Verstand kommt und mit dem Polizeispielen aufhört. Hoffentlich kann Frieder sich an den Vorfall erinnern, sonst haben wir wieder ein Problem.

Ich werde dich auf dem Laufenden halten.

Viele Grüße
Deine beunruhigte Angelika

Nachthimmel mit Venus

Liebe Susanne,

auch wenn Du gespannt auf eine Fortsetzung im Fall Frieder wartest, habe ich in dieser Sache heute leider keine Neuigkeiten für Dich. Aber vielleicht interessiert Dich auch diese Geschichte.

Heute trafen wir uns beim Briefkasten – Gisela und ich. An *meinem* Briefkasten. Ich wollte gerade die Post hereinholen und Gisela war dabei, ein Kuvert in unseren Kasten zu stecken.

»Das trifft sich ja prima«, sagte sie erfreut.

Unser Kontakt ist sporadisch, höflich, aber nicht besonders herzlich. Doch jetzt war sie ausgesprochen freundlich.

»Dann kann ich dir die Einladung gleich persönlich geben.«

Eine Einladung? Zum längst fälligen Gegenbesuch? Oder zur verspäteten Einweihungsfeier? Weder noch.

»Leopold lädt zu seiner Vernissage im Rathaus ein«, verriet sie mir.

Ich hatte von der Vernissage im Blättle gelesen und mich als »liebe Mitbürgerin« zwar eingeladen, aber nicht angesprochen gefühlt.

»Kennst du den Künstler persönlich?«, fragte ich.

Gisela lachte. »Sehr gut sogar. Er ist mein Lebensgefährte.«

Der Besitzer des roten Porsches hieß also Leopold und war Maler.

»Dann hat er sicher geschickte Hände, wenn er Maler ist.«

»Oh ja«, seufzte Gisela, »wunderbare, sensible Hände.«

Gisela musste mich missverstanden haben, so hatte ich das nicht gemeint.

»Ich meine, nicht zwei linke Hände wie dein Exmann, sondern geschickt im Reparieren«, stellte ich klar, auf was ich angespielt hatte.

»Oh, das meinst du. Nein, nein, eine Zange oder einen Hammer darf Poldi nicht anfassen. Stell dir vor, er würde sich verletzen! Dann könnte er ja nicht mehr malen. Seine Hände sind sein Kapital.«

Manfred war also noch nicht aus dem Schneider. Fürs Bett war gesorgt, aber die unliebsamen Reparaturarbeiten würden wohl an ihm hängen bleiben. Tja, das Leben ist manchmal bitter und ungerecht.

»Ihr kommt doch?«, fragte Gisela.

»Ich kann es dir nicht versprechen. Ich muss erst in meinen Terminkalender schauen. Und falls ja, dann werde ich vermutlich allein kommen. Manfred ist mehr der Praktiker, er hat's nicht so mit der Kunst. So hat jeder seine Qualitäten.«

Das kann Gisela doch nur recht sein. Ein Mann für die Liebe und einer fürs Praktische. Da gibt es keine Revierkämpfe und es ist für alles gesorgt.

»Da hast du recht«, pflichtete Gisela mir bei. »Wie gesagt, ich würde mich freuen.«

Zuhause studierte ich die Einladung und stellte beim Lesen von Leopolds Lebenslauf fest, dass er elf Jahre jünger war als Gisela. Gisela ist eine tolerante Frau, was den Altersunterschied zu ihren »Liebhabern« angeht. Ich schreibe Liebhaber in Anführungsstrichen, weil Manfred ja nicht wirklich einer war – glaube ich wenigstens. Heftige Ausschläge auf der Altersskala nach oben oder unten scheinen ihr egal zu sein. Leopold sieht gut aus auf dem Foto, aber auf Fotos ist ja nicht wirklich Verlass. Fotos können alt sein oder bearbeitet oder beides.

Ich entnahm der Einladung außerdem, dass Leopold in München Kunst studiert hatte, seine Studien bei Privatlehrern vertieft und schon Ausstellungen bei der Kreissparkasse in Dipflingen, im »Lamm« in Unterhausen und im Weingut Kübler in Strümpfelbach gehabt hatte. Das klang nicht nach einer Weltkarriere, aber die konnte ja noch kommen. Auch berühmte Maler haben einmal klein angefangen. Und Leopold kann sich immerhin einen Porsche leisten. »Einen alten«, wie Manfred abfällig festgestellt hat. Das kann bei einem Auto auch ein Qualitätsmerkmal sein, doch so hatte es aus Manfreds Mund nicht geklungen. Aber vermutlich ist Manfred in dieser Sache nicht unbefangen.

Ich war noch unentschlossen, als Hanna mich anrief und fragte, ob ich mit ihr zur Vernissage ginge. Sie sollte einen Artikel für die Zeitung schreiben. Als sie hörte, um wen es sich bei Leopold Würmeling handelte, war sie Feuer und Flamme.

»Aber da gibt es doch nichts zu überlegen! Bist du denn nicht neugierig auf Giselas Lover und seine Bilder?«

Doch, neugierig war ich schon. Außerdem kostete es keinen Eintritt und sicher gab es etwas zu essen und zu trinken, das ist bei Vernissagen so üblich. Und Leute und Bilder gucken und über beide ein wenig zu lästern, das war schließlich auch nicht schlecht. Mit Hanna kann man gut lästern und Spaß haben. Im Übrigen, meinte Hanna, sei ich es Leopold schuldig zu kommen, immerhin habe er meine Ehe gerettet. Nun, wenn man es so sieht.

»Also, ich hole dich ab. Freitagabend um halb acht. Bis dann!

Bürgermeister Jörg, Gisela und Leopold standen in der Nähe des Eingangs und begrüßten uns mit Handschlag. Das Foto hatte nicht gelogen, Leopold sah wirklich gut aus. Er war groß und schlank und trug das volle dunkle Haar etwas länger und lockig. Ob die Natur es gut mit ihm gemeint oder der Friseur ein wenig nachgeholfen hatte, konnte ich nicht feststellen. Über einer engen schwarzen Jeans trug er ein weit geschnittenes, weißes Leinenhemd mit offenem Hemdkragen und langen Manschetten. Ein locker um den Hals geschlungener roter Schal unterstrich den Eindruck des Bohemiens. Gisela betrachtete ihn zu Recht mit Besitzerstolz. Sie trug ein schwarzes Kleid, kniekurz mit Seitenschlitz und über den Schultern ein dekoratives Tuch in kräftigen Farben. Auch das Rot aus Leopolds Schal fand sich darin wieder. Kein Hüftgold, kein Rettungsring über der Taille, nichts störte die perfekte Linie des eng geschnittenen Kleides. Ob sie mit Shapewear nachgeholfen hatte oder ob es Natur war? Der Neid musste es ihr lassen, sie sah gut aus.

Die Mitarbeiterinnen des Rathauses reichten Sekt, einen alkoholfreien Cocktail und Fingerfood.

»Keine Butterbrezeln«, staunte ich. »Das hat die Gemeinde sich aber was kosten lassen.«

Aber Gisela klärte mich auf, dass die Verköstigung ebenso wie das Honorar für den Redner auf Leopolds, sprich: ihre Kosten ging. Und offensichtlich hatte Gisela nicht gespart.

Als der Zeiger der Uhr 20.10 Uhr zeigte und das Foyer sich recht gut gefüllt hatte, stellte sich Jörg auf die vierte Stufe der Treppe, die in den ersten Stock führte, sprach ein paar Begrüßungsworte und übergab das Wort dann an den Redner.

Es handelte sich um Leopolds Lehrer, der berichtete, wie Leopold vor drei Jahren zu ihm gekommen war und welch große Fortschritte er seither gemacht hatte. Es habe ihn viel Überredungskunst gekostet, dass heute auch ein Bild aus Leopolds Frühphase in dieser Ausstellung hing, aber er wollte den Besuchern zeigen, wie Leopold sich entwickelt hatte. Dann lobte er Leopolds Talent, seinen Ehrgeiz, sein Gespür für Farben und Kompositionen. Ich staune immer wieder, woher die Kunstkritiker ihre blumigen Worte nehmen. Nun, vielleicht gibt es auch dafür ein Lexikon, und von Gisela wusste ich ja, dass der heutige Redner für seine Dienste bezahlt wurde, und auch in der Kunst gilt wohl: Wer zahlt, schafft an, heißt: Wer zahlt, der kann mit lobenden Worten rechnen. Ich hätte dir gern einige der wunderbar schwülstigen Sätze wiedergegeben, aber ich kann so etwas leider nicht behalten. Doch Hanna hat eifrig mitgeschrieben. Vermutlich kann sie es auch nicht behalten, aber die Arme hat ja die schwierige Aufgabe, von dieser Vernissage zu berichten. Ich beneide sie nicht darum.

Dann wurden wir aufgefordert, uns die Ausstellung anzusehen.

Das erste Bild, das wir bestaunten, zeigte eine blaue Spirale auf schwarzem Grund und trug den Titel »Zeitreise«.

»Wie findest du es?«, fragte ich Hanna.

»Es erinnert mich an meinen ersten Rausch, den ich mit sechzehn auf einer Faschingsparty hatte. Der Junge, bei dem wir eingeladen waren, hat aus der Bar seiner verreisten Eltern alles Mögliche zusammengemixt. Anschließend war ich blau und alles hat sich gedreht. Mein Gott, war mir schlecht.«

»Vielleicht hatte Leopold auch so ein Erlebnis und seine ›Zeitreise‹ ist eine Reise in die Vergangenheit seiner Jugendsünden.«

Das nächste Bild zeigte schwarze, geschwungene Linien auf einem maisgelben und roten Grund. »Lust« stand auf dem Schild daneben.

»Und welche Assoziationen hast du hier?«, fragte ich Hanna.

»Samenspende«, antwortete Hanna prompt.

»Spinnst du? Wie kommst du denn auf die Idee? Also besonders lustvoll stelle ich mir eine Samenspende nicht vor.«

»Na ja, Samenspende hat doch etwas mit Zeugung zu tun, und Zeugung normalerweise mit Lust. Und außerdem sehen diese schwarzen Linien für mich aus wie die Umrisse einer Hand, die ein Reagenzglas hält.«

»Versprich mir, dass du nie zum Psychologen gehst, um dort einen Rorschachtest zu machen. Du weißt schon, diese Klecksbilder, die man deuten soll«, warnte ich Hanna lachend. »Das Ergebnis seiner Analyse wäre sicher niederschmetternd.«

»Na ja, wahrscheinlich kommt meine Deutung daher, dass ich gestern mit einem alten Studienkollegen telefoniert habe. Der arme Kerl hat sich sein Studium mit Samenspenden finanziert. Damals fand er das eine super Idee. Während die anderen gekellnert oder in den Semesterferien in der Fabrik gejobbt haben, hat er ein bisschen Samen gespendet und die Semesterferien im Freibad verbracht. Aber jetzt kommt das dicke Ende.

Es gibt doch neuerdings dieses Grundsatzurteil, dass Kinder einen Anspruch darauf haben, ihren biologischen Vater kennenzulernen, und nicht nur das, sie haben auch Anspruch auf ihren Pflichtteil. Timo hat mal ausgerechnet, wie viele Kinder möglicherweise mit seinem Samen gezeugt wurden. Die Zahl ist astronomisch. Er traut sich kaum noch die Tür zu öffnen, wenn es klingelt, weil er Angst hat, einer seiner bislang unbekannten Abkömmlinge könnte draußen stehen. Und neulich hat er geträumt, wie sein Haus, das eigentlich sein einziger ehelicher Sohn erben sollte, in Stücke gesägt und unter seinen vielen Nachkommen verteilt wurde. Also, ich kann wirklich nicht verstehen, wie man so ein Urteil fällen kann, nachdem man den Samenspendern damals Anonymität zugesichert hat. Die ungewollt kinderlosen Ehepaare werden ein Problem haben, noch einen Samenspender zu finden.«

»Meine Güte, das ist wirklich ein Alptraum«, pflichtete ich Hanna bei.

Als ich sah, wie zwei Frauen neugierig zu uns herüberschielten und tuschelten, zog ich Hanna ein Stück weiter. »Vielleicht sollten wir uns über das Thema Samenspende zuhause bei einer Tasse Kaffee unterhalten. Nicht dass nachher im Ort das Gerücht kursiert, deine Söhne würden der Samenspende deines Kommilitonen entstammen, weil die beiden da drüben beim Lauschen nur die Hälfte mitgekriegt haben.«

Neben uns stand ein Ehepaar und bestaunte ein Gemälde, das aus einer schwarzen Fläche mit einem einzigen kleinen hellen Fleck in der oberen rechten Ecke bestand.

»An was denksch du da?«, wollte die Frau von ihrem Mann wissen.

»Dass i de falsche Beruf ergriffe han, wenn mr für a schwarzes Bild mit ma weiße Punkt druff 800 Euro verlange ka. Da muss i en Haufe Quadratmeter streiche, bis mir mei Chef des zahlt.«

Der Mann war offensichtlich auch Maler, aber von der anstreichenden Zunft.

»Also, i denk da: Licht am Ende des Tunnels«, sagte seine Frau.

»Da steht aber: Nachthimmel mit Venus.«

»Also den guck i mr lieber in natura a. Des isch viel romantischer«, sagte sie und ging weiter zum nächsten Bild.

Dort standen Gisela und Leopold und stritten leise, aber heftig miteinander.

»Du hast das Bild falsch herum aufgehängt«, beschwerte sich Leopold bei Gisela.

»Wieso falsch? Das sieht doch oben wie unten gleich aus«, gab Gisela zurück.

»Himmelsleiter«, sagte Leopold, »das Bild heißt Himmelsleiter. Aber so, wie du das Bild aufgehängt hast, ist es eine Höllenleiter.«

Der Anstreicher mischte sich ein. »Also da muss i Ihrer Frau Recht gebe. Des Bild sieht obe und unte genau gleich aus.«

»Noch ein Kunstbanause«, stöhnte Leopold. »Man sollte keine Ausstellungen in der Provinz veranstalten. Da fehlt den Leuten einfach der Sachverstand.«

Tja, man muss nehmen, was man kriegt, lieber Leopold!

»Nun reg dich doch nicht so auf, Poldi«, versuchte Gisela ihn zu beruhigen.

»Nenn mich nicht Poldi«, fuhr Leopold sie an.

»Aber ich sag doch immer Poldi zu dir.«

»Zuhause, aber nicht hier«, zischte er.

»Das tut mir leid mit dem Bild. Aber es war gestern Abend schon so spät und ich war so müde. Und du wirst sehen, die Leute werden es gar nicht merken.«

»Sag ich doch: Kunstbanausen!«

Wir ließen die beiden streiten und gingen weiter. Und plötzlich standen wir vor einem Bild, das mich sofort ansprach. Es zeigte eine Gasse in einem südlichen Land, Italien vielleicht oder Spanien. Die Farben leuchteten in warmen Tönen, ich hörte fröhliches Stimmengewirr, roch Knoblauch und gebratenen Fisch und spürte die warmen Sonnenstrahlen auf der Haut.

»Das würde ich glatt kaufen, wenn's nicht zu teuer ist«, verkündete ich und las, was auf dem Schild stand: »Frühwerk, unverkäuflich.«

»Ich kapier das nicht«, sagte ich zu Hanna. »Da kann einer so wunderschön malen und dann fabriziert er solche Bilder wie all die anderen, die hier hängen. Wenn du mich fragst, dann ist das keine Entwicklung, sondern ein Rückschritt.«

»Wir sind eben auch Kunstbanausen«, lachte Hanna. »Bei Picasso mag ich auch seine Frühwerke am liebsten. Wusstest du übrigens, dass Picasso Kindern beim Malen zugeschaut hat, um von ihnen zu lernen? Kleine Kinder malen Gesichter manchmal aus der Vorder- und der Seitenansicht, so, wie wir das auch von Picassobildern kennen.«

»Weißt du, was verrückt ist? Neulich waren in Maries Kindergarten Bilder ausgestellt. Da sahen die Bilder der kleineren Kinder aus wie die Spätwerke von modernen Malern, und die der älteren Kinder näherten sich deren Frühwerken. Verstehst du das?«

»Ich glaube, Kunst muss man nicht verstehen«, meinte Hanna.

»Also ich beneide dich wirklich nicht darum, dass du über diese Vernissage einen Artikel schreiben musst. Wie macht man das, ohne zu lügen oder den Maler zu beleidigen?«

»Keine Ahnung«, seufzte Hanna, »aber in ein paar Tagen kannst du in der Zeitung lesen, ob es mir gelungen ist.«

Ich finde, dass Hanna es gut gemacht hat – Hut ab! Findest du nicht auch? Als Anlage findest Du den eingescannten Artikel.

Für heute herzliche Grüße
Deine Kunstbanausin Angelika

Ein Geheimnis und ein Geständnis

Liebe Susanne,

ich habe Dein Kompliment zu Hannas Artikel an sie weitergegeben. Sie hat sich sehr gefreut.

So etwas ist gerade Balsam auf ihre Seele, denn sie ist mit den Nerven fertig. Fast jeden Abend und alle Wochenenden verbringt die gesamte Familie Pfäffle beim Renovieren in Minchens Haus. Und ein Ende ist nicht absehbar.

Hanna hat mir gestern ihr Leid geklagt: »Kommt doch gestern Sven und sagt zu mir: ›Mir reicht's, ich hab die Schnauze voll. Ich hab keine Lust mehr, jede freie Minute auf der Baustelle zu verbringen. Ohne mich!‹ Das Problem ist nur, dass ohne ihn die ganze Sache gestorben ist. Ich hab mir das auch nicht so schlimm vorgestellt, aber wenn jetzt einer aussteigt, dann war die ganze Arbeit und das Geld, das wir schon reingesteckt haben, für die Katz. Dann reibt sich Volker« – das ist Hannas Vetter und der zweite in der Erbfolge – »die Hände und wir gucken in die Röhre. Zum Glück konnte ich Sven noch einmal überreden, aber es ist ein brüchiger Frieden.«

Wir sitzen an Hannas Küchentisch und trinken Tee. Hanna sieht schlecht aus, müde und abgeschafft. Dieses Erbe ist wirklich ein Fluch. Aber plötzlich wird sie lebendig. Sie steht auf, geht aus der Küche und kommt mit einem Bündel Papier wieder.

»Was ist das?«

»Briefe. Die hab ich in Minchens Schreibsekretär gefunden. Liebesbriefe.«

»Von ihrem Verlobten?«

»Nein«, Hanna macht eine Kunstpause, »von ihrem Geliebten.«

»Minchen hatte einen Geliebten?«

Hanna nickt triumphierend. »Da staunst du, was? Ich konnt's auch kaum glauben. Aber da steht es schwarz auf weiß.«

»Du hast die Briefe gelesen?«

»Klar, was denkst du denn? Wenn Minchen nicht gewollt hätte, dass ich die Briefe lese, hätte sie sie ja wegwerfen können oder draufschreiben: ›Nach meinem Tod ungelesen vernichten.‹ Hat sie aber nicht.«

Hanna macht es sich einfach. Aber ich kann sie verstehen. Ich bin auch neugierig.

»Nun erzähl schon, was steht drin?«

Hanna liest mir Ausschnitte aus den Briefen vor. Ich höre gebannt zu und fühle mich gleichzeitig unbehaglich, weil ich finde, dass Liebesschwüre etwas sehr Persönliches sind, die niemand anderen etwas angehen.

»Hör auf, Hanna, und erzähl mir lieber, was drinsteht.«

»Es steht drin, dass Minchen und dieser Josef sich verliebt haben, als Minchen in den sechziger Jahren Urlaub im Allgäu gemacht hat. Zunächst haben sie gegen ihre Gefühle angekämpft, denn Josef war verheiratet und hatte drei Kinder. Aber dann war die Liebe wohl stärker. Minchen hat von Anfang an gewusst, dass Josef seine Familie ihretwegen nicht aufgeben würde. Sie musste sich mit ein, zwei heimlichen Treffen im Monat zufriedengeben. Irgendwann in den achtziger Jahren hört der Briefverkehr auf. Keine Ahnung, warum. Vielleicht hat Hanna nicht alle Briefe aufgehoben, oder Josefs Frau ist doch noch dahintergekommen, oder er ist gestorben oder Minchen und Josef haben sich getrennt. Ich weiß es nicht. Wer hätte das von Tante Minchen gedacht!«

Wohl niemand.

»Weißt du was? Ich freu mich noch im Nachhinein für Minchen. Es hat mich traurig gemacht, dass mit ihrem Verlobten auch die Liebe für sie gestorben ist. Jetzt wissen wir, dass sie doch noch ein wenig davon abbekommen hat«, seufze ich.

»Das sagst ausgerechnet du«, wundert sich Hanna. »Und was ist mit Josefs Frau? Denk mal an Gisela. Hättest du dich für die auch gefreut, wenn sie mit deinem Manfred ein Verhältnis angefangen hätte?«

»Das ist ja wohl was ganz anderes. Außerdem hat Josefs Frau es nie erfahren. Was ich nicht weiß, macht mich nicht heiß. Vielleicht war Josef in dieser Zeit sogar viel netter zu seiner Frau. Wenn man frisch verliebt ist, ist man meistens nett und gutgelaunt. Und wenn man ein schlechtes Gewissen hat, bringt man seiner Frau Blumen mit.«

»Das ist ja eine tolle Doppelmoral«, stellt Hanna fest. »Aber du hast schon recht. Ich freu mich auch für Minchen. Und seine Frau kennen wir ja gar nicht. Weißt du was, ich hab noch einen Piccolo im Kühlschrank. Mit dem stoßen wir jetzt auf Minchen und die Liebe an.«

Das haben wir gemacht. Es wurde noch ein lustiger Nachmittag.

Als ich am Abend beschwingt nach Hause kam, saßen Manfred und Karl im Wohnzimmer. Jeder hatte ein Glas Wein vor sich stehen und die Stimmung war so gut wie die am Nachmittag in Hannas Küche.

»Da bist du ja«, empfängt mich Manfred. »Wo warst du denn?«

»Bei Hanna«, sage ich.

Von Minchens Liebesbriefen erzähle ich nichts. Ich habe mit Hanna verabredet, dass das unter uns bleibt. Wir wollen nicht, dass Minchens Ruf, besser gesagt Nachruf, Schaden nimmt. Und Karl ist eine männliche Klatschbase. Wenn ich ihm die Geschichte erzähle, kann ich mich gleich am Sonntag in der Kirche auf die Kanzel stellen und sie der versammelten Gemeinde verkünden.

»Wir haben Neuigkeiten«, berichtet Manfred.

Zusammen mit Karl hatte er Frieders Enkel abgepasst und ihn mit der Tatsache konfrontiert, dass die Farbe an Frieders Häuschen aus der Farbdose stammt, die sie im Haus seiner Eltern gefunden hatten. Zunächst versuchte der Enkel, alles abzustreiten, aber als Manfred ihm von dem Labortest erzählte, gab er sich geschlagen.

»Schämst du dich nicht?«, wollte Manfred wissen.

»Wieso denn? Ist doch nichts weiter passiert als ein bisschen Farbe auf Opas Häuschen.«

Und dann begann er ein Klagelied. Wie es ihm gestunken habe, im Herbst die blöden Äpfel aufsammeln zu müssen und dafür ein paar Flaschen Saft zu bekommen. »Wenn es wenigstens Cola gewesen wäre.« Im Sommer musste er den Rasen mähen, während seine Freunde ins Schwimmbad gingen und blöde Witze über ihn rissen. »Wenn der Salat schoss, gab's tagelang Salat zu essen, und wenn die Zucchini reif waren, dreimal die Woche Zucchini. Ich kann keine Zucchini mehr sehen!« Und dann kam wie ein unverhofftes Geschenk des Himmels die Aussicht auf einen lukrativen Verkauf der Wiese. Keine Plackerei mehr, stattdessen Geld für das Mofa, von dem er schon lange träumt. Aber der Opa weigerte sich, die Wiese zu verkaufen. Da wollte der Enkel mit ein wenig Farbe nachhelfen.

»Und das Häuschen vom Nachbarn?«

»Der wollte sein Grundstück ja auch nicht verkaufen. Und wenn beide Häuschen angesprüht sind, dann kommt keiner auf mich, hab ich gedacht.«

»Und der Brief vom Rathaus, warst du das auch?«

Auf diese Heldentat schien Frieders Enkel richtig stolz zu sein. Er hatte bei seinem Vater ein Schreiben des Bürgermeisters in anderer Angelegenheit gefunden und ein wenig am Computer getrickst.

»Wissen deine Eltern davon?«, wollte Manfred wissen.

»Ich glaube nicht.«

»Nun pass mal auf, Bürschchen«, sagte Manfred. »Wir machen jetzt einen Deal. Du wirst so schnell wie möglich die Schmiererei am Häuschen von deinem Opa entfernen. Ich komme am Samstag vorbei und kontrolliere das. Für das Häuschen von Frieders Nachbarn können wir leider nichts tun, das würde Verdacht erregen. Du sammelst die Lorbeeren ein, die du als lieber Enkel dafür einheimsen wirst, und wirst dafür in Zukunft deinem Opa, ohne zu murren, auf seinem Stückle bei der Arbeit helfen. Und vor allem wirst du in deinem ureigensten Interesse die Klappe halten. Sollte Frieder zu Ohren kommen, was du dir da geleistet hast, wird es ihm das Herz brechen. Unser Teil des Deals ist, dass wir ebenfalls den Mund halten und dich nicht verpfeifen. Alles klar?«

Manfred streckte seine Hand aus und der Enkel schlug ein.

»I war immer a bissle traurig, dass i koine Enkelkinder han«, sagte Karl, »aber wenn i an de Frieder und sein Enkel denk, na bin i vielleicht besser dra.«

Nun, vielleicht sollten wir den Jungen nicht allzu hart verurteilen. Neulich habe ich einen Fernsehbeitrag über Jugendliche in der Pubertät gesehen. Man sah auch Aufnahmen von ihrem Gehirn. Es sah aus wie eine Wetterkarte bei aufziehendem Tropensturm. Dagegen ist Hannas Baustelle ein wohlgeordnetes, sauber aufgeräumtes Gelände. Genau genommen befinden sich die jungen Menschen in dieser Zeit im Zustand der Unzurechnungsfähigkeit. Kein Wunder, dass sie ihre Gedanken nicht mehr auf Quadratwurzeln und chemische Formeln konzentrieren können und auf den einen oder anderen blöden Gedanken kommen.

Diesmal musste ich die beiden Hobbydetektive – ein Ausdruck, gegen den Manfred sich sicher energisch verwahren würde – ausnahmsweise für ihre Spionagetätigkeit loben. Das hatten sie gut gemacht. Aber dabei, fand ich, sollten sie es auch belassen.

»Nix da«, sagte Karl, »jetzt kommt die Sach doch erst richtig in Gang. Dr erste Fall hen mr glöst, aber jetzt müsse mr no em Frieder sein Sturz aufkläre. Aber des schaffe mr au no, gell, Manfred? Komm, da drauf trinke mr.«

Er hob sein Weinglas und stieß mit Manfred an. Du hättest sehen sollen, wie zufrieden die beiden Ganoven aus der Wäsche schauten. Langsam werden sie, vom Erfolg beflügelt, übermütig. Das ist gefährlich, denn es macht leichtsinnig.

Die Golfplatz-Fraktion legt sich gerade mächtig ins Zeug. Sie haben Prospekte drucken lassen, die sie in die Briefkästen stecken und vor der Metzgerei Ziegele verteilen. Die Ziegeles sind zwar keine Leute, die sich öffentlich für den Golfplatz starkmachen, aber da sie eine Streuobstwiese haben, die sie verkaufen möchten, können sie schlecht verbieten, dass die Prospekte vor ihrem Laden verteilt werden. Recht ist es ihnen nicht, denn sie möchten natürlich weder die Kundschaft der einen noch der anderen Fraktion vergraulen. Aber inzwischen ist es so gut wie unmöglich, in Neubach eine neutrale Position einzunehmen.

»NEU(bach) statt ALT(enbach)« steht auf den Prospekten als fette Überschrift in Rot und Schwarz. Und: »Für ein modernes, fortschrittliches Neubach. Geben Sie der Zukunft eine Chance! Ein klares Bürgervotum wird die Golf-Gesellschaft überzeugen, dass Neubach den Zuschlag bekommen muss. Stimmen Sie deshalb beim Bürgervotum mit JA.«

Wenige Tage später lagen die Wahlunterlagen der Gemeinde für die Bürgerbefragung im Briefkasten. Der Termin der Abstimmung ist am übernächsten Sonntag. Ich bin gespannt, wie es ausgehen wird!

Ich werde Dich auf dem Laufenden halten
Deine Angelika

Frieder hat endlich ausgeschlafen

Liebe Susanne,

Du wirst Dich freuen, denn heute gibt es Neuigkeiten von Frieder.

»Oma, der Frieder hat endlich ausgeschlafen«, tönte mir vor einigen Tagen Maries helle Stimme ins Ohr, als ich den Hörer abnahm.

Anja schaltete sich ein und berichtete, Frieder sei aus dem Koma aufgewacht. Ist das nicht eine wunderbare Nachricht? Mir fiel ein Stein vom Herzen. Sein Kopf scheint glücklicherweise nur äußerlich Schaden genommen zu haben. Er reagiert völlig normal, kann sich an alles erinnern, nur die Ereignisse, die zu seiner Verletzung geführt haben, seien wie ausgelöscht, sagt er. Nun, vielleicht ist das besser so.

Wir jedenfalls wissen inzwischen, was sich zugetragen hat. Manfred und Karl haben ganze Arbeit geleistet. Hier ein kurzer Abriss der Ereignisse der vergangenen Tage.

Manfred meinte, er müsse eigentlich die Alibis von Frieders Kindern und Schwiegerkindern für den Tag des Unfalls überprüfen. Aber da er nicht offen ermitteln kann, so wie früher, würde das wohl zu viel Staub aufwirbeln. Er hatte bisher auch vermieden, die beiden Männer zu befragen. Er war der festen Meinung, die Schwachstelle bei dem Ganzen sei Claudia, sie wisse und verheimliche etwas und irgendwie würde er es schaffen, ihr das Geheimnis zu entlocken.

Außerdem wollte Manfred auch Frieders Nachbarn befragen. Im Erdgeschoss öffnete ihm eine ältere Dame, die vorsichtig durch den Türspalt spähte, bevor sie die Kette löste, allerdings erst, nachdem sie Manfreds Ausweis gründlich studiert hatte.

»Auf dem Bild sind Se aber no a bissle jünger«, stellte sie fest, als sie das Foto betrachtete und mit Manfreds Gesicht verglich.

»Ha«, meinte Karl, »da müssted Se mal mein Führerschein sehe. Des isch no der graue Lappe von damals. Da war i no en richtiger Don Juan. Welled Se mal sehe?« Karl kramte seinen Führerschein heraus und hielt ihn Frau Brösamle vor die Nase.

»Heidenei«, lachte sie, »also da hätt i Se wirklich net erkannt. En hübscher Kerle sind Se gwese, des muss mr sage. Und wie viel Haar Se da no ghett hen. Welled Se reikomme? I han grad Kaffee kocht.«

Manfred nickte Karl anerkennend zu und schob ihn vor sich her in Frau Brösamles Wohnung. Sie setzten sich auf das Sofa und ließen sich von ihr Kaffee einschenken.

»Na isch's also wahr, dass des koin Unfall war? I han mr's glei denkt.«

Manfred versicherte, es könne sich durchaus um einen Unfall handeln, aber man müsse, solange Frieder nicht aussagen könne, jeder Spur nachgehen, denn es gebe da einige Ungereimtheiten.

»Aber alles, was wir hier sprechen, muss unter uns bleiben. Als wichtige Zeugin unterliegen Sie der Schweigepflicht.«

»Sie moined so wie dr Herr Dokter?«, fragte Frau Brösamle ehrfürchtig. Beim Begriff »wichtige Zeugin« hatte sie ein wichtiges Gesicht aufgesetzt.

»Genau so«, bestätigte Manfred. »Warum zweifeln Sie denn an einem Unfall?«

Frau Brösamle erzählte, an dem gewissen Nachmittag habe sie streitende Männerstimmen aus der Wohnung über ihr gehört und schließlich ein lautes Poltern und etwas später ein schleifendes Geräusch. »Wie wenn mr a Schränkle über de Bode zieht.« Kurz darauf hätte sie schnelle Schritte auf der Treppe vernommen und die zuschlagende Haustür.

»I han na aus em Fenster guckt, und da han i en Mann gsehe.«

»Haben Sie ihn erkannt?«

»Noi, i han en bloß von hinte gsehe. 's könnt dr Sascha gwese sei, dr Sohn vom Herr Säufferer. Des könnt i allerdings net beschwöre, und des muss i ja vielleicht, wenn i vor Gericht aussage muss, gell? Aber dass 'r in dr Claudia ihr Auto gstiege isch, des kann i beschwöre.«

Als Manfred nach Automarke und Autonummer fragte, bekam er zur Antwort: »Also, mit Automarke kenn i mi net so gut aus. A blaus, kloins Auto halt. I seh ja immer, wenn d' Claudia kommt. Und d' Nummer könnt i sowieso bloß erkenne, wenn i mei Brill aufhätt.«

Und die, erklärte Frau Brösamle, trage sie nur zum Fernsehen oder wenn sie die Zeitung oder ein Rezept lesen müsse. Aber Marke und Autonummer von Claudias Wagen könne die Polizei sicher feststellen. Manfred hätte fast gelacht. Vor Gericht würde Frau Brösamles Aussage in Nullkommanichts von jedem Feld-Wald-und-Wiesen-Anwalt zerpflückt werden, aber für Manfred war sie durchaus informativ.

»Und sonst haben Sie niemanden aus dem Haus kommen sehen?«

»Noi, der Mann isch alloi ins Auto gstiege und drvogfahre. Aber na han i schnell de Fernseher eigschaltet. I han sowieso scho die erste fünf Minute von ›Sturm der Liebe‹ verpasst ghett.«

»Und von oben haben Sie auch nichts mehr gehört?«

»Nix«, bestätigte Frau Brösamle. »Wenn i gwisst hätt, dass dr Herr Säufferer da obe liegt, na wär i natürlich naufgange, aber woher hätt i des denn wisse solle!«

Manfred fragte, ob Frau Brösamle gesehen habe, wann Claudia Säufferer gekommen sei. Sie hatte ihren Schwiegervater ja gefunden und den Krankenwagen alarmiert.

»D' Claudia han i net komme sehe, aber i han ja au de Fernseher ziemlich laut laufe ghett. Wissed Se, i hör nemme so gut. Aber de Krankewage han i ghört, der isch ja mit Tatütata komme.«

»Wann war das?«

»Vielleicht a Viertelstund später. I han net auf d' Uhr guckt. I han na gsehe, wie se de Herr Säufferer naustrage hen und dass d' Claudia mit em Krankewage mitgfahre isch. A Stück von ›Sturm der Liebe‹ han i natürlich verbasst, aber da kommt mr immer no mit. Und die Sach mit em Herr Säufferer, die war ja au spannend. So ebbes bassiert schließlich net äll Dag. Wie geht's em denn?«

Frieders Mitbewohner aus dem zweiten Stock war an dem bewussten Nachmittag nicht zuhause gewesen und konnte deshalb nichts zur Aufklärung beitragen.

»Aber falls Sie Frau Brösamle befragen, sollten Sie ihre Aussage mit Vorsicht genießen. Sie ist die größte Klatschbase weit und breit«, meinte er.

Trotzdem waren ihre Aussagen für Manfred durchaus ergiebig. Manfred schloss daraus, dass Claudia möglicherweise bei dem Streit in Frieders Wohnung dabei gewesen war. Ihr Auto stand schließlich vor der Tür. Aber es könnte natürlich auch ein anderes blaues Auto gewesen sein. Und der Mann, der die Wohnung verlassen hatte, musste nicht Frieders Sohn gewesen sein.

Manfred und Karl beschlossen, noch einen Blick in Frieders Wohnung zu werfen. Dank Karls Hilfe waren sie ja im Besitz von Frieders Wohnungsschlüssel.

Sie wollten die Wohnung schon wieder unverrichteter Dinge verlassen, als Manfred eine rote Spur an der Ecke des Sideboards im Wohnzimmer entdeckte.

»Da schau her«, sagte er, »die Blutspur, die ich auf der Treppe vergeblich gesucht habe.«

»Könnt au Himbeermarmelad sei, oder Kirsch«, meinte Karl.

»Du kannst ja mal dran lecken«, schlug Manfred im Spaß vor.

»Pfui Deufel, gang mr bloß fort!«

»Die Spurensicherung könnte es feststellen«, sagte Manfred. »So ohne Hilfspersonal und Befugnisse zu ermitteln ist nicht einfach. Da weiß ich erst, wie gut ich's früher hatte.«

»Da drfür hasch ja jetzt mi«, tröstete Karl.

Wie um seine Aussage zu untermauern, verschwand er Richtung Küche und kam wenig später mit einem kleinen Gefrierbeutel und einem Küchenmesser zurück.

»Was willst du denn damit?«

»A bissle ebbes abkratze und in die Tüt fülle, na kann dei Kumpel im Labor teste, ob des em Frieder sei Blut isch. 's wird des Schränkle vielleicht a bissle verkratze, aber i denk, des wird em Frieder egal sei, und so ganz neuwertig isch ja des Möbel au nemme.«

Sprachs und schritt zur Tat.

Mehr konnten die beiden nicht herausfinden, aber es war genug, um von Claudia vielleicht eine brauchbare Aussage zu bekommen.

Aber vorher schauten sie noch einmal bei Frieders Tochter vorbei. Sie versprachen sich nichts davon, Manfred stellte nur pro forma ein paar Fragen. Der Besuch diente lediglich dem Zweck, den Schlüssel zu Frieders Wohnung heimlich wieder an seinen angestammten Platz zu hängen. Diese Aufgabe übernahm Karl mit dem größten Vergnügen.

Claudia Säufferer, Frieders Schwiegertochter, trafen sie beim Fensterputzen an. Sie schien über das Erscheinen der beiden nicht erfreut zu sein, und das hing wohl nicht allein damit zusammen, dass sie sie bei der Arbeit störten. Manfred konnte sich des Gefühls nicht erwehren, dass sie Angst hatte.

»Frau Säufferer«, begann Manfred, als sie sich am Esstisch gegenübersaßen, »warum sagen Sie uns nicht endlich die Wahrheit?« Und dann pokerte er. »Wir wissen, dass Sie an diesem bewussten Nachmittag zusammen mit Ihrem Mann in der Wohnung Ihres Schwiegervaters waren, und zwar bevor es zu dem Unfall kam. Es kam zu einem Streit zwischen den beiden Männern. Während dieser Auseinandersetzung ist Ihr Mann dann handgreiflich geworden. Und um das zu vertuschen, haben Sie Frieder zum Treppenabsatz geschleift, damit es wie ein Unfall aussieht.«

»Nein«, fiel ihm Claudia aufgeregt ins Wort, »so war es nicht.«

»Wie war es denn dann?«

Endlich packte Claudia aus. »Ich bin schuld«, begann sie und Tränen stiegen ihr in die Augen. »Ich habe Sascha überredet, zu seinem Vater zu gehen und Frieden mit ihm zu schließen. Es kann doch nicht sein, dass Vater und Sohn wegen so einer blöden Wiese nicht mehr miteinander reden. Aber sie sind beide Sturköpfe und Hitzblitze, einer wie der andere. Frieder hat Sascha ein Testament gezeigt, das er in den letzten Tagen geschrieben hatte.«

»Was stand drin?«

»Dass Sascha und Monika, also meine Schwägerin, nur den Pflichtteil erben sollten. Monikas Sohn und ich, wir sollten einen festen Geldbetrag bekommen, und der ›Verein Streuobstparadies‹ die Wiese und das restliche Geld. Sascha war so wütend. Er wollte Frieder das Papier aus der Hand reißen. Es kam zu einem Handgemenge«, Claudia schluckte, »und da ist es passiert. Frieder ist gestolpert, mit dem Kopf gegen das Sideboard geschlagen und bewusstlos liegen geblieben.«

»Und da haben Sie beschlossen, es so aussehen zu lassen, als wäre Frieder die Treppe heruntergestürzt. Ganz schön raffiniert.«

»Es war meine Idee. Sascha war vor Schreck wie gelähmt. Das hat er doch nicht gewollt. Er war ja gekommen, um sich mit Frieder zu versöhnen. Ich hab gesagt, er soll nach Hause fahren. Ich würde inzwischen den Krankenwagen alarmieren und sagen, ich hätte Frieder verletzt an der Treppe gefunden, als ich ihn besuchen wollte.«

Während Claudia erzählte, wie alles sich zugetragen hatte, musste sie immer wieder innehalten, weil sie vor Weinen kaum weitersprechen konnte.

»Und das Testament?«

»Das habe ich mitgenommen und zuhause zerrissen und weggeworfen. Aber Sie müssen mir glauben, es war wirklich ein Unfall.«

Das glaubte Manfred sogar, und ich glaube es auch. Aber man sieht mal wieder, wie nervenstark wir Frauen sind, wenn es drauf ankommt. Da waltet nicht rohe Gewalt oder verhängnisvolle Hektik, sondern kühles Handeln und Köpfchen.

Karl war sehr stolz, dass er gemeinsam mit Manfred den Fall gelöst hatte.

»Aber woisch, a bissle traurig bin i scho au. Des hat richtig Spaß gmacht. Und jetzt isch's vorbei.«

Gott sei Dank! Bis zuletzt habe ich gezittert, dass herauskommt, dass Manfred ohne Befugnis herumschnüffelt. Ich hab schon um seine Pension gebangt, und wie sollten wir dann den Flug bezahlen, wenn wir euch im Sommer besuchen wollen?

Zwei Tage später ist Frieder aufgewacht. Gestern haben wir ihn besucht.

Wir öffneten vorsichtig die Tür. Das Bett bei der Tür war leer, im Bett am Fenster lag Frieder mit einem dicken Kopfverband. Abgesehen davon sah er schon wieder ganz munter aus. Und er schien sich über unseren Besuch zu freuen.

»Angelika, Manfred, des isch aber nett, dass ihr mi bsuche kommed«, empfing er uns.

»Wie geht's dir denn?«, wollte Manfred wissen.

»Ach, eigentlich scho ganz gut. Jedenfalls besser als in de vergangene Dag. Im Koma war's ganz schö langweilig«, scherzte er. »Jetzt seh i wenigstens ab und zu a nette Schwester.«

»Marie hat uns als Erste gesagt, dass du aus dem Koma aufgewacht bist. Ihren kleinen Ohren entgeht nichts. Sie hat mich angerufen und gesagt: ›Oma, der Frieder hat endlich ausgeschlafen‹«, erzählte ich.

Frieder musste lachen, griff sich aber gleich mit der Hand an den Kopfverband und verzog schmerzhaft das Gesicht.

»Bringed me bloß net zum Lache, des dud no weh.«

Ich entschuldigte mich, aber Frieder winkte ab und sagte: »Macht nix, 's isch trotzdem schön, wenn mr wieder ebbes zum Lache hat. Ihr fraged me ja gar net, wie des bassiert isch.«

»Nun«, erklärte Manfred, »wir wissen ja, dass du dich nicht daran erinnern kannst.«

In Frieders Fall fanden wir eine Amnesie gnädig.

»Des han i dene verzählt«, schmunzelte er. »Aber i erinner mi genau, wie's bassiert isch, und a Stück weit war i sicher selber schuld dra. Aber euch kann i's ja verzähle, vorausgsetzt, ihr könned's für euch bhalte.«

Das versprachen wir. Frieder musste ja nicht wissen, dass wir schon über alles informiert waren.

Als er fertig erzählt hatte, sagte er: »'s solled no alle glaube, i wüsst net, was bassiert isch. Meine Kinder sen plötzlich wieder ganz reizend zu mir. Na ja, Sache und au Mensche, von dene mr moint, mr könnt se verliere, die steiged plötzlich im Wert. Nachdem mir jetzt von Altebach Konkurrenz kriegt hen mit unserm Golfprojekt, gibt's ja Hoffnung, dass es bald koin Grund meh zum Streite gibt, weil sowieso koiner meh mei Wies will. Also des Testament, des verreiß i uff alle Fäll, sobald i wieder drhoim bin, falls des net scho dr Sascha erledigt hat.«

Wir sagten ihm nicht, dass es Claudia gewesen war.

»Aber dass dr Patrick die Farb vom Häusle abkratzt hat, des hätt i net denkt. Der isch in letschder Zeit au manchmal ganz schön widerborstig gwese. Na ja, des sen se in dem Alter wohl alle. Aber dass in dem Kerle en guter Kern steckt, des han i immer gwisst. 's däd me bloß intressiere, wer des war mit dera Schmiererei und dem Brief.«

Das würde Frieder hoffentlich nie erfahren.

So ist die Sache noch einmal gut ausgegangen und in Frieders Familie wieder Frieden eingekehrt. So soll es bleiben!

In diesem Sinn grüßt Dich herzlich
Deine Angelika

Treffpunkt: Franziskas Café

Liebe Susanne,

ich kann schon verstehen, dass Du Karls Gefühle im Fall Frieder teilst, sprich, dass Du ein wenig traurig bist, dass es in diesem Dorfkrimi keine Fortsetzung mehr gibt. Aber ich bin sehr froh, dass sich alles in Wohlgefallen aufgelöst hat, ich nicht mehr um Manfred zittern muss und in Frieders Familie wieder Frieden herrscht.

Auch in der Familie Pfäffle ist ein gewisser Familienfrieden eingekehrt.

Vielleicht liegt es daran, dass man inzwischen Fortschritte in Minchens Haus sieht. Man kann sich vorstellen, wie es einmal werden wird, und sich darauf freuen. Vielleicht schweißt auch die gemeinsame Arbeit zusammen. Oder es liegt daran, dass die Familie beschlossen hat, die Baustelle an jedem zweiten Wochenende ruhen zu lassen.

»Dann wird das Haus halt ein bisschen später fertig«, sagt Hanna. »Schließlich sind wir nicht obdachlos, wir haben alle ein gemütliches Zuhause, nur kommen wir kaum noch dazu, es zu genießen. Und man kann nur etwas leisten, wenn man ab und zu die Batterie wieder auflädt. Die Männer stehen noch voll im Berufleben und jede Familie sollte nebenbei noch ein wenig Zeit haben, ihre Freundschaften zu pflegen.«

Franziska ist der Meinung, dass es an der Zeit ist, unser Apfelfest zu planen. Es soll ja zur Zeit der Apfelblüte stattfinden und das wird nicht mehr lange dauern. Das Problem ist, dass es für die Apfelblüte keinen festen Termin gibt, so wie für Weihnachten. Aber wir haben erfahrene Landfrauen unter uns, die sich schließlich auf den Samstag in drei Wochen als Termin für unser Fest geeinigt haben. »Wenn's nomal richtig kalt wird, verschiebt sich d' Apfelblüte nach hinte, na hen mr Pech. Und wenn's z' schnell warm wird, kommed mr z' spät. Aber a bissle Glück braucht mr schließlich au. I han mein Schwiegervadder gfragt, der isch en guter Wetterfrosch. Dem seine Vorhersage sin meistens besser wie die im Fernsehe«, sagte Gerlinde. Na also, dann kann ja nichts mehr schief gehen.

Letzte Woche haben wir Landfrauen und unsere Mitstreiter uns in Franziskas Café getroffen.

Frieder hat angeboten, dass wir auf seiner Wiese feiern können, mitten unter den Bäumen.

Manfred und Tom wollen Tische, Bänke und Getränke beim Küfer besorgen. Die Aufgaben fürs Einkochen, Entsaften und Kuchenbacken sind verteilt. Wir Landfrauen wollten zunächst ein kleines Büchlein mit Rezepten herausgeben, aber dazu ist die Zeit zu kurz. Wir haben beschlossen, dass jede, die Zeit und Lust hat, ihr Rezept auf ein Din-A4-Blatt schreibt, das wir dann vervielfältigen und auslegen.

Das Rentnertrio will Musik machen. Die drei sind sehr musikalisch und treten öfter zusammen auf. Einen Stromanschluss fürs E-Klavier finden wir in Frieders Häuschen. Hugos Klavier auf die Wiese zu tragen, wäre ein bisschen schwierig. Aber wenn die drei einmal im Monat in Franziskas Café auftreten, greifen sie auch auf das E-Klavier zurück. Am späteren Nachmittag sollen sie dann vom Musikverein abgelöst werden.

»Plakate wären nicht schlecht«, schlug Anita vor. »Wir müssen doch auf das Fest aufmerksam machen.«

Das warf natürlich die Frage der Kosten auf.

»Ich finde, das sollte uns der Erhalt unserer Streuobstwiesen schon wert sein. Und wenn wir auf dem Fest Marmelade, Saft, Schnaps und Kuchen verkaufen, kommt ja auch wieder ein bisschen was rein.«

Der Vorschlag fand Zustimmung. Karin erklärte sich bereit, ihren Sohn dafür einzuspannen. Er sollte möglichst schnell einen Vorschlag ausarbeiten und nach der günstigsten Möglichkeit für den Druck Ausschau halten. Da er Mediengestaltung studiert, hat er Ahnung von der Sache.

Inzwischen sind die Plakate fertig. Marie steht jeden Tag bewundernd vor dem Plakat, das an der Ladentür klebt. Darauf ist eine blühende Streuobstwiese zu sehen mit der Unterschrift: »Neubacher Hanami – Herzliche Einladung zum ersten Apfelblütenfest in Neubach – Für Essen, Getränke und Musik ist gesorgt.« Dann folgen Datum, Ort und Uhrzeit der Veranstaltung. Marie »liest« es jedem Kunden vor. Sie macht das so routiniert, dass mancher meint, sie könne tatsächlich schon lesen. Was nicht auf dem Plakat steht, aber womit Marie jedes Mal endet, ist die rhetorische Frage: »Du kommst doch auch? Ich backe Apfelwaffeln. Die schmecken superlecker.«

Anja ist von der Idee mit den Waffeln nicht sehr begeistert. Sie hätte lieber einen Kuchen gebacken, als den ganzen Nachmittag dazustehen und Waffeln auszubacken.

»Weißt du, das ist zu anstrengend für Mama, jetzt, wo bald das Baby kommt«, versuchte ich Marie zu erklären.

»Mama muss doch gar nicht mithelfen. Das machen doch wir beide.«

Ich habe auch keine große Lust, auf dem Fest Waffeln auszubacken, aber es fällt mir schwer, Marie etwas abzuschlagen.

»Und auf die Zettel schreiben wir drauf: ›Waffeln von Marie‹«, sagte Marie, die von den Rezeptblättern weiß.

Wir einigten uns dann auf »Maries Apfelwaffeln« und Marie platzte fast vor Stolz, als Tom ihr die Kopien zeigte. »Marie« kann sie schließlich schon lesen. Wir müssen die Blätter allerdings verstecken, sonst hat Marie bis zum Fest schon alle an die Kunden verteilt.

Liebe Grüße
Deine Angelika

Die Lage spitzt sich zu

Liebe Susanne,

Du kannst Dir nicht vorstellen, wie erschrocken ich war, als ich heute Morgen vor Anjas Ladentür stand. Das Plakat vom Apfelblütenfest lag abgerissen und in Fetzen auf dem Boden und quer über das Schaufenster stand in großen roten Buchstaben: »Du Schlampe!«

Die Tür war aufgeschlossen, Anja schien also schon da zu sein, aber ich konnte sie nirgends entdecken. Mein Herz klopfte. Im Laden selbst sah alles normal aus.

»Anja?«

»Ich bin hier«, kam es kläglich aus der Ecke, wo die kleine Sitzgruppe steht.

Anja saß zusammengekauert auf einem der Stühle und hatte die Arme wie zum Schutz um ihren Oberkörper geschlungen.

»Anja, ist dir was passiert? Hast du die Leute gesehen? Haben sie dir was getan?«

Anja schüttelte den Kopf.

»Sie müssen heute Nacht oder früh am Morgen dagewesen sein, die feigen Kerle«, schimpfte sie.

»Besser, als wenn du sie getroffen hättest. Ich mach uns jetzt eine Tasse Tee. Und dann ruf ich Papa an. Der weiß sicher am besten, womit man die Schmiererei auf der Glasscheibe wegkriegt. Zum Glück ist dir nichts passiert.«

»Fühlt sich aber so an, als wenn sie mir was getan hätten. Na ja, haben sie ja auch, genau genommen. Beschimpft haben sie mich, und jeder kann's lesen.«

»Nicht mehr lange«, beruhigte ich Anja. »Reg dich bloß nicht auf. Denk an das Baby.«

»Es ist ein blödes Gefühl, sich vorzustellen, dass man nicht weiß, wer's war«, sagte Anja. »Es könnte jeder sein, der in meinen Laden kommt oder dem ich morgen auf der Straße begegne.«

»So darfst du nicht denken. Komm, trink mal was, das tut dir gut.« Ich goss Tee in Anjas Tasse. »Die meisten Leute hier in Neubach sind doch ganz vernünftig, auch wenn sie unterschiedlicher Meinung sind. Das waren ein paar Spinner, oder vielleicht sogar nur einer. Die gibt's überall.«

Plötzlich kam Leben in Anja. »Meine Güte, wenn das Marie sieht! Sie war doch so stolz auf das Plakat. Ich muss gleich Franziska anrufen, ob sie noch eins hat!«

Anjas Sorge um Marie ließ sie ihre eigenen Ängste vergessen – gut so!

Als Manfred wenig später mit Lappen und Flaschen mit verschiedenen Flüssigkeiten auftauchte, um die Scheibe zu reinigen, hatte Anja sich schon ganz gut von ihrem Schrecken erholt. Manfred überlegte, ob man die Polizei informieren sollte, bevor er die Schmiererei entfernte.

»Wenn ich das alles abwasche, sind auch mögliche Fingerabdrücke weg.«

Aber Anja wollte keine Polizei einschalten. Sie wollte alle Spuren der feigen Tat nur möglichst schnell aus der Welt geschafft haben, noch ehe die ersten Kunden kamen.

»Du hast recht«, stellte Manfred fest. »Selbst wenn wir Fingerabdrücke finden sollten, bringt uns das nicht weiter. Die sind sicher nicht in der Kartei gespeichert. Und wir können deshalb schlecht von allen Neubachern Fingerabdrücke nehmen. Außerdem wird die Polizei wenig Interesse an der Aufklärung haben. Für die ist das lästiger Kleinkram. Ihr habt ja gesehen, dass sie nicht einmal Frieders Fall aufklären wollte.«

Also machte er sich an die Arbeit und bald waren alle Spuren beseitigt.

Von Franziska erfuhren wir später, dass auch andere Plakate im Ort abgerissen und Schaufenster beschmiert worden waren.

»Ob das die Gleichen waren, die neulich auch die Gartenhäuschen besudelt haben?«, überlegte Franziska.

Das konnten wir ausschließen, denn Frieders Enkel war es diesmal sicher nicht gewesen. Aber dass er damals dahintersteckte, wusste Franziska ja nicht.

»Und beim Metzger haben sie die Reifen an einem Lieferwagen zerstochen«, erzählte sie.

»Aber Ziegeles gehören doch zur Golfplatz-Fraktion! Das ergibt doch keinen Sinn«, wandte ich ein.

»Wenn's ein Racheakt war, schon. Langsam spinnen sie alle. ›Die Guten und die Bösen‹, das gibt's in dem Fall schon lange nicht mehr. Auf einigen Plakaten der Golfplatz-Fraktion haben sie Herrn Klein einen Schnäuzer und eine Augenklappe aufgemalt. Das findet auch nicht jeder lustig. Ich bin gespannt, was sie sich noch alles einfallen lassen. Die Sache schaukelt sich immer mehr auf. Ich wünschte, es wäre keiner auf die Idee gekommen, bei uns einen Golfplatz bauen zu wollen!«

Da kann ich Franziska nur recht geben. Im Ort gibt es nur noch ein Gesprächsthema, wie Du Dir denken kannst.

Ich muss Schluss machen. Mir fallen fast die Augen zu, es war ein aufregender Tag. Aber das musste ich Dir doch gleich erzählen.

Schlaf gut
Deine Angelika

Eilmeldung

Liebe Susanne,

stell dir vor, Anja liegt im Krankenhaus!

Unser Telefon klingelte mitten in der Nacht. Anrufe um diese Zeit verheißen in der Regel nichts Gutes, und so war es auch diesmal. Es war Tom, der uns bat, so schnell wie möglich zu kommen. Anja habe leichte Wehen, er wolle sie ins Krankenhaus bringen, könne aber Marie nicht alleine lassen.

Ein Glück, dass wir nicht weit auseinander wohnen. Zwanzig Minuten nach Toms Anruf waren wir da. Anja saß blass auf dem Sofa, während Tom dabei war, ein paar Dinge zusammenzupacken.

»Ich mach das schon und bring's später ins Krankenhaus. Seht ihr zu, dass ihr losfahrt«, sagte ich zu Tom. Dann nahm ich Anja in den Arm. »Was machst du denn für Sachen?«

»Ach, Mama, ich hab solche Angst, dass das Baby zu früh kommt.«

Die bisher mühsam zurückgehaltenen Tränen kullerten über Anjas Wangen.

»Nun mach das Mädchen nicht ganz verrückt! Jammern könnt ihr später.« Manfred versteckte seine Besorgnis hinter harschen Worten. »Macht, dass ihr loskommt, ihr zwei.« Dann drückte er Anja und klopfte Tom ermutigend auf die Schulter, wie Männer das halt so machen.

»Wenn Marie morgen früh aufwacht ...«

»Wir haben alles im Griff«, beruhigte ich Anja und schob sie in Richtung Tür. »Du hast jetzt nur eine Aufgabe: Dich um dich selbst und um das Baby zu kümmern«, sagte ich. »Alles andere kannst du uns überlassen.«

Anja war noch immer blass um die Nase, als ich sie vormittags im Krankenhaus besuchte. Sie hängt jetzt am Anti-Wehentropf und die Wehentätigkeit wird ständig kontrolliert. Ich mache mir natürlich große Sorgen. Aber der Arzt ist zuversichtlich, die Wehen stoppen zu können. Außerdem ist Anja inzwischen in der 32. Woche. Das Kind wäre also mit ziemlicher Sicherheit lebensfähig. Das ist natürlich eine Beruhigung – aber was wäre das für ein Start ins Leben!

»Schau mal, ich hab dir ein paar Sachen mitgebracht. Papa wird sich nachher um ein Telefon kümmern, dann kannst du uns jederzeit anrufen. Wie geht's dir denn?«

»Eigentlich ganz gut. Aber ich hab so einen Schreck gekriegt, als das heute Nacht losging. Und ich hab solche Angst, dass das Baby zu früh kommt. Was wird denn jetzt mit Marie und dem Laden?«

Da konnte ich sie beruhigen. Marie war im Kindergarten und Manfred würde sie heute Mittag wieder abholen. Gut, dass der Fall Frieder abgeschlossen ist. So hat er Zeit, sich um Marie zu kümmern. Und auch für den Laden haben wir vielleicht schon eine Lösung gefunden.

Heute Morgen habe ich zufällig Franziska beim Bäcker getroffen und ihr von unserer aufregenden Nacht und meinen Sorgen erzählt. Sie hat mir gesagt, dass sie eine junge Frau aus Hattenhofen kennt, die als Floristin gearbeitet hat, bis ihr Sohn geboren wurde. Der geht inzwischen in den Kindergarten, und Franziska könnte sich vorstellen, dass Frau Moll Zeit und Lust hätte, bei Anja einzuspringen. Ein Glück, dass Franziska durch ihr Café so viele Leute kennt.

Anja freute sich, als sie das hörte.

»Was würde ich bloß ohne euch machen? Tom ist auch so lieb und besorgt. Er hat sich um alles gekümmert und war die Ruhe selbst. Na ja, zumindest hat er so getan, als ob.« Sie konnte schon wieder lächeln. »Wenn ich mir vorstelle, dass wir vor kurzem nur noch miteinander gestritten haben! Übrigens, die Kleine soll jetzt Johanna Sophie Elfriede heißen. Wie findest du das?«

»Das ist ein fairer Kompromiss. Damit kann man leben. Wen interessiert schon der dritte Vorname?«

Ja, selbst ein Unglück hat manchmal seine guten Seiten. Jetzt sind die beiden wieder ein Herz und eine Seele.

Aber die Idioten, die Anjas Ladentür beschmiert haben, die könnte ich auf den Mond schießen! Denn bestimmt waren sie der Auslöser für Anjas Wehen.

Wie auch immer, jetzt muss ich kochen, sonst sitzen Manfred und Marie vor leeren Tellern, wenn sie vom Kindergarten nach Hause kommen. Zum Glück geht es heute schnell, Marie hat sich Spaghetti gewünscht.

Liebe Grüße
Deine Angelika

Noch eine Eilmeldung

Liebe Susanne,

noch ist es nicht amtlich, aber Franziska hat eine sichere Quelle: Eine Freundin von ihr arbeitet auf dem Rathaus. Und morgen will Jörg einen Artikel in der Zeitung bringen, um die Bevölkerung möglichst schnell zu informieren. Das Amtsblättle war schon im Druck.

Man höre, staune und freue sich: The winner is ... Altenbach! Es hat den Zuschlag für den Golfplatz bekommen. Das heißt, die eigentlichen Gewinner sind wir, die wir für die Streuobstwiesen gekämpft haben, die ›Streuobstler‹, wie wir im Ort heißen. Es gibt doch eine Gerechtigkeit! Die Bürgerbefragung hat sich damit wohl erledigt. Und unser Apfelblütenfest? Das ist jetzt eigentlich auch überflüssig geworden.

Franziska findet das nicht. So ein Fest, sagt sie, bringt die Bevölkerung hoffentlich wieder zusammen. Denn wer gemeinsam feiert, der kann auch friedlich zusammenleben. Ein Versöhnungsfest, sozusagen – was für ein großes Wort! Hoffen wir, dass Franziska recht hat. Es wäre ja auch schade, wenn all unsere Vorbereitungen umsonst gewesen wären.

Es gibt noch mehr gute Nachrichten: Anja ist wieder zuhause. Sie soll sich noch schonen, aber es sieht gut aus für sie und das Baby. Sie lässt euch für eure guten Wünsche danken. Die junge Frau Moll aus Hattenhofen ist ein Glücksfall, sympathisch, aufgeschlossen und ausgesprochen tüchtig. Sie kommt jeden Vormittag, nachmittags bleibt der Laden geschlossen. Ich bin ja jetzt schon etwas eingearbeitet und kann ihr alles zeigen, und Anja ist auch noch da, wenn auch nur mit halber Kraft. Nicht zu vergessen Marie. Der Kindergarten ist gerade wegen Scharlach geschlossen. Das kommt Marie gerade recht, denn sie war traurig, dass sie jetzt nicht mehr im Laden helfen kann, weil er nachmittags zu ist. Opas Angebot, ihm zuhause Gesellschaft zu leisten, wurde energisch abgelehnt. Ich glaube, er weiß nicht, ob er dankbar oder enttäuscht sein soll.

Mit Frau Moll hat Marie gleich Freundschaft geschlossen.

»Wie heißt dein Kind?«, wollte sie wissen.

»Leon.«

»In meiner Gruppe ist auch ein Leon. Aber der ist doof. Der haut immer. Gibt's bei deinem Leon im Kindergarten auch Scharlach?«

»Nein, Gott sei Dank nicht.«

»Schade. Na ja, vielleicht kommt's ja noch. Dann können wir zusammen spielen.«

Frau Moll lachte. Und sie bewunderte, wie Marie es schaffte, mit dem für ihre Körpergröße wirklich riesigen Besen den Boden zu fegen. Ein Kinderbesen ist unter Maries Würde.

Marie nahm das Lob gelassen entgegen. »Ich hab schon gefegt, da war ich noch ein kleines Kind«, erzählte sie.

Frau Moll verbiss sich ein Lachen.

»Mama hat mich schon mitgenommen, da war ich noch so ein kleines Baby.« Marie zeigte mit ihren Händen die Größe einer Puppe an.

»Aber da hast du noch nicht gefegt?«, fragte Frau Moll.

»Natürlich nicht.«

Man sah Marie an, was sie dachte. Erwachsene können manchmal wirklich blöde Fragen stellen.

»Da konnte ich doch noch gar nicht laufen!«

Wir sind ein gutes Team, Frau Moll, Marie und ich.

Als der Kindergarten wieder seine Tore öffnete, stellten wir fest, dass uns Maries Geplapper fehlt.

Anja macht sich Sorgen um die Bezahlung von Frau Moll, aber Manfred und ich sind ja auch noch da. Mir wäre es am liebsten, wenn Frau Moll auch nach der Geburt des Babys kommen könnte. Wenn die Sache mit Anjas Schwangerschaft gut ausgeht, und danach sieht es im Moment aus, hatten die verfrühten

Wehen sogar etwas Gutes. Ohne sie hätten wir Frau Moll nicht kennen gelernt.

Du siehst, im Moment läuft alles recht reibungslos. Hoffen wir, dass es so bleibt.

Die Pflicht ruft. Wir haben Marie noch bei uns behalten, damit Anja ein wenig Ruhe hat. Die Kleine ist wirklich ganz schön anstrengend. Anja habe ich nicht so in Erinnerung. Ob es an meinem Alter liegt oder an meinem schlechten Gedächtnis oder daran, dass die Kinder heute anders sind? Vielleicht an allem zusammen. Zum Glück ist Manfred auch da. Ein Segen, dass er schon pensioniert ist. Auch in diesem Fall hat die Medaille zwei Seiten.

Es grüßt Dich
Deine Angelika

PS: Noch eine gute Nachricht! Tom hat von seinem Chef erfahren, dass er von den Entlassungen nicht betroffen ist. Ist das nicht wunderbar? Manfred und mir ist ein Stein vom Herzen gefallen.

Neubacher Hanami

Liebe Susanne,

der Frühling ist da und die Bäume auf den Streuobstwiesen blühen! Da weicht die Winterträgheit. Es ist ein Traum in Grün und Weiß mit gelben Tupfen! Ich liebe unser Ländle zu jeder Jahreszeit, mal ein bisschen mehr, mal ein bisschen weniger. Wenn die Bäume blühen, mag ich es am allerliebsten.

Mir dauert die Baumblüte nur viel zu kurz. Aber ich habe inzwischen herausgefunden, wie ich den Genuss ein wenig verlängern kann. Manfred und ich reisen der Baumblüte entgegen oder hinterher, wie man's nimmt. Die Baumarten blühen nämlich nicht alle zur gleichen Zeit.

Wir beginnen unsere Hanami-Tour – Hanami ist japanisch und heißt »Blüten betrachten«, aber das weißt du ja sicher – in der Gegend um Esslingen, denn hier stehen besonders viele Kirschbäume und die blühen als Erste. Zwetschgenbäume finden wir im »Zwetschgengäu« bei Herrenberg. Wenn dann die Apfel- und Birnbäume an der Reihe sind, müssen wir gar nicht weit fahren, denn die haben wir praktisch vor der Haustür. Vom Hohenstaufen oder dem Hohenneuffen hat man einen weiten Blick übers Land und kann sich aus der Vogelperspektive an der herrlichen Blütenpracht erfreuen. Und wer durch die Streuobstwiesen wandern will, der findet besonders viele rund um Schlat. Quittenbäume, die mit ihrer Blüte den Abschluss des Blütenzaubers bilden, findet man leider nur noch selten. Der Feuerbrandbefall hat vielen den Garaus gemacht. Aber am Hirschauer Berg bei Tübingen kann man noch fündig werden.

Als Rentner können wir zum Glück jeden schönen Tag nutzen und sind nicht mehr auf die Wochenenden angewiesen. Mit der Baumblüte geht es mir wie mit den Erdbeeren. Ich esse sie jeden Tag, solange es sie gibt. Dann habe ich mich daran so satt gegessen, dass ich bis zur Erdbeerernte im nächsten Jahr warten kann. An der Baumblüte muss ich mich sattsehen. Aber richtig satt bin ich trotz aller Bemühungen bisher noch nie gewesen. Es bleibt immer noch ein wenig ungestillter Hunger übrig und das Warten auf den nächsten Frühling.

Gerlindes Schwiegervater ist wirklich ein Genie. Er hat recht behalten, unser Apfelblütenfest fällt genau in die Baumblüte. Am nächsten Samstag ist es so weit.

Wir haben beschlossen, außer den Landfrauen, den Imkern und dem Verein der Gartenfreunde auch die anderen Vereine ins Boot zu holen, und davon gibt es in Neubach jede Menge. Wenn man so eine Sache gemeinsam plant, dann vergisst man, dass man vor einiger Zeit noch an verfeindeten Fronten gekämpft hat. Ein weiterer Grund für unseren Entschluss war es, die kulinarische Vielfalt an diesem Nachmittag zu steigern. So soll es außer der süßen Apfelküche auch Deftiges wie gegrillte Würste, Leberkäse oder Maultaschen mit Kartoffelsalat geben.

Gestern habe ich Elvira angerufen.

»Wir wollen am Wochenende Hanami feiern. Habt ihr Lust zu kommen?«

»Ihr wollt nach Japan fliegen? Nett, dass du fragst, aber das ist uns ein bisschen zu weit. Interessant wäre es sicher.«

Ich musste lachen. »Nicht Hanami in Japan«, klärte ich Elvira auf, »schwäbischer Hanami, Apfelblütenfest in Neubach auf Frieders Wiese.«

Jetzt lachte auch Elvira. »Oh, natürlich, da sind wir dabei. Das lassen wir uns nicht entgehen.«

Elvira spricht nur noch in der Wir-Form, und Manfred und ich haben das übernommen. Es ist so schön, die beiden zu beobachten, wie sie Hand in Hand wie zwei jungverliebte Teenager durch die Welt gehen. Ich freue mich, die beiden bald zu sehen, und ich freue mich auf das Fest. Aber es gibt noch jede Menge vorzubereiten, deshalb wird das heute eine kurze Mail.

Nächste Woche melde ich mich wieder. Schick uns bitte ein bisschen Sonnenschein von Teneriffa, damit unser Fest nicht ins Wasser fällt!

Bis dahin
Deine Angelika

Liebe Susanne,

vielen Dank für das schöne Wetter, das Du uns geschickt hast. Es hat dazu beigetragen, dass unser Fest ein voller Erfolg war. Die Stimmung war prächtig, nicht nur Elvira hat sich gut amüsiert.

»Ach, ist das schön hier«, seufzte sie. »Ich kann nicht verstehen, warum Leute auf ihre alten Tage nach Mallorca oder Teneriffa auswandern.«

Das war bestimmt nicht gegen euch gemünzt, ich hoffe, Du kannst Elvira verzeihen. Der Entschluss, in wärmere Gefilde auszuwandern, fällt auch sicher nicht im Frühling zur Zeit der Baumblüte, sondern eher an einem schmuddeligen Novembertag. Aber an einen solchen wollen wir heute nicht denken!

Auch unser anderes verliebtes Pärchen war nett anzuschauen. Luca hat Marie fleißig beim Waffelausbacken geholfen, natürlich genau nach Maries Anweisungen. Die zwei sind ein gut eingespieltes Team, die Rollen klar verteilt und beide fühlen sich wohl dabei. Allerdings waren sie recht froh, als der Teig in der Schüssel aufgebraucht war und sie mit den anderen Kindern über die Wiese springen konnten.

Aber vorher gab es noch einen Fassanstich wie auf dem Cannstatter Wasen. Na ja, »Fassanstich« ist wohl nicht ganz der richtige Ausdruck. Zwei Mitglieder des Gartenbauvereins hatten je eins ihrer Mostfässchen für das Fest gespendet, und die waren bereits mit einem Zapfhahn ausgestattet. Bürgermeister Jörg hat sich bemüht, die Sache trotzdem ein wenig spannend zu machen. Er hat auch eine kleine Ansprache gehalten, versöhnliche Worte an die Gemeinde in der Hoffnung, das Fest werde als Neuanfang für eine friedliche Dorfgemeinschaft verstanden.

Jörgs Eltern waren auch da, obwohl sie nicht in Neubach wohnen. Du weißt ja, dass sie zunächst nicht begeistert waren, als Jörg ihnen erklärte, dass er den elterlichen Zimmermannsbetrieb nicht übernehmen, sondern lieber den Verwaltungsfachwirt machen wolle. Jörg hat sich die Entscheidung nicht leicht gemacht. Und sein Vater hat schließlich eingesehen, dass es so richtig war.

»Dr Jörg isch halt koi Praktiker. Und Höheangst hat 'r au no. Des sen wirklich koine gute Voraussetzunge für unsern Beruf. Und 's isch koi leichts Brot so als Selbstständiger. Des hat dr Jörg ja von klein auf mitkriegt, wie wenig Zeit da für d' Familie übrig bleibt. Klar, jetzt isch 'r au an jedem Wocheend uff ra andre Vereinsfeier, aber i glaub, des macht em meh Spaß, als am Sonntag über de Rechnungsbücher zu sitze. Und wenn 'r mal Familie hat, na kann 'r se mitnemme. Und schwätze und mit Leut umgange, des kann 'r. I denk, er isch en guter Schultes«, stellte Jörgs Vater mit Stolz in der Stimme fest. »Und wenn 'r mal so alt isch wie i, na kriegt 'r a gute Pension. Jeder hat schließlich bloß oi Lebe, da soll 'r mache, was em Spaß macht und was 'r am beste kann, gell, Gerda?«

Seine Frau nickte bestätigend mit dem Kopf und strahlte übers ganze Gesicht.

Natürlich hat auch Anja es sich nicht nehmen lassen dabei zu sein. Der Arzt geht davon aus, dass kein Grund mehr zur Sorge besteht. Und schließlich hatte Marie ihren großen Auftritt mit ihrer Kindergartengruppe, das musste Anja sich natürlich anschauen. Die Kinder sangen das Lied vom spannenlangen Hansel. Kannst Du Dich erinnern? Das haben unsere Kinder damals auch schon gesungen.

Spannenlanger Hansel, nudeldicke Dirn,
gehn wir in den Garten, schütteln wir die Birn'.
Schüttel ich die großen, schüttelst du die klein',
wenn das Säcklein voll ist, gehn wir wieder heim.

Die zweite Strophe war mir im ersten Moment nicht mehr geläufig. Erst als die Kinder weitersangen, fiel sie mir wieder ein:

Lauf doch nicht so schnelle, spannenlanger Hans!
Ich verlier die Birnen und die Schuh noch ganz.
Trägst ja nur die kleinen, nudeldicke Dirn,
und ich schlepp den Sack mit den großen Birn.

Marie kam vor einigen Tagen ganz stolz aus dem Kindergarten und erzählte, sie dürfe die nudeldicke Dirn spielen. Nun ist unsere Marie alles, aber nicht dick. Diese Rolle hätte besser auf andere Mädchen aus ihrer Gruppe gepasst. Aber entweder war die Kindergärtnerin Maries Augenaufschlag erlegen oder sie hatte ganz bewusst kein dickes Kind ausgesucht, um Hänseleien zu vermeiden. Doch dann wäre Marie fast freiwillig von der Rolle zurückgetreten. Sie hatte darauf gehofft, dass Luca den spannenlangen Hansel spielen dürfe. Ohne Luca wollte Marie nicht als nudeldicke Dirn auftreten – so sieht wahre Liebe aus, liebe Susanne. Aber Luca ist ein ganzes Stück kleiner als Marie und viel zu schüchtern, um eine Hauptrolle zu übernehmen. Er hat Marie klar gemacht, dass er die Rolle gar nicht haben wolle. Das hat schließlich den Ausschlag gegeben, dass Marie dann doch noch die nudeldicke Dirn gespielt hat.

Da die Bäume auf der Wiese für die Kinder zu hoch sind und um diese Jahreszeit auch keine Früchte tragen, hatten die Kindergärtnerinnen einen kleinen Birkenstamm in einen großen Blumentopf gepflanzt, an dessen Zweigen ausgeschnittene und angemalte Papierbirnen hingen – »Die haben wir gemacht!« –, die die Kinder »abpflückten« und in die Körbchen legten, die sie am Arm trugen.

Dann sangen sie die zweite Strophe und da trat Marie in Aktion. Sie trug wie ihr Mitspieler einen Sack, für die Zuschauer unsichtbar gefüllt mit kleinen leichten Schaumstoffbällen. Aber so mühsam, wie Marie ihn schleppte, konnte man meinen, sie trage tatsächlich einen Sack mit schweren Birnen. Sie stolperte hinter dem spannenlangen Hansel her und verlor dabei wirklich einen Schuh – sie hatte extra hinten offene Pantoffel angezogen. Die Lacher und viel Beifall vom Publikum waren ihr sicher. Vielleicht wird Marie doch nicht »Griepievistin«, sondern Schauspielerin. Das wäre mir lieber.

Der stolze Großvater hat alles mit seinem Handy gefilmt.

Das brachte mich auf eine Idee.

»Du könntest doch noch ein bisschen mehr filmen und es Frieder mit ins Krankenhaus bringen. Der würde sich bestimmt freuen. Schade, dass mir das nicht früher eingefallen ist, als Jörg seine Rede gehalten hat!«

Der hatte Frieder nämlich extra dankend in seiner Ansprache erwähnt.

»Ist doch kein Problem. Ich werde ihn fragen. Der stellt sich sicher gern noch mal ans Mikrofon.«

So war's dann auch.

»Zunächst«, sagte Jörg, »möchte ich ganz herzlich unseren Kindergartenkindern danken. Das habt ihr ganz toll gemacht.« Es gab noch einmal einen herzlichen Beifall. »Und dann möchte ich mich noch einmal besonders bei Frieder bedanken, der uns für unser Fest seine Wiese zur Verfügung gestellt hat, obwohl er selber heute leider nicht dabei sein kann. Vielleicht im nächsten Jahr. Denn es ist von verschiedenen Seiten die Bitte an mich herangetragen worden, dieses Apfelblütenfest zu einem festen Bestandteil im Event-Kalender unserer Gemeinde zu machen.« Wieder gab es Beifall und zustimmende Rufe. »Wir können ja in der nächsten Gemeinderatssitzung darüber abstimmen. Obwohl, vielleicht lieber nicht. Ich will schließlich keinen neuen Dorfkrieg vom Zaun brechen.« Die Zuhörer lachten.

Wenn man über einen Sache lachen kann, über die man sich vor Kurzem noch gestritten hat, dann ist das ein gutes Zeichen.

»Zum Schluss möchte ich von dieser Stelle aus unserem Frieder einen herzlichen Gruß und Gute-Besserungs-Wünsche ins Krankenhaus senden. Und jetzt sind nur noch Spaß, Vergnügen, Musik, Essen und Trinken angesagt. Lasst's euch schmecken, die Vereine haben sich mächtig ins Zeug gelegt. Guten Appetit!«

Hannas Bericht über das Apfelblütenfest ist noch nicht erschienen. Stattdessen hänge ich an diese Mail ein paar eingescannte Rezepte an. Vielleicht hast du ja Lust, etwas davon auszuprobieren. Ich habe Dir zu jedem Rezept noch ein paar Bemerkungen geschrieben.

Herzliche Grüße vom schwäbischen Hanami
Deine Angelika

Maries Apfelwaffeln

Zutaten

250 g Margarine oder Butter
75 g Zucker
4 Eier
250 g Mehl
1 TL Backpulver
⅛ l lauwarme Milch
300 g Äpfel
50 g geriebene Mandeln oder Nüsse
½ TL Zimt

Zubereitung

Fett, Eier und Zucker schaumig schlagen. Das gesiebte Mehl mit dem Backpulver mischen und mit der lauwarmen Milch unterrühren. Die geschälten und geraspelten Äpfel sowie Mandeln und Zimt unter den Teig mischen. Den Teig portionsweise in das Waffeleisen füllen und goldgelb ausbacken.

Variation: Man kann die Eier auch trennen und das zu Schnee geschlagene Eiweiß zuletzt vorsichtig unter den Teig heben. Die Waffeln werden dann besonders luftig.

Angelika schreibt dazu:

Von Maries Apfelwaffeln habe ich Dir ja schon erzählt. Sie waren schnell verkauft – sehr zu Maries Freude –, was wohl nicht nur an den leckeren Waffeln lag, sondern auch an Marie und ihrem Verkaufstalent. Ich habe Hoffnung, dass sie eines Tages doch Anjas Blumenladen übernehmen und nicht »Griepievistin« werden wird.

Apfelkuchen mit Guss

Für diesen Kuchen gibt es drei verschiedene Variationen. Der Mürbeteigboden mit dem Apfelbelag, der vorgebacken wird, bleibt immer gleich. Unterschiedlich ist die Masse, mit der der Kuchen übergossen wird.

Für den Apfelkuchen:

Zutaten

250 g Mehl
1 Msp. Backpulver
125 g Margarine oder Butter
65 g Zucker
1 Ei
1 kg mürbe Äpfel
Zimtzucker

Zubereitung

Aus den Teigzutaten einen Mürbeteig kneten, diesen 30 Minuten ruhen lassen, dann eine gefettete Springform damit auslegen. Einen etwa 2 Zentimeter hohen Rand formen und den Teigboden mehrfach mit einer Gabel einstechen.

Die Äpfel schälen und das Kerngehäuse herausschneiden. Die Apfelviertel in dünne Scheiben schneiden, den Teig gleichmäßig damit belegen und mit Zimtzucker bestreuen.

Den Kuchen im vorgeheizten Backofen bei ca. 200 °C (Umluft 180 °C) etwa 30 Minuten vorbacken.

Für den Sauerrahmguss:

Zutaten

2 Eier
60 g Zucker
geriebene Schale einer ¼ Zitrone
⅛ l Sauerrahm

Zubereitung
Eier, Zucker, Sauerrahm und Zitronenschale verrühren.

Diese Masse nach den oben genannten 30 Minuten über den vorgebackenen Kuchen gießen und ihn dann weitere 15 bis 20 Minuten backen.

Den erkalteten Kuchen mit Puderzucker bestäuben.

Für den Sahneguss:
Zutaten

2 Eier
50 g Zucker
150 g geschlagene Sahne
Mark einer ½ Vanilleschote

Zubereitung
Die Vanilleschote längs aufschneiden und das Mark mit einem spitzen Messer herauskratzen.

Eier, Sahne, Zucker und Vanillemark verrühren, die Masse über den vorgebackenen Kuchen gießen und weitere 15 bis 20 Minuten backen.

Den abgekühlten Apfelkuchen mit Puderzucker bestäuben.

Für den Quarkguss:
Zutaten

2–3 Eier (je nach Größe)
250 g Magerquark
75 g Zucker
1 Päckchen Vanillezucker
30 g Rosinen

Zubereitung
Man trennt die Eier und schlägt das Eiweiß steif. Das Eigelb verrührt man mit dem Quark, dem Zucker und dem Vanillezucker. Dann gibt man die gewaschenen Rosinen dazu und hebt zuletzt den Eischnee unter.

Besonders lecker schmeckt der Quarkguss, wenn man, bevor man den Eischnee unterhebt, noch etwas kalten Vanillepudding unterrührt.

Den Guss auf den vorgebackenen Kuchen geben und ihn weitere 15 bis 20 Minuten backen.

Angelika schreibt dazu:
Dieses Rezept stammt von Franziska, der Profibäckerin.

Sie hätte natürlich noch raffiniertere Apfelkuchenrezepte gehabt, aber sie hat bewusst etwas ausgesucht, das leicht nachzubacken ist.

Außerdem gibt es ja so etwas wie Backstuben-Geheimnisse. Die möchte Franziska verständlicherweise nicht preisgeben.

Ofenschlupfer mit Äpfeln

Zutaten

2 Äpfel
4 altbackene Wecken
½ l Milch
3 Eier
2 EL Zucker
etwas Zimt
50 g Rosinen
50 g gehackte Mandeln oder Haselnüsse

Zubereitung
Die geschälten und entkernten Äpfel in feine Scheiben schneiden. Auch die Wecken in dünne Scheiben schneiden.

Eier, Milch, Zucker und Zimt miteinander verrühren.

Eine Auflaufform fetten und Weckschnitten und Apfelscheiben lagenweise einfüllen. Über jede Lage Rosinen und Mandeln geben und sie mit der Eiermilch langsam übergießen. Die letzte Schicht bilden die Weckschnitten.

Auf die oberste Schicht Butterflöckchen geben und, wenn die Eiermilch gleichmäßig eingezogen ist, bei 180 °C etwa 45 Minuten goldgelb backen.

Angelika schreibt dazu:
Von wem könnte dieses Rezept wohl stammen? Genau, von Trudi, der »alten Schwäbin«.

Ein Rezept mit viel Tradition im Ländle. Altgediente Hausfrauen haben dieses Gericht immer noch regelmäßig auf ihrem Speiseplan, aber die junge Generation kocht häufig lieber exotisch, raffiniert oder … anders eben. (Ich denke da an den Zauberfix, der bei diesem Rezept wohl an seine Grenzen stoßen würde.) Deshalb fand Trudi es wichtig, dieses Rezept aufzuschreiben und unter die Leute zu bringen, auch wenn viele Landfrauen der Meinung waren, das kenne doch ohnehin jeder. »Irgendwann vielleicht nemme«, stellte Trudi fest. »Gucked doch mal, was die Junge heut essed: Fast Food oder ausländischs Zeug, italienisch und indisch, mit irgendwelche komische Gwürze, die koi Mensch kennt. Klar, bei dr Oma au no mit Begeischterung en ganz normale Ofeschlupfer. Aber wenn d' Oma mal nemme lebt, was isch na?«

Im Übrigen, meinte Trudi, sei dieses Rezept besonders schwäbisch, weil es nicht viel kostet. Und weil man aus Zutaten etwas Leckeres zaubern könne, die sonst vielleicht »verkomme däded«, wie alte Weckle und Fallobst. Und weil man schon am Namen höre, dass es sich um ein schwäbisches Gericht handle, schließlich heiße es »Ofenschlupfer« und nicht »Ofenschlüpfer«. Seit Trudi das gesagt hat, heißt dieses Gericht bei uns nur noch »Ofenschlüpfer«. Deshalb passe dieses Gericht besonders gut zum Apfelblütenfest auf der Streuobstwiese, findet Trudi.

Apfelküchle mit Vanillesoße

Zutaten

Für den Teig:

200 g Mehl
¼ l helles Bier oder Weißwein
1 Prise Salz
3 EL Zucker
geriebene Schale einer ½ Zitrone
2 TL Olivenöl
2 Eiweiß
500 g mürbe Äpfel
Zimtzucker

Für die Vanillesoße:

½ l Milch
1 Vanilleschote
125 g Zucker
30 g Mondamin
3 Eigelb
⅛ l Sahne

Zubereitung

Die Äpfel schälen, in dicke Scheiben schneiden und das Kernhaus herausstechen.

Aus den übrigen Zutaten einen dickflüssigen Teig anrühren, zuletzt den steifen Eischnee locker unterziehen und die Apfelscheiben in den Teig tauchen.

In sehr heißem Fett auf beiden Seiten goldgelb backen und die fertigen Küchle mit Zimtzucker bestreuen.

Die Zutaten für die Vanillesoße miteinander verrühren und erhitzen.

Die Vanillesoße kann über die Apfelküchle gegossen oder extra dazu serviert werden.

Variation:
Bevor man die Apfelscheiben in den Teig taucht, kann man sie mit Zucker bestreuen, mit Rum, Calvados oder Apfelschnaps beträufeln und kurz durchziehen lassen.

Angelika schreibt dazu:
Ich glaube, Du wirst nicht erraten, wer dieses Rezept beigesteuert hat: Es war Karl! Da staunst Du, was?

Er hat ganz schüchtern angefragt, ob auch er – obwohl keine Frau und schon gar nicht Landfrau – einen Vorschlag unterbreiten dürfe. Natürlich durfte er. Wir leben schließlich im Zeitalter der Gleichberechtigung, und die gilt, man höre und staune, manchmal auch für Männer. Außerdem sind die Landfrauen aufgeschlossene, weltoffene Menschen.

Das Rezept, erklärte Karl, stamme von seiner Mutter, und als Kind sei das seine Leibspeise gewesen. Sie habe ihm, im wahrsten Sinn des Wortes, manchen Kummer versüßt, vom aufgeschlagenen Knie über die verhauene Klassenarbeit bis hin zum ersten Liebeskummer. Leider habe er nie wieder so gute Apfelküchle gegessen, seit seine Mutter nicht mehr lebe – nicht einmal im »Hirsch«. Das will etwas heißen, denn der »Hirsch« ist Karls Lieblingswirtschaft, in der er mit Genuss abwechselnd Rostbraten, Kässpätzle und Wurstsalat isst. Nun, vielleicht liegt es daran, dass all diesen Apfelküchle wichtige Zutaten fehlten: die Liebe und der Trost, die Karls Mutter in den Teig gerührt hat, und Karls Erinnerung, die alles ein wenig verklärt und noch besser schmecken lässt. Die Apfelküchle nach Mutters Rezept zu kochen, wie sein Freund Ernst das vorgeschlagen hat, hätte deshalb wohl auch nicht viel genützt. Außerdem gehört Karl einer Generation an, in der die Männer nur in seltenen Fällen selbst zum Kochlöffel greifen. Und Karl ist hier keine Ausnahme.

Aber seine Aussage, dass niemand so gute Apfelküchle mache wie seine Mutter selig, hat die Landfrauen mächtig angespornt. Neulich hat er mir strahlend erzählt, er habe schon drei Einladungen zum Apfelküchleessen bekommen. »Gut wared die Küchle scho. Die beschde wared die von dr Heidi. Aber so gut wie bei meiner Mutter hen se au net gschmeckt. Des han i dr Heidi nadürlich net gsagt.« Ein Glück! Ein bisschen Gentleman steckt also doch in unserem Karl.

Pikanter Apfelsalat

Zutaten

1 Sellerieknolle
3 Äpfel
3 Möhren
Saft einer Zitrone
etwas Zucker
1 Becher Joghurt
⅛ l Sahne
Salz, Pfeffer
1 Prise Ingwer

Zubereitung

Den Sellerie putzen, in Scheiben schneiden und weichkochen. Den abgekühlten Sellerie in Stifte schneiden und mit Zitronensaft beträufeln.

Die Äpfel waschen, ungeschält vierteln, entkernen, in kleine Stücke schneiden und leicht zuckern.

Die Möhren putzen und fein raspeln.

Sellerie, Äpfel und Möhren miteinander vermischen.

Geschlagene Sahne zum Joghurt geben und mit den Gewürzen abschmecken.

Zuletzt die Marinade über den Salat geben.

Angelika schreibt dazu:

Dieses Rezept klingt nicht unbedingt nach schwäbischer Tradition, aber das war ja auch keine Bedingung.

Es stammt auch nicht von einer Schwäbin, sondern von … Gisela. Sie hat mir das Rezept gegeben und mich dadurch in Gewissensnöte gebracht. Manfred hat mir in den höchsten Tönen von dem Salat vorgeschwärmt, was mich nicht unbedingt für selbigen eingenommen hat, wie Du Dir denken kannst. Nun ja, einen Salat mit Sellerie wird Manfred bei mir nicht bekommen, weil ich keinen Sellerie mag.

Aber seit es Poldi in Giselas Leben gibt, muss ich die Sache ja nicht mehr so eng sehen. Also bin ich über meinen Schatten gesprungen und habe das Rezept an die Landfrauen weitergeleitet. Die waren ganz begeistert, weil sie damit auch ein nicht süßes Apfelrezept in ihrer Sammlung haben.

Apfel im Schlafrock

Zutaten

4 Äpfel
1 Eigelb
etwas Milch

Für den Teig:

200 g Mehl
1 Msp. Backpulver
100 g Margarine oder Butter
60 g Zucker
1 Päckchen Vanillezucker
1 Ei

Für die Füllung:

1 EL Butter
2 TL Zucker
3 EL gehackte Nüsse
½ TL Zimt
2 EL Rosinen (evtl. vorher in Rum eingelegt)

Zubereitung

Aus den Teigzutaten einen Mürbeteig kneten. Den fertigen Teig etwa 1 Stunde im Kühlschrank ruhen lassen.

Die Zutaten für die Füllung verrühren.

Die Äpfel schälen und das Kernhaus großzügig ausstechen.

Den Teig in vier gleich große Portionen teilen und jede dünn zu einem Viereck ausrollen, das groß genug ist, um den Apfel darin einzuwickeln.

In die Mitte jedes Quadrats einen Apfel setzen, die Füllung in die ausgehöhlten Äpfel geben, den Teig darumschlagen und fest andrücken.

Ein Eigelb mit etwas Milch verquirlen, die in Teig gewickelten Äpfel damit bestreichen und im vorgeheizten Ofen bei 180 bis 200 °C etwa 30 Minuten backen.

Tipp

Man kann die Kanten der Teigvierecke auch »ausrädeln«. Das ergibt ein hübsches Wellenmuster, das sichtbar bleibt, wenn man die Seiten des Vierecks beim Einwickeln des Apfels geschickt gegeneinanderdrückt, so dass sie etwas überstehen. Dort, wo sich die vier Ecken oben auf dem Apfel treffen, entsteht eine Spitze, die man mit einem »Ausstecherle« aus Teig krönen kann. Dazu muss man natürlich vorher etwas Teig übrig lassen. So entsteht ein »Schlafrock«, der nicht nur ein Genuss für die Geschmacksnerven ist, sondern auch für die Augen.

Wer mag, kann auch Marzipan oder Marmelade statt Rosinen in die Füllung geben.

Mit Vanillesoße und/oder Vanilleeis serviert, ist der Apfel im Schlafrock ein leckerer Nachtisch. Man kann ihn aber auch mit Schlagsahne zum Nachmittagskaffee genießen.

Angelika schreibt dazu:
Dieses Rezept ist von Elvira. Wieder keine Landfrau und nicht einmal eine Neubacherin. Das liegt vielleicht daran, dass ich Dir Rezepte von Leuten ausgesucht habe, die Du kennst, nicht alle persönlich, aber wenigstens aus meinen Schilderungen.

Dieses Gericht passt zu Elvira, die ein Talent hat, Dinge hübsch zu verpacken. Hat sie sich nicht viel Mühe gegeben, zu beschreiben, wie man den Apfel einpacken soll, damit er auch schön aussieht? Es hat sie angeblich viel Hirnschmalz gekostet, das einigermaßen verständlich zu Papier zu bringen.

Auch bei sich selbst legt Elvira ja großen Wert auf eine hübsche Verpackung – wobei ein Schlafrock für sie ein undenkbares Kleidungsstück wäre. Hätte sie dieses Rezept erfunden, würde es wohl »Apfel im eleganten Kaftan« heißen.

Gerührter Apfelkuchen

Zutaten

4–6 Äpfel
1 Päckchen Vanillezucker
3 EL Rum
250 g Butter
250 g Zucker
4 Eier
250 g Mehl
1 Päckchen Backpulver
2–3 TL Zimt
50 g grob geriebene Schokolade
125 g geriebene Haselnüsse

Zubereitung
Die Äpfel fein schneiden, mit dem Vanillezucker und dem Rum vermischen und zwei Stunden ziehen lassen. Wenn der Kuchen für Kinder oder Antialkoholiker gedacht ist, kann man den Rum natürlich weglassen.

Die Eier trennen. Butter, Zucker und die vier Eigelb schaumig rühren. Die übrigen Zutaten (bis auf das Eiweiß) und die Äpfel untermischen.

Zuletzt die vier Eiweiß steif schlagen und vorsichtig unter den Teig heben.

Dann den fertigen Teig in eine gefettete Kuchenform geben und bei 180 °C mindestens eine Stunde backen.

Angelika schreibt dazu:
Dieser Kuchen ist »habhaft« und gibt mächtig aus. Also genau das Richtige für jemanden, der den Hunger einer großen Familie stillen muss. Na, erraten, wer dieses Rezept beigesteuert hat? Genau: Hanna.

Sie füllt mit dem Teig in der Regel zwei Kastenformen. Das ergibt viele Kuchenstücke, die die Enkelkinder im Zweifelsfall auch ohne Gabel essen können. »Und den Kuchen kann ich gut schon am Vortag backen«, sagt Hanna. »Er bleibt schön saftig.« Kuchenstücke gemäß dem Werbespruch einer schwäbischen Traditionsfirma: quadratisch, praktisch, gut! Was will man mehr?

Inhalt